KB171504

이순원 장편소설

춘천은 가을도 봄

일러두기

- 이 소설의 제목 '춘천은 가을도 봄'은 유안진 시인의 시 '춘천은 가을도 봄이지'에서 빌려왔음을 밝힙니다.
- 일부 맞춤법 또는 외래어표기법에서 소설 속 시점인 시대를 드러내주는 표기인 경우 그대로 수용하였음을 밝힙니다. 예: 조나단(→ 조너선), 몽마르뜨(→ 몽마르트르),《난장이가 쏘아 올린 작은 공》에서 난장이(→ 난쟁이) 등.

이순원 장편소설

춘천은 가을도 봄

그 무렵 춘천에서 청춘을 보낸 젊은 날의 초상

이룸

목차

1
두 번째 시작을 위하여

이제 나는 이야기한다. 돌아보면 어느 한순간인들 꽃봉오리가 아닌 시간이 있으랴만 시기로는 '유신'의 한중간으로부터 '5공'의 초입에 이르기까지 차라리 얼룩이라고 불러도 좋을 나 자신의 이십 대에 대하여.

더러는 시작부터 나의 유신이니 5공이니 하는 말의 편의적 사용이 거슬리는 사람도 있을 것이다. 나 역시 내 젊은 날 얼룩의 모든 원인을 그것에 돌리고 싶지는 않다. 전혀 없다고는 못 할 것이나, 오히려 그 얼룩의 팔 할 이상은 나를 둘러싸고 있던 격도 원칙도 없는 가정환경과 첫 단추부터 잘못 끼운 학교생활, 시작부터 쓸쓸한 이별을 예감하지 않을 수 없었던 한 여자와의 사랑에 있었음을 솔직히 고백하지 않을 수 없다.

지금도 나는 전철이나 버스 안, 카페 같은 곳에서 어깨까지 길게 머리를 늘어뜨린 이십 대의 장발을 보면 문득 나 자신의 그 시절이 떠오르곤 한다. 그 시절 장발은 우리에게 단순한 유행 이상의 무엇이었다. 때로는 그것이 젊은이에 대한 사회적 우려의 상징과도 같은 표적이 되기도 했지만, 실상 그 시절 우리의 장발은 기성세대들이 염려하는 바대로 퇴폐의 한 징후와는 거리가 멀었다. 그것이 처음 유행했던 곳의 젊은이들에게는 방종이라고 불러도 좋을 넘치는 자유의 확인이었는지 모르지만, 우리에게 그것은 그 길이만큼도 되지 않는 자유에 대한 집단적 표현이자 그 시절 우리가 취할 수 있는 유일한 몸으로의 반항과 같은 것이었다.

고등학교를 졸업함과 동시에 너나없이 머리를 길렀고, 그것으로 이십 대로의 성인 의례를 대신했다. 자의든 타의든 머리 자르는 것을 그나마 얼마 되지 않는 자유의 제약과 길들임으로 생각했다. 때로는 머리가 길다는 것만으로도 남들 앞에서 우쭐거리기도 했는데 지금도 나는 그것이 유행에 대한 터무니없는 우월감이나 기성세대가 우려하는 바대로 집단적인 퇴폐거나 불량기라고 생각하지 않는다. 단속 없는 장발 시대였다면 우리는 거기에 별 의미조차 두지 않았을 것이다.

어쩌다 말이 길어져 장발에 대한 변명처럼 들렸을지 모르나 그건 내가 의도하는 바가 아니다. 나는 오히려 나를 덮쳐 누르고 있던 장발에 대한 추억으로부터 1977년 3월 자못 비장하기까지 했던 나의 두 번째 대학 생활을 이야기하고자 한다.

더러 기억하는 사람이 있는지 모르겠다. 지금은 흔적조차 남아 있지 않지만, 한때는 서울의 또 다른 드난 곳이었던 동대문 고속버스터미널의 어둡고 우중충한 분위기를. 나는 그렇게 기억하고 있는데 함께 상경한 여동생은 그곳의 분위기가 절대로 우중충하지 않았다고 말한다. 대학 입학이라는 의미에서 여동생은 스무 살의 첫 출발이었고, 나는 스물두 살의 그것도 격 다른 두 번째 출발이었다는 차이가 그날 그곳 풍경에 대해 서로 다른 기억을 가지게 했을 것이다. 더구나 여동생은 명진의 남녀 학교를 통틀어 몇 년 만에 나온 서울대 입학생으로 그녀가 다녔던 여학교로서는 개교 이래 최초라는 의미까지 달고 있었다.

여동생 위로는 가난하기에 더욱 빛나 보이는, 전형적인 시골 수재와 같은 내 고등학교 선배 한 사람이 있을 뿐이었다. 물론 더 거슬러 올라가면 그들 수재의 학연은 당숙에게까지도 연결되겠지만, 그 불행한 운명의 시인에 대해서는 아직 얘기할 기분이 아니다. 게다가 그의 비극적 몰락은 더는 누구를 봐라, 하는 식의 훈계나 감동으로 이어지기 어려웠다.

동생의 합격은 그만큼 더 값졌고, 그것이 아니더라도 이름만 대면 다 아는 명진 바닥의 첫손 가는 유지이자 통일주체국민회의 대의원인 아버지에게 그것은 자신의 선거 후 실로 오랜만에 얻어낸 또 하나의 자랑이기도 했다. 합격자 발표 후 한 달 가까이 서울식당 매출 절반을 아버지가 담당했다고 해도 지나치지 않을 만큼 동생의 합격으로 한동안 읍 전체가 요란했다. 여기저기 현수막을 내걸던 시절 같으면 학교 앞이며 읍내 입구와 군청 앞 사거리, 아버지가 운영하는 양조장 앞에 바람띠가 요란하게 펄럭였을 것이다. 오 년 전 겨울에 있었던 한 판의 소모적 도박과도 같은 통대의원 선거의 승리도 이토록 감동적이지 못했다. 그런 동생의 첫 출발과 비교해 어깨까지 머리를 기른 나의 두 번째 출발은 축복보다 어른들을 걱정하게 하는 요소가 더 많았다.

첫 단추만 잘못 끼우지 않았다면 그래도 서울 명문 사립의 법대 3학년생일 터였다. 이 년 전 9월, 나 자신도 모를 휩쓸림이 빚은 느닷없는 제적과 귀향만 아니었다면. 명진을 떠나오기 전날 당숙이 나에게 말했다.

"춘천에 바로 안 가고 서울에 들렀다 간다며?"

"예. 정혜 데려다주려고요. 첫 단추를 잘못 끼우지 않았으면 함께 서울에 있을 텐데 말이죠."

"단추라. 그게 통속적인 출세를 위하여 하나하나 채워 나갈 절차를 말하는 게 아니라면 내가 보기에 잘못 끼워진 것이 아니다. 네가 얼마나 의지를 갖고 끼웠느냐 아니냐 차이이지."

"지금 보면 어느 쪽이라도 그렇죠."

"너는 여기 내려와 허송세월했다고 여길지 모르지만, 그렇게 덧없이 보낸 시간이 아니다. 청춘이라는 게 원래 그렇지. 지나온 사람들에게는 꽃으로 비유되기도 하지만, 본인들에게는 춥고 습한 계절이지. 그렇지만 방황도 이쯤에서 끝내는 게 좋아."

"새로 시작하는 것도 제 의지보다는 떠밀려 하는 것 같아서요."

"아무도 네 옷의 단추를 대신 끼워주는 사람은 없어. 어느 쪽이든 가서 남은 단추를 스스로 당당하게 끼워라."

당숙은 미리 준비해 두었던 것인 듯 자신의 서가에서 책 한 권을 꺼내 주었다.

"여기 명진에 내려왔을 때 줄까 하다가 오늘 같은 날을 위해서 참아두었던 거다. 물론 그전에도 읽었겠지만."

'아침이었고, 떠오르는 태양이……'로 시작하는 리처드 바크의《갈매기의 꿈》이었다. 그것 역시 나를 위한 것인 듯 시인은 그 책 몇 구절에 붉은새 볼펜으로 밑줄을 그어놓았다.

대부분의 갈매기는 비상의 가장 단순한 사실—즉 먹이를 찾아 해변을 떠나고 돌아오는 것 이상은 배우려고 하지 않았다. 대부분 갈매기에게 문제는 나는 것이 아니라 먹는 것이다. 그렇지만 이 갈매기에게는 먹는 게 문제가 아니라 나는 게 문제였다. 무엇보다도 조나단 리빙스턴 시걸은 나는 것을 사랑했다.

바야흐로 우리가 살기 위한 일이 얼마나 많은가. 어선에서 빵 조각을 얻기 위해 단조롭고도 꾸준히 오고 가는 것 대신 살기 위한 이유가 달리 있는 것이다.

우리는 한 세계로부터 와서 그것과 거의 똑같은 다른 세계로 가지. 우리가 떠나온 것을 금방 잊어버리며, 우리가 향하는 곳에 관심을 갖지 않고, 순간을 살고 있는 거야. 얼마나 많은 생들이 먹기, 싸우기, 혹은 떼거리 속에서의 권력 이상의 생이 있다는 것을 미처 깨닫기도 전에 끝나버린다는 것을 알고 있니?

우리는 이 세계에서 배운 것을 통해서 우리의 다음 세계를 선택하는 거야. 아무것도 배우지 않으면, 다음 세계는 이 세계와 똑같은 것이지. 전혀 똑같은 한계들과 극복해야 할 짐들을 이끌고 가는 그런 세상 말이야.

정혜와 함께 서울로 가는 버스에 앉아 나는 그 구절을 읽고 또 읽었다. 조나단 리빙스턴 시걸 자리에 내 이름을 대입하고, 다시 읽고 또 읽으며 물었다. 정녕 네가 선 자리가 새로운 출발의 의미라면 너는 살 의미를 가지고 있는가. 배우고, 발견하고, 깨닫고, 마침내 자유롭게 될 이유를 가지고 있는가. 책을 주며 시인은 그러길 바랐겠지만, 가슴 밑에서 우러나오는 나의 대답은, 아니었다. 조나단 리빙스턴 시걸이 무리로부터 당한 추방과 이태 전 가을 나의 추방은 의미부터 달랐다. 그에겐 '삶을 위한 의미와 더 높은 목적'이 있었지만, 나의 그것은 스스로조차 모를 분별없는 휩쓸림이었다.

이미 자신에 대한 비극적 나락의 경험자로서 그걸 몰랐을 시인이 아니다. 나의 두 번째 시작조차도 비상에 대한 갈망이 아니라 또 다른 도피의 수단이라는 것을. 그러므로 그것은 명진에서의 침잠보다 더 깊은 나락일 수 있다는 것을. 당숙은 나에게 비상의 영광이 담긴 책을 주었고, 스스로 묻길 바랐다. 그것은 아마 이유를 찾으라는 거였을 것이다. 앞으로 내가 살 이유를, 다시 시작하는 것의 진정한 이유를, 떠난다고 하여 떠나는 것 모두 출발의 의미는 아닐 것이다.

지금 와 생각해도 당숙의 배려는 참으로 따뜻했다. 그러나 그때 이미 나는 스스로 질문함으로써 내 앞날에 또다시 펼쳐

지고 말 실패의 중압을 어느 정도 예감하고 있었던 것은 아닌지. 그때엔 몰랐어도 돌이킬 수 없는 지경에 이르러서야 비로소 아, 그것이었구나 하고 느껴지는, 왠지 내게는 솟아오를 하늘이 끝내 열리지 않을 수도 있다는 막연한 불안감 같은 것이 버스 안에서 점점 나를 채워오고 있었다.

책을 덮고 나는 조금은 처량한 기분으로 동생을 돌아보았다. 명진을 출발할 때부터 긴장 속에서도 환하게 웃고 있는 동생의 얼굴에는 새로 시작하는 자의 열정 같은 게 깃들어 있었다.

"당숙이 준 책이야. 너도 갈매기의 자리에 너를 대입하고 읽어봐."

"조나단이구나. 오빠는 어땠어?"

"아니라고 부인하고 싶지만, 그럴수록 이거였어."

나는 엄지손가락을 곧추세웠다가 추락하는 새만큼이나 빠르게 아래쪽으로 숙여 보였다.

"아니야, 오빠는 절대."

정혜의 두 손이 완강하게 내 손을 잡아 일으켰다. 따뜻한 힘이었다. 정말 누구의 힘으로든 그렇게 될 수만 있다면 좋겠다는 생각이 들었다.

"다 왔어. 서울이야."

이게 우리가 솟아야 할 하늘이라고. 그렇게 말하는 정혜의 목소리가 차 안의 다른 승객들이 돌아볼 만큼 턱없이 들떠 있었던 것도 그날의 기억에서 오래도록 남아 있는 일 중의 하나였다.

또 하나, 이태 전 서울에 있는 학교에서 치른 첫 입학식 때만 해도 부족함 없이 맨 돈을 주던 어머니가 지금에 와서 새삼스럽게 내 옆구리에 전대를 채워주길 고집하는 이유를 나는 처음부터 알고 있었다. 조금 난감하기는 했지만, 그것이 돈에 대한 단속보다는 그 형식을 빌린 운명에 대한 단속이라는 것도 잘 알고 있었다. 그러고 보면 어머니 역시 내 앞날에 대해 불안한 예감을 가졌던 것은 아닌지.

명진에서 이른 아침에 출발해 정혜를 신림동 하숙집에 데려다주고 청량리로 가서 춘천행 기차를 탔다. 그러자 갑자기 이 세상에 홀로 남겨진 것 같은 기분이 들었다. 북한강을 끼고 노을조차 뒤로하고 달리는 참으로 쓸쓸한, 겨울도 새봄도 아닌 2월의 마지막 날 저녁 기차였다.

2

정파서당 앞에서

누구나 무슨 일을 새로 시작하려면 거기엔 반드시 이 일을 마무리 짓지 않고서는, 하는 걸림돌이 있기 마련이다. 나의 두 번째 출발에도 예외 없이 그런 걸림돌이 있었다. 입학식 날 아침 새로 입학하는 학교로 가지 않고 예전의 서울 하숙집을 찾아가보기로 마음을 바꾼 것이 바로 거기에 해당할 것이다.

명진에서 서울을 거쳐 춘천으로 온 다음 새로운 시작에 대해 마음속으로 다진 나의 각오는 대단히 경직되어 있었다. 이제 단 한 차례 마지막 도약에 나선 장대높이뛰기 선수처럼 기도하는 심정으로 이틀 동안 나는 책상 앞에만 붙어 앉아 있었다. 마음 한구석엔 여전히 예전 학교와 서울 하숙집에 대한 미련이 남아 있기는 했어도 그렇게 빨리 그곳을 찾아가게 되리라고는 생각지 못했다. 더구나 그날은 비록 두 번째일망정 그래도 훗날엔 어느 날보다 애틋하게 기억될 입학식 날 아침이 아니던가. 이를 닦다가 발밑에 떨어진 치약 거품을 보는 순간 문득 지금까지의 각오와는 달리 당연히 그래야 할 것처럼 예전 서울 하숙집을 떠올린 것에 대해 무어라고 설명할 길이 없기는 하다. 어차피 가슴 뜨겁게 치러낼 입학식도 아닐 바에야 하는 생각이 밤새 이 도시의 안개처럼 나를 붙잡고 있었던 것인지 모른다.

느닷없이 밀려들기는 했어도 그것은 이제 다시 오지 않을 날들에 대한 그리움이었다. 불과 일 년도 되지 않은 기간이지만, 한때 나의 칠판 밖의 학교였던 동시에 장차 법관이 되리라는 청운의 꿈이 깃든 요람이었으며 끝내는 그 높이에서만큼의 되새기고 싶지도 않은 추락의 족쇄가 채워졌던 서울 하숙집 정파서당…….

선후배 간에 인사가 끝나기 무섭게 첫 잔부터 사발 소주를 안기던 입방 신고식이며, 떼거리로 몰려다니며 호기심을 돋우던 하숙집 그룹 미팅, 피차 돈이 없는 걸 뻔히 알면서도 내기에 진 사람을 볼모로 잡혀 두고 나오는 피 보기 당구, 술 마신 끝이면 으레 뒤따르는 골목에서의 고성방가까지. 그것만 있었던 건 아니었다. 술병미다 우리는 별을 담았고, 얘기를 남았다. 파스칼의 갈대가 꺾이고, 니체의 자라투스트라가 죽었으며, 심하게는 그리스도가 사생아가 되어 거리에 나앉기도 했다. 무모하고도 겁 없는 시간 속에 또 그것만이 전부는 아니었다.

서울 하숙집을 추억함에 9월의 추락과 함께 빼놓을 수 없는 일 하나는 그 추락의 전조와도 같았던 그해 5월 〈동아일보〉 사건이었다. 그때 나는 1학년이었고 또 법대생이면서도 학과에서나 하숙집 동료들 사이에 시작부터 제법 문사 대접을 받았더랬다. 그도 그럴 것이 입학하자마자 학보사에서 실시한 재학생 문예 작품 현상 공모에서 나는 1학년이었음에도 소설 부문 당선의 영광을 안았다. 지금은 부끄러운 대로 업이 되고 말았지만, 그때는 순전히 한 학기 등록금 반액에 가까운 상금 때문이었다. 신입생 오리엔테이션 때 선배 기자들이 와서 나누어 준 학보에서 나는 공고를 보았고, 거기에 꼭 내 돈을 맡겨놓은 것 같은 기분에 얼굴이 화끈 달아올라 곧바로 원고지 세 뭉치를 샀다. 마감 때까지 근 한 달 동안 난생처음 소설이라는 것을 붙들고 낑낑거렸는데, 고등학교 때 배운 소설의 기본 골격에 맞춰 원고지 팔십 매 분량으로 수복지구인 명진의 지역적 특수성과 어느 4·19세대(당숙)의 냉소적 삶에 대해 크게 더함도 뺌도 없이 써 나갔다. 이제니까 고백하지만 나는 당숙의 '수유리에 지다'라는 미발표 시 한 편을 내가 쓴 것인 양 출처조차 밝히지 않고 소설 중간에 옮겨 놓았다. 생각하면 겁도 없었고 대책도 없었던 시절이었다. 어쨌거나 나는 난생처음 큰돈을 만졌고, 일부를 기꺼이 하숙집의 술값으로 내놓았다.

"우리 이걸 마셔서 없애지 말고 좀 더 보람 있는 데 쓰자."

"술값을 술값으로 쓰는 것보다 보람 있는 일이 무언데?"

"우리도 격려 광고를 내자."

누군가의 제의로 우리는 거기에 각자 얼마씩 더 갹출하여 당시 광고 탄압과 기자들의 무더기 해직 사태를 겪고 있는 〈동아일보〉를 찾아가 '보소, 그라믄 안 딘다 캐도!' 하는 다분히 야유적인 카피로 격려 광고를 내고 돌아왔다. 그때 아홉 명이나 되는 정파서당 하숙생들의 이름을 하나하나 실명으로 밝힐 것인지 아니면 '정파서당 하숙생 일동' 하는 식으로 익명으로 할 것인지 가벼운 의견 충돌이 있었다. 결국 실명으로 했지만, 그때 우리 대다수의 의견은 익명 쪽이었고, 그걸 간단하게 뒤집은 것은 같은 법학과 선배이자 하숙집의 방장 역을 맡은 은식 형의 민초론이었다.

"다들 봐라. 그게 만약의 일에 대한 조심이든 비겁함이든 그건 자존이 아니라 착각이다."

"그건 좀 심한데."

같은 3학년인 회계학과 형이 말했고, 다시 방장 형이 대답했다.

"민초라는 말이 무언지를 생각해봐. 기를 쓰고 본명을 밝혀도 그것조차 익명이나 다름없는 들풀 같은 존재가 아니냐고."

우리는 광고에 그 이름도 빛나는 정파서당과 아홉 명이나 되는 하숙생들의 이름을 깨알같이 적었다. 아무튼 며칠 후 신문에 손가락 세 개 넓이만 한 우리의 격려 광고는 글씨가 너무 촘촘하게 박혀 노는 땅이 연필 뒤통수 하나 디밀 틈조차 없을 정도였다. 이 세상에 태어나 처음으로 매스컴에 활자화된 우리 아홉 명 정파(정신파탄) 하숙생들의 이름을 위하여 또 한 번 의기투합 폭주 건배가 있었다.

만약의 일이긴 하지만, 하숙집에서 벌어지고 있는 일들을 명진의 아버지나 형이 알았다면 최소한 9월의 추락으로까지는 내몰리지 않았을 것이다. 그랬다면 그날로 나는 그 집에서 끌려 나와 다른 곳으로 하숙을 옮겼을 것이며, 그것으로 은식 형과의 인연도 진작에 끝났을 것이다. 그 전해 11월, 〈동아일보〉 광고 탄압과 때를 같이하여 누구보다 일찍 '동아일보 절대 사절'을 대문에 내붙였던 아버지가 아니던가.

"너희 생각엔 그렇게까지 할 건 뭐가 있겠나 싶겠지만, 세상일이란 모르는 것이다. 이루는 것도 힘들지만 지키는 건 더욱 힘든 일이야."

인구도 많지 않은 시골의 작은 군과 읍내에서 행세하는 정도이지만 통대의원 자리도 그랬고, 그 자리를 차지할 수 있게 해준 양조장도 그랬다. 하숙집 분위기가 그랬지만 5월의 격려 광고가 추락의 직접적 계기는 아니었다. 오히려 상관이 있다면 추락의 전조는 도토리 키 재기와 같은 교내 문예 행사에서 거둔 나의 뒤꿈치 올림에서 찾아야 할 것이다. 무슨 흑백논리처럼 문학의 순수와 참여 논쟁이 한창이던 시절, 4·19와 4·19세대의 삶을 소설로 다루었다는 것만으로도 아직 가입도 하지 않은 학교 문예 서클과 하숙집 선배들은 나를 깨어 있는 문사로 대접했고, 나 스스로 그들 앞에 어쭙잖게 그런 행세를 하려 들었다.

2월에 있었던 유신헌법 찬반 투표와 4월에 있었던 서울대 김상진의 자결, 5월에 발령된 고려대의 휴교 조치 속에 4·19를 입에 올림이 대역 음모의 다른 말이 아님을 알게 된 것도 그것으로 교내에서 이미 발꿈치를 들어 올릴 만큼 들어 올리고 나서였다. 아직 신입생 물조차 빠지지 않았음에도 누구에게나 나는 감히 말하곤 했다. 두고 봐라. 이 어둡고 숨 막히는 세상, '백번을 양보하고라도 인간적으로 부르짖어야 할 같은 학구의 양심'과 '캄캄한 밤의 침묵에 자유의 종을 난타하는 타수의 일익임을 자랑'하는 서울대학생회의 '4·19 제1 선언문'에 필적할 또 하나의 미문 선언문이 내 손에서 나올지니……. 한마디로 나는 기고만장했었다.

이유는 될 수 있겠으나 그것 역시 추락의 한 원인이었을 뿐 전부를 담당해야 할 몫까지는 아니었다. 2학기 등록을 앞두고 남들보다 일주일이나 서둘러 상경하지 않았더라면 그 파도에서 저절로 비켜섰을 것이다. 고향이면서도 명진은 내게 푼푼하지 못했다. 가네야마(金山) 막걸리, 도갓집 둘째, 통대의원 아버지, 거기에 대한 당숙의 냉소와 자학 증세들……

"먼저 올라가야겠어요. 학기가 시작되기 전에 준비할 것도 있고요."

그 준비가 결국 이것에 대한 준비가 되고 말았다.

아아, 학우여! 민족사의 새날은 정녕 밝아오는가?

동학혁명과 3·1운동, 4·19의거로 이어온 우리 민족사의 흐름은 반봉건·반제·반독재의 끊임없는 투쟁이었다. 오늘날 박정희 파쇼 정권과 그 하수인들은 이러한 민족사적 흐름에도 불구하고 삼선 개헌에 이어 다시 유신이라는 영구 집권의 허구적 민주주의를 내세워 민족의 생존권을 위협하는 반역사적

음모를 획책하고 있다.

지난 4월 서울대에서 있었던 김상진 열사의 할복 항거에도 불구하고 현 파쇼 정권은 긴급조치라는 전대미문의 초사법적 철봉으로 우리의 눈과 귀와 입을 틀어막고 있다. 자유와 정의, 진리의 전당인 대학에서까지 그들은 학생들의 대표를 학생이 선출하겠다는 지극히 기초적인 권리의 주장마저 묵살하고, 학도호국단이라는 총장 임명제의 어용 조직을 도구화하여 우리의 자치권을 뿌리째 뽑아버리려는 음모를 드러냈다. 불의에 침묵하지 않는 몇몇 양심적 지식인은 이미 철창에 갇히고, 그 자리에 어용 지식인들이 판을 치며 자유와 정의와 진리의 전당인 학원에까지 경찰이 끼어들고 있는 우리 조국 현실이 참으로 비통하고 참담하다.

아아, 통탄한다, 학우여!

자유와 정의와 진리는 그 무엇에도 양보할 수 없는 대학의 생명이다. 하물며 파쇼 정권과 그 주구 앞에서야. 오늘 우리는 이승만 독재 정권에 대한 항거에 이어 또다시 민족사의 부름을 받고 분연히 떨치고 일어나 이 땅에 진정한 자유와 정의, 진리의 실현을 위한 투쟁의 횃불을 높이 치켜들고 박정희 파쇼 정권의 타도가 급선의 일임을 천명한다.

이제 우리는 민족의 생존을 위하여 어떠한 불의와 폭력에도 굴하지 않을 것이며, 침묵하지 않을 것이며, 주저앉거나 타협하지 않을 것이며, 우리의 자유가 우리의 자유로 확인되는 그날까지 반파쇼 반독재 투쟁의 선봉에 서서 나아갈 것이다.

들리는가, 학우여. 또다시 역사는 우리를 부르고 있다!

지금 와서 변명하거나 미화하고 싶은 생각은 없다. 방학 동안 서울에 남아 그것을 준비해온 은식 형과 병찬 형, 어느 정도 밤이 깊은 다음 병찬 형의 연락을 받고 찾아온, 나로서는 그날 처음 인사를 나누게 된 인문대 3학년 선배 두 사람, 내 눈에 그들 네 사람은 확실히 자기 신념으로 무장된 투사들이었다. 그들 눈에 비친 내 모습도 뒤늦게 합류한 또 한 사람의 어린 투사였는지 모르지만, 지금도 나는 그때 그 일에 내가 얼마만큼의 신념과 열정을 가지고 있었는지 자신이 없다.

이후 내가 그 일을 후회와는 또 다른 성격으로 분별없는 휩쓸림으로 규정하는 것도 그 때문이다. 뜨거움이었던 동시에 흔들림이었으며, 더없는 두려움이었다. 누구보다 지킬 게 많은 통대의원 아버지와 누구보다 화려한 비상을 꿈꾸던 나 자신의 미래에 대해 마지막 순간까지 고민했다. 그러면서도 깨어 있음을 경쟁하듯 끝까지 동참 쪽으로 자신을 몰고 간 데에는 그동안 학교와 하숙집 동료들에게 스스로 겨온 두고 봐라

식의 빚 또한 적지 않은 부담이었음을 솔직히 고백하지 않을 수 없다. 은식 형이 잡아준 초안을 바탕으로 선언문 몇 군데를 유장한 느낌으로 문장을 다듬은 것 외에 네 명의 3, 4학년 선배들 숲에서 그것의 등사와 낭독과 배포에 이르기까지 1학년인 내가 맡아 할 일이 그다지 많지 않았을 거라는 것도 누구나 쉽게 짐작할 것이다.

그럼에도 나는 이야기한다. 당시 상황의 어려움을 아무리 강조하더라도 개강 둘째 날 점심시간, 학생회관 1층 구내식당에서 마주쳤던 낯선 시선들에 대하여. 시위 시간을 점심시간으로 잡은 것이나 장소를 그 시간 구내식당으로 한 것도 가능한 한 사람이라도 더 많이 참석시키자는 뜻에서였다. 결과는 선언적 의미 외에는 완전한 실패로 끝나고 말았다. 은식 형이 선언문을 낭독하는 동안 나머지 네 명이 뿌린 오백여 장의 선언문 가운데 제대로 읽힌 것은 오십 장도 채 되지 않을 것이다. 손에서 손으로 전한 유인물마저 어마 뜨거라, 하고 그 자리에 떨어뜨리곤 저만치 물러나 두려움 반 호기심 반으로 바라보던 낯선 시선들을 지금도 나는 잊을 수 없다. 적어도 호응되고 호응하리라 믿었다. 결의문 제창 때는 내 팔의 기운마저 흔적 없이 빠져 달아나는 것 같았다. 훗날 우연한 기회에 읽게 된 '유신 시대의 학생운동'을 기술한 어느 책에서는 그닐 우리의 시위 규모를 오백 명이라고 적었지만, 미처 못다 먹은 짜장면을 들고 구석으로 피해 가서 힐끔거리던 사람들까지 포함하더라도 그건 턱없이 과장된 소리다. 결의문 제창에 합친 목소리가 그것의 십 분의 일만 되었어도 그렇게까지 울고 싶은 심정은 아니었을 것이다. 게다가 옳게 '독재 타도' 구호조차 외쳐볼 틈도 없이 현장을 덮친 경찰의 우악한 손길도 나로서는 오래도록 잊을 수가 없다.

그리고 열흘 가까운 시간 동안의 이제는 정말 떨쳐버리고 싶은 악몽에 다름 아닌 기억들……. 거기에 대해서는 차마 말하지 못하겠다. 더함도 뺌도 없는 스무 살의 나이가 내 이름으로 꼽을 수 있는 마지막 나이가 아닌가 두려움에 떨던 낯선 방에서의 고통과 공포와 절망도 읽는 이들의 상상에 맡겨두는 것이 나을 듯싶다. 내가 따로 설명하지 않더라도 그 방에서 벌어지는 일 정도는 그런 일들과 무관하게 살아온 사람들에게조차 결코 낯선 일이 아닐 테니까.

결과만 말한다면 그때 네 사람의 선배는 구속 후 곧바로 기소되었다. 내가 명진에 내려와 사람들의 입에 오르내리는 동안 1년 반에서 2년 반까지의 실형을 받았고, 나는 낯선 방에서 풀려남과 동시에 학교로부터 제적 처분을 받았다. 내가 1학년이었던 것과 가담 정도가 다른 사람보다 경미하다는 이유도 있겠지만, 그건 단지 아버지가 찾아다닌 비빌 언덕이란 말에 불과하고 실제로 그것을 가능하게 했던 것은 명진 사람들의 수근거림대로 '가네야마 가의 오까네'였을 것이다.

"그때 널 재판에 안 넘기려고 얼마나 고생했는지 아느냐? 너만 무너지는 게 아니라 그걸로 집안 전체가 무너질 수 있다는 걸 알아야지."

며칠 전 아들의 두 번째 시작에 앞서 아버지가 말했다.

"정신 단단히 차려라. 다시는 서툰 일에 끼어들지 말고."

힘든 마음으로 서울로 갔으나 끝내 옛 하숙집 문을 두드리지 못했다. 천변을 따라 걸으면서 누군가 날 알아보는 얼굴과 마주칠까 봐 두렵기까지 했던 건 춘천을 떠나올 때만 해도 생각하지 못한 일이었다. 이태 전 '가네야마 가의 오까네'가 이뤄낸 기소유예와 관련하여 은식 형과 병찬 형, 정주 형, 우진 형에 대한 죄스러움이 그리움과는 또 다른 형태로 내 마음 깊숙한 곳에 자리 잡고 있었다. 공판 때는 어쩔 수 없었다 해도 이후에도 형들이 있는 교도소에 한번 찾아가보지 못했다. 단순히 무심해서가 아니었다. 그러면서 그리움은 또 그리움대로 아픔으로 더할 내 스무 살 적의 서울 하숙집과 그곳의 선배들. 정들 사이도 없는 이별이었지만, 일부러 서울까지 샀다

가 다시 돌아서 나올 때의 쓸쓸함을 무어라고 설명해야 할지
모르겠다.

3
초록지붕 아래에서의 회색 꿈

3월 대학가의 풍경 가운데 신학기를 가장 신학기답게 느끼게 하는 익숙한 듯하면서도 낯선 풍경 하나를 꼽는다면 내게 그것은 ROTC들의 지축을 흔드는 듯한 '충성' 소리였다.

'먼 길을 돌아 학교로 왔구나.'

이제 다시 제 길을 찾아 들어섰다는 안도보다는 저게 아닌데 하는 쓸쓸한 기분으로 새삼 내게 그것을 확인시켜준 것도 바로 그 소리였다. 입학식 다음 날 수강 신청을 하러 학교로 가던 길에 교문 앞에서 그동안 잊고 지냈던 그 소리와 느닷없이 맞닥뜨렸다. 한 떼의 ROTC 1년 차 생들이 열을 지어 교문을 들어서다 말고 저만치 앞서가는 2년 차 생의 뒤통수에 대고 교정이 떠나가도록 소리를 질러대는 것이었다.

"추웅― 서엉!"

이 년 전 먼젓번 학교에서 본 것과 조금도 다를 바 없는, 이젠 떨쳐버려도 좋을 모습을 또다시 보는 듯해 오히려 보는 쪽에서 면구스러워지고 마는 한심하고 우스꽝스럽기 짝이 없는 풍경이었다. 자신의 1년 차 시절을 그런 식으로라도 보상받겠다는 듯 뒤돌아서서 득의만면한 얼굴로 인사를 받는 2년 차생의 꼴같잖은 모습까지, 3월 대학가의 가장 이질적인 풍경이면서도 신학기의 가장 일반적인 풍경이 되고 만 그들의 직각보행과 직각의 팔 휘두름, 시도 때도 없이 터져 나오는 충성 구호, 나로서는 참 익숙해지지 않는 일이었다.

그러나 나는 나 자신을 철저하게 방관자로 두기로 했다. 이 년 전 가을 먼저 학교 학생회관 구내식당에서 마주쳤던 시선들처럼. 나는 다짐하고 또 다짐했다. 일정한 선 바깥에 나를 두고 지켜보기만 하리라. 다시 솟아오르지 못한다 하더라도 이제 한 번 더 추락하면 그것은 끝도 없는 몰락이 될 것이다. 그래서만 자신을 금 바깥으로 몰아 단속하려는 것은 아니었다. 달리 무어라고 설명할 수 없지만, 마음 한구석에 그보다 더 크게 응어리진 또 다른 이유가 내겐 분명 있었다.

새 학교의 1학년 첫 학기 수강 신청에서부터 나는 아직 얼굴도 이름도 모르는 학과 동료들과 일정한 거리를 두어 나가기로 했다. 한두 과목의 기초 전공을 빼곤 인문대든 사회대든 거의 모든 학과의 수업이 대체로 비슷한 교양과목으로 짜인 1학년 수업 과정에서 그것은 어려운 일이 아니었다. 내가 입학한 경영학과의 교양영어 시간이 월요일 1, 2교시라면 목요일 3, 4교시에 있는 인문대 쪽에 그것을 신청하면 '경영학원론' 같은 기초 전공 외엔 학과 동료들과 어느 수업에서도 마주치지 않을 수 있었다.

단과대별로 통합하여 실시하는 교련을 제외한 나머지 22학점(당시엔 24학점까지 신청할 수 있었다)의 수업을 나는 전 단과대학 커리큘럼을 펼쳐놓고 가능한 월요일 오전에서부터 금요일 오후까지 빡빡하게 시간을 짜 나갔다. 다른 신입생들은 이런 방법이 있다는 것을 모를 것이다. 모든 것에 대하여 철저하게 아웃사이더로 남으리라.

처음 얼마 동안은 매일 아침 아홉 시에 시작하는 첫 강의 시간에 지각하지 않고 출석하는 것조차 힘겹고 빡빡한 나날이었다. 최소한 오 분 전에 강의실에 가 앉자면 출발은 그보다 사십 분이나 오십 분쯤 빨라야 했다. 어머니가 구해준 하숙도 학교에서 멀리 떨어져 있었다. 명진에 머무는 동안 아홉 시 전에 아침을 먹어본 적이 없는 나에게 일곱 시 기상은 어느 하루도 알람 시계의 도움을 받지 않고는 불가능한 일이었다. 수업이 없는 토요일과 일요일에도 스스로 정한 아침 일곱 시의 기상을 새로운 비상을 위해 양보할 수 없는 규칙으로 지켜나 갔다. 입학한 지 한 달 조금 더 지나 학교 중앙도서관에 점심 시간에 잠시 가방을 놓고 나가도 좋을 고정석을 확보할 수 있었을 만큼 그것은 스스로 느끼기에도 참으로 성실한 출발이 었다.

앞서 말한, 자리바꿈에서 오는 상실감만으로 쉽게 주저앉을 수 있는데도 나는 도시락까지 싸 들고 소양동 하숙집에서 학교로, 또 학교에선 강의실에서 도서관으로 왔다 갔다 하는 것 말고는 그 흔한 미팅에도 눈 한 번 돌리지 않았다. 하자고 말할 사람도 없었지만, 새삼 신입생티를 낼 기분도 아니었다. 그건 수십 개가 넘는 각종 서클과 학과별로 수시로 이름 붙여 갖는 행사들도 마찬가지였다. 팔호광장에서 대학 정문까지 대성로라는 이름의 진입로 양편에 문을 열고 있는 당구장도 예전 정파서당 시절같이 나를 유혹하지 못했다.

특히나 하숙을 정하고 있는 '초록지붕' 아래층에 나 말고는 함께 어울릴 하숙생이 없다는 것도 유흥과 거리 둠에 다행스러운 일이었다. 합격자 발표 직후 어머니와 함께 춘천에 와서 미리 정한 소양동 하숙집은 실상 예전 정파서당에 대한 어머니의 염려만큼 마음에 들게 얻은 것이 아니었다. 그때는 버스터미널 부근 복덕방의 소개대로 그저 방 넓고 조용한 이 층의 독채 같은 양옥집으로만 알았는데, 정혜를 서울 하숙집에 데려다주고 다시 춘천으로 왔을 땐 집을 잘못 찾은 게 아닐까 싶을 만큼 전혀 딴판의 분위기였다. 아마 점심때와 저녁때의 차이였을 것이다. 그곳 초록지붕 아래층에 방만 얻어 들고 있는 대여섯 명의 말만 한 여자들이 어머니의 눈에 띄지 않았던 것은.

"암요, 보시다시피 조용하고말고요. 학교 앞 동네와 같나요? 여긴 함께 휩쓸려 다닐 학생도 없어요."

어머니는 다른 학생 하숙생이 없다는 점이, 나는 넓고 깨끗한 방이 마음에 들었다. 춘천 번화가와 가까운 시내 쪽이며, 이 층의 큰방을 혼자 쓴다는 이유로 터무니없는 금액의 두 달치 하숙비를 선불로 요구하며 주인아주머니는 짙게 커튼을 드리운 아래층 다른 방들에 대해서는 말끝을 흐렸다.

이후에도 통금 바로 직전이거나 새벽 통금 해제 후 지친 몸을 이끌고 들어오는 그니들은 오히려 내가 안면을 방해하지 않을까 조심해야 할 정도로 늘 조용한 아침을 제공했다. 그러다 저녁 무렵이면 자리를 털고 일어나 집 안을 들었다 놓을 만큼 부산을 떨다 나가는 그니들의 외출 준비도 눈살을 찌푸리게 하거나 못 견딜 만한 것은 아니었다. 그 시긴 나는 내부분 학교에 가 있었고, 어쩌다 마주친다 해도 그건 일주일에 한 번 정도였다. 거기에 유혹을 느끼거나 쓸데없는 호기심을 발동하지 않는다면 '초록지붕'은 강의와 도서관 이외의 것들에 관심을 두고 싶지 않은 내게 더할 나위 없이 안전한 회색 지대였다. 새로운 비상에 골몰하는 스물두 살의 사내와 겉모습과는 달리 저마다 고단한 삶에 지쳐 있는 아래층 여자들 사이에 실제로 한 학기 동안 이렇다 할 마주침이 없었던 것은 당연한 일이었다.

그걸로 학교나 학과 동료들에 대해 완전하게 비켜서 있었다고 생각한다면 오산이었다. 자신들보다 표 나게 머리가 긴 장발의 이방인에 대해 처음엔 단순히 남들과 어울리기 싫어하는 재수 내지는 삼수 입학 정도로 생각하던 그들이, 그래서 경영학원론 시간이면 노골적으로 학과의 결속력을 해치는 국외자로 경원하던 그들이 언제부턴가 내 전력을 아는 듯한 눈빛을 보내올 때 나는 난감했다. 이 학교에 다니는 명진 동문 누군가 내 얘기를 그들 중 누구에게 과장해 들려주었음이 틀림없었다. 소문이란 돌고 돌아 이제 돌 곳이 없으면 제 발로 주인을 찾아오는 법이었다.

3월이 가고 4월도 반쯤 지난 어느 날, 다른 때와 마찬가지로 나는 도서관에서 책을 보다가 십 분쯤 전에 경영학원론 강의실로 가 제일 뒤에 자리를 잡고 앉았다. 학과 동료들과의 수업에서는 왠지 뒷덜미에 퍼부어지는 시선들이 싫어 늘 뒷자리에 앉곤 했다.

"김진호 씨 맞지요?"

앞쪽에 앉았다가 주뼛주뼛 다가오는 폼이 아니더라도 나는 그가 전에도 공지 사항을 전하거나 과제물을 걷어간 적이 있는 우리 과의 대표임을 알아보았다. 머리를 기른 모습으로 보아 재수생이거나 삼수생 같은데, 과 수석이라는 덤터기로 과대표를 하고 있는 듯 보였다. 나는 학회비 때문이거나 개나리도 피고 했으니 야유회 건인 줄 알았다.

"강의가 끝나거든 지도교수실로 가봐요. 며칠 전부터 찾았는데 연락할 수 없어서 지금 전하는 거니까."

"무슨 일 때문인데요?"

"그거야 우리도 모르죠."

우리라, 당신과 우리의. 무심코 한 말이겠지만 과대표의 '우리'는 그런 뜻으로서의 우리였다. 실제로 내가 먼저 그러길 원해왔으면서도 그 말이 섭섭하게 느껴졌던 것은 무엇 때문일까. 거기에다 잠시 전의 말과는 달리 과대표의 얼굴은 지도교수가 날 찾는 이유를 나를 뺀 나머지 '우리' 모두 짐작하고 있다는 듯한 표정이었다.

"어디요? 지도교수실이라는 데가."

이제 전달이 끝났다는 태도로 돌아서는 과대표에게 나는 당장이라도 그곳으로 쫓아 들어갈 것처럼 물었다.

"참, 우리와 같이 수업 안 받으니 모르지요? 김영남 교수님 이라고, 이 건물 이 층 맨 끝에 연구실이 있어요."

"에이 씨……."

나는 누구에게랄 것 없이 신음처럼 뱉었다. 이미 반은 뒤돌아보고 있었고, 그때까지 묵묵히 앞을 바라보던 나머지 얼굴마저 뒤쪽으로 떠오름과 동시에 나는 방금 내가 뱉은 말이 얼마나 즉흥적이고 지나친 것인가를 깨달았다. 그때 드르륵, 문이 열리며 담당 교수가 들어왔다. 아니었다면 그날의 강의는 아마 내가 미처 '에이 씨……'를 해명할 사이도 없이 과대표와 나의 부딪침으로 난장판이 되고 말았을 것이다.

"무슨 일인가?"

"아무것도 아닙니다."

과대표는 느닷없이 당한 봉변을 삭이지 못한 얼굴로 힐끗 뒤를 돌아보고 나서 자기 자리로 돌아갔고, 나도 어색하게 자리에 앉았다.

"무슨 일인지 모르지만, 힘이란 함부로 쓰는 게 아니라네. 힘이란 바른 자리를 가려가며 써야지. 작게는 강의실 안이고 크게는 사회 전체로 볼 때도 문제는 힘이 부족해서라기보다는 과잉에서 비롯되는 것이니까. 그만 진정되었으면 강의 들어가도록 하지."

경황없는 가운데도 나는 우리를 향한 그분의 잔잔한 미소를 보았다. 그 후에도 강의 중간중간 한두 마디씩 표 나지 않게 우리에게 가르침을 주셨던, 진심으로 존경하였고, 또 시간이 지나선 나의 그런 존경이 하마터면 그분의 강의 박탈로까지 이어질 뻔했던 일까지 있는 분이었다. 강의가 끝난 다음 내가 먼저 과대표에게 다가가 조금 전의 일을 정식으로 사과했다. 과대표 역시 지도교수실 문 앞까지 나를 따라와주었다.

"누구던가—?"

문을 열고 들어서자 자리에 앉아 뒷말을 길게 빼며 지도교수가 물었다.

"경영학과 일 학년 김진호입니다. 찾으신다고 해서 왔습니다."

"으음, 그 김진호? 이번에 입학한⋯⋯."

그는 내게 필요 이상의 반가움을 표시하곤 담배와 라이터를 들고 소파로 건너왔다. 맞은편 자리에 앉으며 나는 얘기가 길어질지 모르겠다고 생각했다.

"그래, 요즘 학교 다니기는 어떤가?"

"괜찮습니다."

"하긴 뭐 서울과 춘천 차이 정도겠지. 어디든 다 공부를 하자는 곳이니까 먼저나 여기나 크게 다를 것도 없을 게야. 나도 학부 따로 대학원 따로 다녀봤지만 말이야. 그런데 학과 동료들과 강의를 따로 받고 있다고 들었는데—?"

이번에도 그는 뒷말을 길게 빼며 물었다.

"예 뭐, 새삼 부끄럽기도 하고 쑥스럽기도 해서 그렇게 하고 있습니다."

"그거야 아무려면 어떨까만…… 나는 혹시 김 군이 예전처럼 말일세, 그러니까 학외 쪽의 문제라는 건 말이지…… 남들과 쉽게 어울리려 하지 않는 대화나 접촉의 단절 같은…… 다시 말해 자발적 소외로부터 시작되는 게 아닌가 걱정이 돼서 하는 얘긴데 말이지."

어느 어른도 나한테 그런 말을 할 때면 말을 더듬었다. 지금처럼 이렇게 말하는 건 이미 내가 어른들이 염려할 만한 전력을 가지고 이 학교에 온 것을 잘 알고 있다는 뜻이었다.

"나는 꼭 뭐 지도교수가 아니더라도 김 군의 학교생활을 어느 정도 책임져야 하고, 또 지도해야 할 의무가 있는 사람이고 말이지. 그래서 하는 얘긴데……."

"걱정해주셔서 감사합니다. 하지만 걱정하지 않으셔도 됩니다."

"물론 그래야겠지. 나도 김 군도 말이지."

결국 그 얘기였다. 네 앞날이 걱정되는 것도 사실이지만, 툭 불거져 이곳으로 온 너 때문에 내 위치가 문제 되어선 안 되겠다고, 그러니 너 좀 근신해주어야겠다고, 나는 처음부터 그들 앞에 주홍글씨 A(anti)를 가슴에 달고 있었다.

"내가 지도교수라기보다 세상 먼저 산 어른으로 노파심에서 몇 마디만 더 얘기하지. 청춘의 실책은 장년의 승리나 노년의 성공보다도 값진 일이라네. 들어본 적이 있는지 모르지만, 디즈레일리(Benjamin Disraeli)의 말이지. 살아가며 우리가 부끄러워해야 할 일은 오류를 범하는 것보다 자기가 범한 오류에서 아무것도 배우지 못했을 때라네. 특히 젊은 날의 오류는 오히려 인생에 비약적인 계기가 될 수 있지."

처음엔 그가 무슨 말을 하든 잠자코 듣기만 하리라 생각했다. 어차피 우리는 서로 다른 자리에서 다른 세상을 바라볼 뿐이었다. 오류라 ─ 지도교수는 오류에 대한 그 말이 마치 자신의 지식과 경험에서 나온 말인 것처럼 내게 말했다. 나는 삐딱하게 나가기로 했다.

"이 년 전 그 일이 있은 다음 주위 어른들로부터 비슷한 말씀을 여러 번 들어서 기억합니다. 방금 오류에 대해서 하신 말씀은 일본 정치가 미키 기요시의 말이 아닌지요."

그의 반응을 살피며 나는 조금은 빈정거리는 투로 말했다.

"그거야 누구의 말이든…….."

"교수님 말씀이 아니더라도 저 자신도 그때의 일을 늘 안타깝게 여기고 있습니다. 그렇지만 그 일이 있기 전과 이후의 헝클어진 처지 때문이지 제가 한 일이 어른들의 말씀처럼 일방적으로 오류라고 단정할 만큼 이치에 어긋났다고는 생각하지 않습니다."

"내가 염려하는 것도 바로 김 군의 거침없는 생각들인데…… 현실은 그렇지 않다네. 나도 4·19세대이긴 하지만 김 군이 생각하는 것 이상으로 세상은 복잡하고, 또 그만큼 복잡한 역학 관계로 유지되고 있는 거라네. 나는 김 군의 학교생활을 지도하고, 또 어느 정도 책임져야 할 교수의 한 사람으로서 김 군이 다시 인생의 불이익을 당해서는 안 된다는 것을 얘기하는 것이라네. 내가 알기로 김 군은 가정환경도 좋다고 들었는데, 부친께서 통대의원이시라고 했던가?"

그건 언제 어느 자리 어느 입에서 나오더라도 내게는 모멸감이었다. 그 일을 겪고 난 다음, 아버지의 힘으로 기소유예처분을 받았음에도 어딜 가든 이 년 전 가을 나의 전력보다 더 깊숙이 감춰두고 싶어 했던 것이 바로 그것이었다. 나는 생각나는 대로 이 학교에 다니는 명진 동문들의 얼굴을 떠올려 보았다. 그들 중 누군가 경영학과 학생들에게 한 말을 전해 들을 수도 있고, 그것과는 다른 통로로 나에 대한 정보가 지도교수인 그에게 은밀하게 전달되었을 수도 있다.

"어디 그뿐이겠습니까? 도시와는 비교할 수 없지만 한 지역의 거부이자 도가의 사장이기도 하지요."

나는 그렇게 말하는 정도는 아무것도 아니라는 식으로 말했다. 지도교수는 어려운 친구군, 하는 얼굴로 담배를 비벼 껐다.

"유감이군. 나는 단지 김 군의 학교생활에 대해 얘기하고 싶었던 것뿐인데 말이지."

"저도 그렇습니다. 아버지의 직함이 그다지 자랑스러운 것이 아니라는 것뿐입니다. 다른 사람들로부터 그 얘기를 듣는 건 더 그렇습니다."

"아무튼, 내 얘기는 다시 힘들게 이어가는 학교생활인 만큼 남들 이목도 그렇고 김 군 자신을 위해서 다른 사람들보다 열심히 해야 한다는 것이네. 지금도 김 군이 그렇게 하고 있는 줄 알지만 말일세."

지도교수는 양복 소매를 밀어 올리고 시계를 보았다. 나는 일어서야 한다고 생각했다.

"다음 시간 수업이 있습니다."

"그러지. 그렇지만 오해하지는 말게. 지도교수라고는 하지만 자네 일 학년들과는 수업이 없어서 이렇게 부른 거니까. 이제 방을 아니까 앞으로 자주 들르게."

꾸벅, 인사를 하고 나오기는 했는데 마땅히 갈 데가 떠오르지 않았다. 이 기분으로는 왠지 도서관으로 가고 싶지 않았다. 그렇다고 초록지붕 아래의 그니들이 하나둘 자리에서 일어나 부산을 떨 시간에 하숙으로 돌아가고 싶은 마음도 없었다. 나는 가방을 든 채 대학 본관 건물을 지나 학생회관 쪽으로 어슬렁어슬렁 걸음을 옮겼다. 나른한 봄이었다. 잔디의 새싹이 파릇파릇 얼굴을 내밀고 언덕바지의 개나리들이 노란 웃음을 터뜨리고 있었다. 봄은 피부로만 느껴질 뿐 가슴으로 다가오지 않았다. 그렇게 조심하고 경계했음에도 나도 모르는 사이 모든 사람이 이제껏 내가 감춰두고 싶어 했던 비밀들을 죄다 알고 있는 꼴이었다.

그날 저녁 정혜가 차분하게 가라앉은 목소리로 하숙집으로 전화했다. 무슨 일이 있는 것은 아니고, 토요일인 내일 춘천에 가서 전화할 테니 어디 나가지 말라고 했다.

"그럼 내가 터미널로 나갈게."

"아니, 그러지는 말고 오빠. 나도 오빠가 사는 집 보고 싶으니까 그냥 집에 있어. 춘천에 도착해 전화할 테니까."

다음 날 점심때 정혜가 택시를 타고 하숙집으로 왔다. 나는 전날 있었던 일로 울적한 마음에 책상 앞에 앉아 오래도록 리처드 바크의 갈매기 사진을 들여다보고 있었다. 300미터 상공으로부터 있는 힘을 다해 날개를 쳐서 빛처럼 빠른 속도로 수직 강하하는 한 마리의 회색 갈매기였다. 한순간 기우뚱하고 몸의 균형을 잃으면 저절로 죽음의 추락과 같은 공중제비를 하게 될 아주 아찔한 상황이었다.

"아직도 오빠 그 새만 생각하고 있는 거야?"

책상 앞에 붙여놓은 갈매기 사진을 보고 정혜가 말했다.

"웬일이냐? 춘천까지."

"아무래도 오빠 혼자 이러고 있을 것 같아서 왔지."

그사이 정혜는 명진에 있을 때와 많이 달라져 있었다. 대학 물인지 서울 물인지 이젠 제법 처녀티에다 어른티까지 났다.

"여기서 학교는 얼마큼 걸려?"

"조금 멀어. 어머니가 날 단속하려고 여기에 구해주었는데 사실을 알게 되면 기절하실 거다."

"왜? 좋은데. 깨끗하고 조용하고."

"아직 한밤중이라 그렇지."

"뭐가?"

"하여튼 너 모르는 게 있어."

정혜는 고등학교 2학년 때 학교 대표로 이곳에 백일장 때문에 와본 적이 있다며 가까운 시내로 가보자고 했다.

"그럼 명동으로 가자."

"여기도 명동이 있어?"

"명동뿐이냐? 퇴계동도 있고 더 나가면 미군 캠프도 있고."

"나는 춘천 하면 소양댐만 있는 줄 알았지."

정혜는 이곳 춘천에도 서울처럼 명동이 있다는 것을 재미있어했다. 명동은 초록지붕에서 바로 한길 건너였다. 하숙비가 학교 앞보다 비싼 것도 그래서였고, 아래층 그니들이 이곳에 방을 얻어 들고 있는 것도 명동과 또 그니들이 다니는 클럽에서 가깝기 때문이었다.

"그냥 온 거 같지는 않고, 무슨 일 있었어?"

"일이라기보다…… 가면서 얘기해, 오빠."

우리가 집에서 나올 때도 아래층은 아직 조용했다.

"나 어제 소개 미팅을 나갔다 왔거든. 같은 학교 경영대 삼학년인데 오빠하고 나이가 같아. 아니, 그 사람도 재수했다니까 오빠보다 한 살 많겠다. 미팅을 나가기 전까지 나는 내가 또래의 다른 사람들보다 특별하다는 생각을 일부러 한 건 아니지만, 무의식 속에 늘 가지고 있었던 것 같아. 초등학교 때부터 지금까지 학교에서도 그랬고 명진 사람들도 모두 그렇게 대해 주었고. 어제 미팅을 나갔다가 그게 아니라는 걸 알게 되었어."

"왜? 너보다 더 대단하고 특별한 사람을 만나서?"

"아니. 미팅을 시내 쪽으로 나와서 했는데, 우리가 들어간 다방에서 우리보다 나이 든 공원 두 사람을 만났어. 우리 옆자리에 앉은 남자와 여자였는데 처음엔 몰랐는데 자꾸 우리 얼굴과 내 가슴을 쳐다보는 거야. 그때 나 미팅을 나오며 서로 찾기 쉽게 학교 배지를 가슴에 달고 있었거든. 그 사람도 나 찾기 쉬우라고 배지를 달고 나왔고."

"그런데?"

"남자가 여자에게 우리 자리에 들릴락 말락 대입 검정시험 얘기를 하는 거 같았어. 남자는 공부가 어렵기도 하고 시간을 내기도 힘들어 그만두고 싶다고 하고, 여자는 힘이 들수록 악착같이 해서 나중에라도 이 생활 벗어나야 하지 않느냐고 했어. 여자도 남자도 무척 지쳐 보였어. 저희끼리 얘기하다가 중간중간 쳐다보는 게 단순한 선망도 아니었던 것 같고. 오빠는 내가 그 사람들 얼굴에서 내가 이제까지 보지 못했던 나의 진짜 모습을 봤다면 이해할 수 있어?"

"말해봐."

"우리가 배지를 달지 않았다면 그렇게 자주 쳐다보지 않았을 거야. 배지를 달았을 때의 내 모습과 달지 않았을 때의 모습이 다르게 보인다면, 그래서 환경이 어려운 사람들을 주눅 들게 하고 지치게 한다면 그 쇳조각은 처음 학교에서 그걸 만들어 달게 한 본래의 뜻과는 다른 물건일 것 같다는 생각이 들었어. 그 생각을 하니까 이제까지 늘 그랬던 거 같은 게 마음이 부끄러워지면서 오빠가 막 보고 싶어지는 거야. 오빠가 못 견뎌 했던 게 이거였구나 하고."

"아니. 나는 달라."

나는 정혜의 금방이라도 흔들릴 것 같은 어깨를 잡아주고 싶었다. 동시에 '이 애야말로……' 하는 생각이 들었는데, 훗날 정혜가 고집해온, 또 다른 쪽으로 유별나리만치 특별한 삶과 관련하여 그 첫 예감은 두고두고 가슴 아픈 구석이 되고 말았다.

그날 우리는 정혜의 춘천 방문 기념으로 명동 입구에 있는 사진관에서 함께 사진을 찍었다. 정혜의 생각이었다. 빗질을 하며 새삼 확인한 내 머리는 그때 이미 어깨 아래로 흘러내렸다. 지난 한 해 반 동안 명진에서의 침잠과 절망 속에서도 유일하게 지켜온 내 몸의 일부였다.

"남매가 아니라 자매같이 나오겠는걸."

사진관 주인의 말도 무리가 아니었다. 태어나 처음으로 정

46

혜와 둘이서 찍은 사진이었다. 그동안 서로 앨범 몇 개를 채울 만큼 사진을 찍어 왔으면서도 남매가 나란히 앉아 찍은 사진은 없었다. 정혜의 졸업식 때도 바로 다음 날이 전기대학 입시 예비소집일이라 강당에서 식이 끝나기 무섭게 정혜는 아버지 차로 서울로 가고, 나는 어머니와 함께 춘천에 왔었다. 앞으로도 결혼식과 같은 가족사진이라면 모를까 정혜와 둘이 사진을 찍을 기회는 없을 것 같았다.

"꼭 오늘이 아니더라도 오빠하고 함께 사진을 찍고 싶었어."

점심을 먹고 '전원다실'이라는 춘천에서 가장 넓은 다방에 가서 차를 마셨다. 젊은이들이 많이 가는 다방마다 디제이(DJ) 가 있고, 사람들은 디제이에게 듣고 싶은 노래를 신청했다.

"미팅은 어떻게 됐어?"

"분위기가 그러니까 옆에서 얘기도 제대로 못 하고 성냥만 똑똑 분지르다 나왔어."

그러면서 정혜는 다시 전원다실 탁자 위의 성냥을 분질렀다. 정혜가 성냥 한 통을 거의 다 분지른 다음 우리는 찻집을 나와 그리 길지 않은 명동 거리를 걸어 춘천에서 가장 큰 청구 서점에 들렀다. 그곳에서 저마다 마음에 드는 책을 골라 선물 했다. 나는 정혜에게 버트런드 러셀의 《서양철학사》 상·하권 과 전에 읽다가 말았다는 헤르만 헤세의 《유리알 유희》를 선물했다. 속표지마다에 '오빠가 정혜에게'를 적어서 주었고, 정혜는 창작과비평사에서 내놓은 아르놀트 하우저의 《문학과 예술의 사회사》 현대 편과 고대·중세 편을 찾아내 '정혜가 작은오빠에게'라고 적어서 주었다. 나보다 여섯 살 위의 형은 대학과 군대를 마친 다음 명진에서 아버지의 일을 돕고 있었다.

"너도 아직 보지 않았을 텐데."

"누구한테 물어봤어. 삼 학년쯤 된 오빠한테 선물할 책을 찾는다고. 그 사람이 《전환시대의 논리》라는 책도 알려주었는데 그 책은 판매가 금지되어서 새 책을 파는 서점에는 없을 거래. 여기도 물어보니 없다고 했어."

"됐어. 아직은 학교 공부만으로도 진이 빠지니까."

나는 정혜를 데리고 다시 명동 안으로 들어가 반대쪽으로 걸어 나와 택시를 타고 공지천으로 가려고 했다. 서울로 가는 시외버스 터미널하고도 가까웠다. 거기에 있는 '이디오피아 하우스'에 가 커피 한 잔을 더 마시고 춘천역으로 가 기차를 타고 가도 되었다. 그럴 생각으로 큰길로 나가는 길목인 명동 안으로 다시 들어가려는데 갈 수가 없었다. 내 머리 때문이었다. 명동 입구에 서 있던 중간 머리의 장발이 다급하게 다가와 말했다.

"가지 말아요. 나도 지금 못 가고 있어요."

"왜요?"

"잠시 전 주말 합동 단속한다고 짭새들이 쫙 깔렸어요. 버스까지 대기시켜놓고 이것보다 더 짧아도 막 잡아들여요."

같은 장발에 대한 동류 의식에서였을 것이다. 기성세대들은, 특히 우리의 독재자는 젊은이의 장발을 사회적 퇴폐처럼 혐오했고, 우리도 그에 못지않게 장발에 대한 그들의 터무니없는 혐오와 무자비한 단속을 혐오했다. 가장 기초적인 신체의 자유조차 규격화하고 제약하려 들었기 때문이다.

"어떡하지?"

나는 옆구리에 낀 책을 추스르며 정혜를 보았다. 명동 입구가 막혔다면 출구도 막혔다는 얘기였다. 다른 길로 돌아갈 수도 없었다. 일단 출동하면 쉽게 풀릴 단속도 아니었다.

"오빠, 나 여기서 큰길로 나가 버스 타고 갈게."

"미안하다. 모처럼 왔는데 함께 가주지도 못하고."

"괜찮아. 나는 오빠가 누구보다 높이, 바르게 솟아오를 거라고 믿어."

내가 사준 책을 가슴에 안고 정혜가 손을 흔들었다.

장발에 대한 턱없는 단속은 학교에서도 마찬가지였다. 경찰처럼 손에 가위만 들지 않았을 뿐이지 일주일에 한 번 네 시간씩 몰아서 받는 교련 시간마다 복장 검사를 했다. 대위 계급장을 단, 나이로는 말똥 두 개의 중령 계급장도 가벼울 듯싶은, 학군단 소속의 교관들은 출석 체크만큼이나 철저하게 학생들의 머리를 체크해 벌점을 매겼다. 운동화나 훈련화 대신 구두를 신었을 때 받는 복장 불량이 벌점 1점이라면 장발은 2점씩 부과했다. 벌점은 자신이 받은 교련 점수에서 제해졌다. 필기와 실기 시험에서 80점을 받았다 하더라도 그동안 받은 벌점이 20점이 넘는다면 그 학기 교련 성적은 F가 되는 것이었다. 비록 1학점짜리라 하더라도 한 학기만 F를 받아도 입대 후 교련교육 이수자들에게 주어지는 군 복무 단축 혜택을 받을 수 없었다. 교련이 학원 안정화의 당근과 채찍이었다.

정말 웃기지도 않는 것은 교련 교관들이 그걸 빌미로 자신들의 권한이 다른 과목 교수들보다도 절대적이라는 말을 함부로 지껄이는 모습이었다. 벌점보다 더한 불이익이 따르더라도 나는 머리를 자르지 않으리라. 매주 교련 시간마다 나는 2점씩 벌점을 받았다. 늙은 대위는 내게 수업 시간에 아무리 충실하고 필기시험과 실기 시험에 만점을 받더라도 한 학기 내내 벌점을 쌓아간다면 분명 F를 받게 될 것이라고 겁을 주었다.

"여러분, 두고 보세요. 본 교관이 농담으로 그러는지 아닌지. 아마 여름방학 때쯤 여러분 앞으로 성적표가 가면 그때 분명 교련 학점 미취득자가 나올 겁니다. 여러분은 첫 학기라 잘 몰라서 전공과목이 중요한 줄 알지만 사실 교련 학점이 더 중요하다는 걸 알아야 해요. 군대 가서도 남들은 혜택을 받아 1학년이면 2개월, 2학년이면 4개월, 3학년이면 6개월 빨리 제대하는데 남들 제대할 때 달밤에 보초 서며 후회하지 말고 깎으랄 때 깎으세요."

연속으로 5주 넘게 벌점을 받던 날에도 담당 교관이 겁을 주었다. 다른 학과의 한 장발 재수 입학자가 손을 들고 말했다.

"교관님께서 강조하지 않아도 교련 학점이 중요하다는 걸 우리도 잘 압니다."

"알면 깎고 나오세요. 나중에 후회하지 말고."

"그건 우리가 결정할 일이고, 교련 학점이 중요하다고 하여 그것을 강조하는 교관님까지 다른 과목 교수님처럼 우리에게 훌륭해 보이거나 존경의 대상이 되는 것은 아니지요."

한순간 교관의 얼굴이 벌겋게 달아올랐다. 그 말은 우리 모두 오래 참아왔던 말이었다. 매주 벌점을 체크할 때마다 실제로 그들은 그것을 훈련의 바른 진행을 위해서라기보다 우리의 학점과 관련하여 자신들의 권한을 과시하고 확인시키는 절차로 은근히 즐거왔다.

"학생, 무슨 과 누구입니까?"

"사실이 그렇지 않습니까?"

이번엔 다른 학생이 나서서 말했다. 그러자 거기에 힘입어 여기저기서 늙은 대위에 대한 야유가 터져 나왔다.

"학생 위에 교수 있고, 교수 위에 교관이 있는 거예요?"

"이게 군대지 학굡니까?"

"몰라서 그래요? 전 대학의 군사화라고……."

"조용히 해요! 조용히! 이건 집단 수업 거부입니다! 본 교관이 보고만 하면 여러분 모두 이번 학기 중에 징집될 수 있다는 걸 알아야 해요!"

"우우— 보고해요, 보고해."

"대위 파이팅! 워커 파이팅!"

"물러가라, 물러가! 워커는 물러가라!"

집단적인 야유 속에 개인의 익명성이 허락되는 분위기에서 이제 스물이거나 많아야 스물둘 된 우리가 그들에 대해 무슨 말인들 못 할 것인가. 평소 그들의 으스댐으로부터 자유로울 수 없는 우리 자신에 대해서는 또 무슨 말을 못 할 것인가.

"누가 그러더라고요. 공부 열심히 하려면 독학하고, 군사훈련 열심히 받으려면 대학에 가고."

"우리나라 대학이야 다 육사 분교 아닙니까?"

다행히 마지막 시간이었고, 맞서 봤자 자신의 무능만 드러
낼 뿐 이익이 없다고 판단한 교관이 서둘러 호각을 불어 쫓기
듯 수업을 끝냈다. 흩어지면서 기분이 조금은 쓸쓸해지는 네
시간짜리 총검술 훈련의 뒤끝이었다. 게다가 육사 분교라. 나
는 그 말을 곰곰이 되씹었다. 우리의 희망보다 더 길게 이어질
지 모를 이 땅의 무인 통치의 산실이자 요람이며, 올봄엔 독재
자의 하나밖에 없는 아들이 그곳에 입학했다. 그것과 이것이
아무 상관 없는데도 왜 자꾸 쓸쓸해지는지 모를 일이었다.

학기가 절반쯤 지났을 때 중간고사가 있었다. 교양과정 중
간 평가에서도 나는 스스로 느끼기에도 그렇게까지 할 필요
가 있을까 싶을 만큼 최선을 다했다. 목표를 정해놓은 것은 아
니지만 학교 공부에 정성을 다하는 것만이 지난 이 년 동안의
침잠에서 벗어날 수 있는 유일한 출구처럼 생각되었다.

훈련 시간 중에 실시한 교련 실기 시험에서도 나는 최선을
다했다. 총검술 16개 동작을 스스로 구령에 맞춰 절도 있게
차례를 틀리지 않게 했으며, 여덟 명씩 조를 지어 실시하는 엠
원(M1) 소총의 분해와 결합도 1번으로 마쳤다. 같은 비중의
필기시험도 그동안 받은 벌점의 부담을 안고 밤늦도록 교범
의 예상 문제를 체크해 빈칸 없는 답인지를 제출했다.

그것 말고도 성실한 나날이었다. 이 년 전 먼저 학교 때와 비교해도 그렇고 이제껏 무엇 한 가지에 그토록 집중하여 매달려본 적이 없다는 점에서 참으로 고양된 순간이라고 착각할 만큼 평균 훨씬 이상의 마음가짐이었다. 그런데도 중간고사의 마지막 시험을 끝낸 다음 단순한 긴장 풀림과는 다르게 휘적휘적 교문을 나와 무엇엔가 이끌리듯 망쪼로(대학로) 한 귀퉁이에 있는 '정선할매집'을 찾아간 것과 그곳에서 만난 세 명의 낯선 친구들은 어떻게 설명해야 할지. 무너지듯 자리에 앉자마자 나는 술을 주문했고, 정선할매의 과부 딸이 미처 파전을 데워 오기 전에 거푸 막걸리 두 사발을 비웠다. 중간고사이긴 하지만 시험은 완전했다, 했으나 그것이 진정 비상을 위해 스스로 고양되었다고 말할 수 있는 최선의 노력이었는지. 스스로 묻고 아니라고 나는 고개를 저었다. 나는 단지 세상으로부터 일정한 거리를 두고 금 바깥에 비켜서 있기만 했던 것이 아닌가.

"원 급하긴, 옛쑤 파전."

명진을 떠나오기 전 당숙과의 대작 이후 꼭 두 달 만에 입에 대는 술이었다. 취하리라. 나는 다시 사발 가득 술을 따랐다. 며칠째 시험공부로 거의 밤을 새운 뒤끝이라 일부러 작정하지 않아도 취기는 금세 눈가로 몰려왔다. 첫 주전자의 바닥을 보기도 전 파전을 찢고 가르는 손놀림이 서툴러지며 자꾸만 젓가락이 탁자 아래로 떨어졌다. 나는 엉망으로 취해야겠다는 생각으로 술청 구석 자리까지 다 들리도록 정선할매의 과부 딸을 불렀다.

"여기, 술 한 주전자 더 줘요."

"그새?"

할매의 딸이 빠르기도 하다는 얼굴로 다가와 주전자를 집어 들었다.

"그건 놔두고요."

"으짠지 안죽 남았구먼."

"그러니까 놔두라지요."

"그럼 주전자 마저 내고 시키제. 이 집에 술 금방 떨어질 것도 아닌데."

"그냥 더 가져오라니까요."

젓가락 끝으로 탁자를 두드리며 나는 좀 짜증스럽게 말했다.

"별일이구마. 기집 둘 끼고 앉아 술 먹는 건 봤어도 비우지 않은 주전자 둘 놓고 앉아 술 먹는 건 첨이구마는. 학생이나 뭐시나 나이도 젊은 사람이 술에 포원이 진 것도 아닐 테고."

할매의 딸 역시 곱게 물러서지 않았다. 목소리도 다른 자리에 앉은 사람들의 시선을 모으기에 충분했다.

"줘요, 달라면. 못다 마시면 우리가 비워줄 거니까."

앞서 말한, 나보다 먼저 시험을 끝내고 와 자리를 잡고 있던 세 명의 술꾼 가운데 하나였다. 이마를 가린 장발 때문에 얼굴보다 안경이 먼저 눈에 들어오는 친구였다.

"거기는 오늘은 외상 안 되니까 그렇게들 알아."

이번엔 할매의 딸이 얼마간 낯이 익은 듯한 그들을 향해 눈을 흘겼다.

"걱정하지 말아요. 돈은 없어도 돈 될 만한 물건은 항상 가지고 다니니까요."

안경은 자기 옆 빈자리에 아무렇게나 포개어 놓은 가방을 두드려 보이곤 그 자리와 제법 어울릴 법한 목소리로 소월의 시 한 구절을 읊는 것이었다.

"봄이라 바람이라 이 내 몸에는 꽃이라 술잔이라 하며 우노라……."

서로 그런 방식의 술자리에 익숙한 듯 옆의 친구가 잔을 들고 말했다.

"자, 이 좋은 봄날, 마지막 순간까지도 우리를 슬프게 하고 우울하게 한 시험들에 저주 있기를, 건배!"

보아하니 이미 첫날부터 시험 저주 의식을 치르러 온 것 같았다. 나로서는 바라보는 것만으로도 옛 정파서당의 하숙생들을 떠올리게 하는 풍경이었다. 처음부터 그들과 함께 어울린 것은 아니었다. 나는 나대로 정선할매의 딸이 가져온 새 주전자를 헐었고, 그들은 그들대로 제 몫의 잔을 부딪치며 정선할매의 딸을 불렀다.

"자, 이쯤에서 우리도 중간 계산을 하자. 마실 때 더 마시더라도."

안경이 나머지 두 사람에게 빈 의자에 놓아둔 가방을 나누어주며 말했다.

"방법은 어제와 똑같이 각자 오늘 시험에서 제일 망쳤다고 생각되는 과목의 책들을 꺼내봐. 나는 첫 시간부터 조지기 시작한 독일어. 말이 교양독일어지 교양이라고는 눈곱만큼도 없는 사람이 시험문제를 낸 게 분명하지."

"나는 문화사로 할게. 어느 과목이나 마찬가지지만."

"알면 상식이고 모르면 학문이랬다고, 그래도 오늘 시험은 상식 정도로 끝낸 것 같은데 말이지. 이것 말고는."

그러면서 하늘색 셔츠는 국방색 표지의 교련 교범을 꺼내놓았다.

"안 돼, 그건. 나오기도 국방부에서 공짜로 나오고, 그걸 돈주고 사는 책방도 없어."

"그럼 뭘 꺼내?"

"두 번째 시간에 본 철학책을 내놔. 그래야 우리가 한 번에 마련할 수 있는 술값이 얼마인지 알 수 있으니까."

"알았어. 그럼 가위바위보를 해."

그들은 책을 팔아 올 사람을 정할 가위바위보를 했고, 단판이니 삼세판이니 구시렁대다가 하늘색 셔츠가 책을 들고 밖으로 나갔다. 그사이 안경이 다시 정선할매의 과부 딸을 불러 술과 함께 안주로 '국물 푸짐히 넣어' 곱창전골을 시켰다.

"어쭈, 이것들이 배운 건 있어 글씨들은 알아가지고. 시방 느들 곱창전골이라 했나?"

그러자 조금 전만 해도 안경에게 뭐 곱창씩이나, 하고 말리던 곱슬머리가 할매의 딸에게 시비를 틀고 나왔다.

"왜요? 우린 뭐 곱창 먹으면 두드러기라도 난답니까?"

"안 날 수도 있제, 돈만 내면. 돈부터 내라."

"지금 우리더러 술값 선불로 내라 이 말입니까?"

"믿을 수 없으니 하는 소리제. 그 행세 처음인 것도 아니고. 돈 없으면 마신 거나 퍼뜩 계산하고."

"준다니까요. 누가 안 준대요?"

그쯤에서 안경이 곱슬머리의 팔을 끌어 자리에 앉혔다.

"그만하자. 지나친 건 우리였으니까."

"명호는 왜 아직도 안 와?"

"모르긴 해도 그놈 성격에 한 푼이라도 더 받으려고 흥정하고 있을 게다."

"자식, 주는 대로 받아올 것이지."

이내 풀이 죽어 돌아온 하늘색 셔츠의 손엔 조금 전 가지고 나갔던 책들이 그대로 들려 있었다.

"인마, 어떻게 된 거야?"

할매의 딸이 들어가 있는 주방 쪽을 살피며 곱슬머리가 작지만 억센 소리로 물었다.

"책을 안 사겠다는데 어떻게 해? 어제 술 먹다가 왔던 사람이냐고 묻길래 그렇다고 하니까 막무가내로 안 사겠다는데."

"그럼 인마, 다른 데라도 가봐야지."

"망쪼로에 그 서점 말고 헌책 사는 데가 어디 있다고."

"이거야 완전히 엎친 데 덮치는군."

"무슨 일 있었어?"

"아니, 어차피 가진 돈들이 없을 테니까 내가 나갔다 오지. 여기선 받지 않을 테니 나가서라도 풀고 와야지."

안경이 시계를 끄르며 자리에서 일어섬과 동시에 주방 쪽에서 할매의 딸이 아무렇게나 묶은 책 한 뭉치를 들고 그들에게로 다가왔다.

"앉아. 요즘 그런 시계 받는 전당포가 어디 있냐고. 이 책들이나 찾아가. 제대로 찾아왔는지 모르지만 어제 학생들이 가고 나서 우리 엄니가 찾아온 거니까."

시작은 더없이 유쾌하고 흥겨웠으나 끝은 쓸쓸하다 못해 죽고 싶을 만큼 참담한 심정이었을 것이다. 아무 소리도 못 하고 코를 박고 있는 그들에게 할매의 딸이 술과 곱창전골을 내와 차례로 잔을 채워주었다.

"이건 내가 단골들에게 기운 내라고 주는 거니까 놔두고, 오늘까지 먹은 사흘 술값이나 올해 안 되면 내년에라도, 내년이 안 되면 졸업할 때까지 갚아 나가. 젊은 사람들이 그만한 일로…… 얼굴 들고."

나로서는 첫 출입이었지만, 가끔씩 누룩 물이나 밝히는 학생들이 망쪼로의 그 쎄고 쎈 술집 가운데 유독 정선할매집을 즐겨 찾는 이유를 알 것 같았다. 어린 손님들에게 대놓고 통을 주길 잘하며, 마시는 쪽보다 파는 쪽이 늘 무슨 유세라도 쓰는 듯한 허름한 모녀의 술집을.

다시 이야기로 돌아가, 처음엔 그럴 의도였다 하더라도 그날 그곳에서 만난 술친구들과 어울림에 대해선 따로 설명할 것도 없을 것 같다. 농담이었을망정 그들이 내게 못다 마신 술을 대신 비워줄 거라고 했고, 나 역시 그 자리의 넉넉한 분위기를 좇아 자연스럽게 다가갔다. 내 주머니엔 쓰지 않아 남아 있는 돈이 있었고, 아무나와 어울려 취하고 싶은 마음이야 먼저 말한 대로였다.

　얼마나 마셨는지 모르지만 뒤늦게 돌아온 할매의 성화에 못 이겨 닭갈비집의 뜨거운 화덕 앞으로 한 번 더 자리를 옮겼다. 지금은 이 말이 어떻게 들릴지 몰라도 그 시절에는 춘천에서 가장 싼 음식이 닭갈비였다. 한여름에도 절대 불을 끌 수 없는 연탄 화덕 서너 개를 찜통 같은 술청에 놓고 일 인분, 이 인분으로 팔지 않고 닭의 뼈를 바르지 않은 채 한 대 두 대 단위로 잘라 팔았다. 닭 한 마리가 열 대가량 나오는데 한 대 값이 초코파이 두 개 값으로 전체 가격도 짜장면과 경쟁하는 수준이었다. 겨울은 그래도 나았고, 여름엔 일반 손님이 거의 없었다. 외출 나온 군인과 돈 없는 학생들이 선풍기도 없는 술청에서 온몸을 땀으로 적셔가며 먹다가 너무 더우면 잠시 가게 밖으로 나왔다가 다시 들어가 먹는 게 닭갈비였다. 거기에서 나와 팔호광장 부근 해장국집에서 늦은 술국을 먹고 통금 가까운 시간 곱슬머리가 어깨 부축으로 초록지붕 앞까지 날 데려다주었다. 취중에도 그 시간에 돌아오는 아래층의 그니들과 맞닥뜨리지 않으면 좋겠다고 생각했다. 나의 바람과는 다르게 잠옷 바람에 종종걸음으로 나와 대문의 빗장을 따주던 한 그니에게 늦은 시간 죄송하다며 꾸버 인사했던 것끼지는

61

어렴풋이 기억난다. 그니가 여러 그니들 가운데 어느 방 그니인지, 이후에는 어떻게 이 층으로 올라가 내 방에 쓰러졌는지는 다음 날 깨어나서도 기억이 가물가물했다. 누구에게도 실수는 하지 않은 것 같은데 주머니는 비어 있고, 책가방은 모서리마다 벽에 긁혔거나 흙이 묻어 있었다. 구두도 전날 신고 나갔을 때의 모습이 아니었다.

"어제는 기분이 참 좋아 보이던데요. 계단을 올라가며 시도 막 읊고요."

오후에 일어나 이를 닦으러 나갔다가 수돗가에서 마주친 한 그니가 말했다.

"시요?"

나는 내가 무슨 실수라도 했느냐고 물어보았다.

"아뇨. 공부만 하는 줄 알았는데 보기가 좋았어요. 듣기도 좋았고요. 봄이라 바람이라 술이라 하던데…… 들었는데도 금방 잊어버렸어요."

그니는 치약 거품 같은 웃음을 뿌리며 가볍게 제 머리를 쿡쿡 찔렀다. 나는 서둘러 입을 헹구고 방으로 들어와 버릇처럼 리처드 바크의 갈매기 사진을 오래도록 들여다보았다.

솟아오를 것이다.

솟아올라야 한다.

일탈도 그날 하루만의 일이었다. 나는 여전히 아침 일찍 집을 나섰고, 학교에서는 또 강의실과 도서관을 왔다 갔다 했다. 술도 그날 한 번뿐이었다. 이전과 달라진 것이 있다면 하숙집에서 보내는 저녁 시간 중 하루 두세 시간씩은 칠판 밖의 목적 없는 독서를 하는 정도였다. 그것만으로도 이제까지 먹이를 찾아 단순히 해변에서 어선으로 오가는 것이 아닌가 하는 자괴감으로부터 조금은 숨통이 트이는 듯했다. 과 행사나 학교 행사엔 코빼기조차 비치지 않았다. 그들은 나를 눈 밖으로 내놓았고 나는 그들을 관심 밖으로 내놓았다.

기말고사도 먼저 시험처럼 완전했다. 시험이 끝나던 날 아버지가 보낸 특사처럼 형이 나를 데려가겠다고 초록지붕으로 찾아왔다. 장차 아버지의 대를 이어 '가네야마 가의 오까네'를 책임질 형은 새로 벌이는 사업과 관련해 도청에 볼일이 있어 춘천에 온 것이라고 했다.

4
그대 명진을 아는가

이제 내 고향 명진과 그곳의 한 시인에 대해 말할 차례가 되었다.

영남의 어느 도시처럼 늘 권력의 중심에 있어 와 그것과 어떤 공유 의식을 느끼는 것도, 그렇다고 다른 어느 지역처럼 차라리 그것에 대한 반기류 연대도 아닌, 굳이 찾자면 38선의 어두운 그림자가 드리운 태생적인 '첩방공반'의 콤플렉스라고 할까. 힘의 이데올로기에 대하여 끊임없이 자기 오른쪽 모습의 선명성을 드러내 보이지 않을 수 없는, 고향이면서도 왠지 내겐 그리 넉넉하지 않았던 그곳의 쓸쓸한 풍경과 기억에 대하여.

독립문과 곰보 군인

　지금도 눈을 감고 회상하면 기억의 맨 첫 장으로 읍내 거리 한가운데 자리한 독립문이 떠오른다. 서울의 독립문을 본떠 어른들의 키보다 조금 더 크게 만든 그것을 유년 시절 나는 우리나라의 단 하나뿐인 독립문인 줄 알았다. 어쩌다 한번 구경하게 되는 바다 빛처럼 파랗고 빳빳한 백 원짜리 지폐에 그려진, 그래서 나는 또 그것을 얼마나 자랑스럽게 생각했던가.

　내 생각과는 달리 하루에도 몇 번씩 그것을 지켜보면서도 사람들은 그것이 거기에 무슨 의미로 세워졌는지에 대해 깊이 생각하지 않는 듯했다. 어른들은 그것이 서 있는 거리를 문 거리라고 부르면 그만이었고, 아이들은 공터에서 숨바꼭질하거나 비석치기를 하며 놀았다.

　독립문 바로 앞에는 총을 거머쥐고 약진 자세를 취하고 있는 군인의 전신 소상이 서 있었다. 안에 철골을 대고 거죽에 석고를 입힌 군인의 키는 독립문과 균형을 맞추기 위해 어른 키만 했다. 이 땅에 서 있는 기념 소상 가운데 그 군인이 가장 불쌍한 사람이었다. 불행히도 그는 곰보였다. 아이들이 비석치기를 하거나 막새치기를 하던 돌로 얼굴을 짓찧어 코까지 떨어져 나간 채 언제까지고 독립문을 바라보고 서 있었다. 아마 이곳 명진이 38선 이북 지역으로 6·25 때 수복되었다고 해서 독립문과 함께 불쌍한 운명의 군인을 세운 것 같다. 그가 딛고 선 발판 위엔 단기 4286년 6월 25일 날짜의 '북진 통일의 그날까지'가 음각되어 있었다.

처음엔 제 몫을 다했을 것이다. 시간이 흐르며 애초의 취지와는 다르게 이제 주민들의 애국심을 일깨우기엔 두 개의 구조물은 볼품없이 작고 낡아 차라리 없는 것만도 못한 존재가 되어버렸다. 그것이 철거되어도 동네는 여전히 문거리로 불릴 것이고, 그것이 아니더라도 사람들은 늘 라디오를 듣거나 텔레비전을 보고 있어 두 개의 구조물이 담당해야 할 애국이며 반공교육도 그것으로 충분할 것이다.

사정이 그래도 사람들은 그걸 철거할 엄두조차 내지 못했다. 평소엔 거기에 아무 의미를 두지 않다가 누군가의 입에서 흉물스럽다거나 철거 소리가 나오면 이제까지 잊고 있던 자신들의 사상을 경쟁하듯 언성을 높여 반대했다. 비바람에 닳아 없어지거나 어느 날 갑자기 벼락에라도 맞아 허물어지지 않는 한 그 두 개의 구조물은 남쪽으로 10킬로미터 아래에 있는 38선 비와 함께 '북진 통일의 그날까지' 우뚝하게 서 있을 것이다.

가네야마 가의 사람들

독립문 바로 옆에는 제방이 있고, 제방 아래엔 폭이 100미터도 넘는 강이 흘렀다. 가을만 되면 어른 팔뚝보다 굵은 연어 떼가 산란을 위해 물살을 가르고 명진천 상류로 올라왔다. 물은 곰보 군인의 눈길 반대 방향으로 흘렀다. 그러니까 곰보 군인은 강을 건너 독립문 안으로 들어서기 직전 돌로 굳어버린 형상을 하고 있었다.

그 군인과 똑같이 약진 자세를 취하고 독립문 안쪽을 들여다보면 저만치 액자형 풍경으로 거선봉과 그 아래 아버지가 경영하는 양조장의 슬레이트 지붕 한쪽 끝이 보였다. 아버지는 명진 읍내는 물론 명진군에서 소비하는 막걸리의 60퍼센트를 동업자 없이 생산 공급할 수 있는 양조장과 유통 구조를 가지고 있었다. 군민 대부분이 자급자족할 정도의 땅뙈기를 가진 농민 아니면 자기 소유의 배 한 척 없는 어민들이었다. 군청과 경찰서와 같은 관공서가 있는 읍내에서나 도회 흉내를 내는 게 고작이어서 아버지의 위치는 그야말로 마을 뒤편에 우뚝 솟아오른 거선봉과 같았다. 뻔한 재산과 수입원 가운데서도 바다를 낀 마을답게 사람들은 억척스럽게 술을 마셔댔다. 거기에 사단 병력의 군부대와 해안경비대까지 있어 해

마다 아버지는 양조장 규모를 확장해 나갔다.

사람들은 좋은 말을 다 두고 우리 집을 꼭 술도가라고 불렀다. 우리 집에 대한 명진 사람들의 경멸적 호칭은 없는 사람들의 자기 위안과 그 깊이만큼의 열등감이기도 했다. 어린 시절 도갓집 아들이라는 소리를 들을 때마다 나는 그들의 얼굴에 침이라도 뱉어주고 싶은 심정이었다. 더욱 참을 수 없는 일은 그게 대체 언제 적의 일인데 아직도 우리 집 양조장을 '가네야마(金山) 막걸리'라고 부른다는 것이다.

마을 사람들 얘기로 우리 집은 증조부 때부터 이미 침략 세력과 밀접한 관계가 있었으며 그걸 업고 오로지 치부에만 몰두해왔다는 것이었다. 그 기반 위에 할아버지는 양조장을 일으켜 상당한 재산과 함께 총독부로부터 훈장까지 받았다고 했다.

"사실이다."

아버지도 그 일에 대해 부인하지 않았다.

"하지만 그 시절 이 땅의 사람들이 할 수 있었던 일이 무엇이냐? 말이야 바른 얘기지 우리가 독립운동을 해서 해방을 한 것도 아니잖느냐 말이다. 그래서 너희 증조할아버지와 할아버지께서는 먹고사는 일에 진력하셨고, 그 노력으로 일으킨 양조장을 오늘까지 이어온 것도 사실이다. 너희도 학교에서 배워 알다시피 그 시절 숨을 쉬는 것조차 일본 사람들 눈치를 봐야 했는데 그 사람들이 만든 법에 따라 사업을 일으킨 것까지 손가락질할 수 있는 일이냔 말이다."

"아무리 그렇더라도 훈장인지 뭔지는 받지 말아야지요."

그렇게 말한 것은 형이었다. 형은 그때 고등학생이었다.

"속 편한 소리를 하는구나. 보리를 주면 보리죽을, 대두박(콩깻묵)을 주면 대두박을 먹던 세상에 받고 안 받고가 어디 있냐? 물론 네 할아버지가 그걸 받기 위해 노력한 것도, 그 훈장이 양조장 경영에 도움이 된 것도 사실이다만 그만큼 세금이다 헌금이다 많이 시달렸다는 얘기 아니냐? 그걸 이제 와 친일이라니, 그 사람들은 땅에 발 안 디디고 사는 사람이라더냐? 창씨개명 안 하고 살았대? 느 할아버지께서 그나마 양조장을 하셨기에 망정이지 다른 공장을 했다면 예전에 배곯아 죽었을 사람들이다. 우리 집 양조장에서 나온 지에밥과 지게미로 허기를 메운 사람들이야. 사람들이 대물림해서까지 그때의 일을 입에 올리는 건 내가 지금 명진 바닥에 제일가는 양조장을 경영하고 있는 게 배가 아파서 하는 소리다. 없이 사는 사람들은 말이라도 그렇게 해야 직성이 풀리는 법이거든."

그것이 아버지가 보는 세상이었다. 옳든 그르든 아쉬운 쪽은 아버지보다 마을 사람들이었다. 양조장은 아버지가 물려받았을 때만 해도 그리 큰 규모는 아니었다. 명진군에서 제일 큰 양조장이었음에도 그때까지 영세성을 벗어나지 못했다. 기계화가 아니더라도 손만 늘리면 생산 규모는 얼마든지 확장할 수 있었다. 문제는 유통 과정이었다. 그 시절 양조장 막걸리는 사흘을 넘겨 보관할 수 없는 데다 거래처까지 마차로 실어 날라야 했다. 술을 담는 용기도 규모 확대에 큰 장애물이었다. 요즘 쓰는 플라스틱 통에 술을 가득 채운 것보다 더 무겁고 투박한 오지장군을 쓰던 때였다. 예닐곱 마리의 노새가 종일 편자를 닳고도 수요만큼 공급이 원활하지 못했다. 생산에서 공급까지 그 모든 일을 혼자 담당하기엔, 더구나 그것이 재래적 방법이었기에 할아버지에게도 한계가 있었다.

할아버지에게는 아래로 두 동생이 있었다. 큰동생은 형을 도와 양조장의 누룩을 띄우고 술도가의 잡부를 감독했다. 당숙의 생부인 막내할아버지는 위로 두 형과는 배다른 형제였다. 나이 차도 많았다. 부엌 뒷방에서 차라리 태어나지 말았어야 할 운명으로 태어난 막내할아버지에겐 같은 아들이면서도 위로 두 형과 같은 경제적 기득권이 인정되지 않았다. 어려서부터 천덕꾸러기로 자란 그는 술 주걱을 잡는 일은 고사하고 술도가 근처에 얼씬도 않았다. 곁가지에 대한 두 형의 노골적인 견제와 떳떳지 못한 출생에 뿌리박은 스스로의 비애감이 어려서부터 그를 집 밖으로 돌게 했다. 증조부 생전에 서둘러

결혼을 시키긴 했지만, 스물셋 되던 해 만주로 떠났다는 소문과 함께 막내할아버지는 결국 마을을 떠나고 말았다. 막내할머니는 막내할아버지의 생모가 그러했듯 당숙을 데리고 부엌 뒷방에 기거하며 허드렛일을 거들었다.

술도가는 두 분 할아버지의 손에 활기찬 모습으로 운영되었으며 언제나 누룩 삭는 냄새와 그것을 나르는 노새들의 말똥 냄새를 풍겼다. 이러한 일들이 변함없이 계속되어 왔는데 1945년 여름, 모든 것이 달라지기 시작했다. 명진에서 남쪽으로 10킬로미터쯤 아래에 38선이 그어지며 더러는 농토며 집이며 가진 것 다 버리고 밤을 타 남으로 내려가기도 했지만, 대부분의 사람에겐 그 10킬로미터가 삶을 바꾸는 거리가 되고 말았다. 두 분 할아버지는 미처 피할 사이도 없이 다른 사람도 아닌 술도가의 잡부들 손에 몰매를 맞아 죽었다. 농토며 양조장의 일도 자연 풍비박산이 되었다. 아버지로서는 전대에 할아버지가 이루고 누렸던 경제적 특권과 여유가 오히려 올가미로 다가온 것이었다.

만주로 떠났던 막내할아버지가 명진에 돌아온 것도 그때쯤의 일이었다. 금의환향이랄 것까지는 없지만 예전의 처지로나 몰락한 집안의 처지로 볼 때 막내할아버지가 입고 온 누런 제복의 위력은 대단한 것이었다. 그때 이미 두 분 할아버지는 술도가의 잡부들에게 맞아 죽은 다음이어서 막내할아버지와 그 일은 아무 상관이 없었다. 명진으로 돌아온 막내할아버지는 지나는 길에 한번 들르는 것이 고작이었지만 그것만으로도 마을 사람들로부터 아버지를 보호해주는 방패막이가 되었다. 만주에서 막내할아버지는 또 다른 갈래의 항일 단체에 가담했다. 있는 듯 없는 듯 큰 숨 한번 못 쉬고 지내던 막내할머니의 처지도 더불어 나아졌다. 대지주의 아들에서 졸지에 명진 철광의 광산 노동자가 된 아버지는 난리가 있기 전해 가을에 뒤늦게 같은 이유로 몰락한 반동 집안의 딸과 결혼했다.

아버지가 친일파의 자식이라는 운명과도 같은 올가미를 벗어던지고 다시 일어설 수 있었던 것은 순전히 난리 덕분이었다. 명진 사람들조차 치를 떨어 마지않는 전쟁이 오히려 그곳 사람들의 운명을 오늘날 그들이 축복처럼 생각하는 남쪽 땅 10킬로미터 아래로 편입시켜 주었다. 삼 년간의 난리 중 여러 차례 깃발이 뒤바뀐 끝에 명진이 수복되면서 아버지는 그동안 잃었던 땅과 양조장을 되찾았다.

아버지와 어머니가 피난지에서 형을 안고 돌아왔을 때 명진은 쑥대밭으로 변해 있었다. 같은 쑥대밭이라 하더라도 집터와 정낭(변소) 터의 구분이 있듯 아버지는 폐허가 된 양조장에 대를 이어 술틀을 걸고 누룩을 띄우고 술 주걱을 저었다.

작은 규모로나마 양조장이 서서히 제 모습을 찾아갔다. 무엇보다 두 할아버지의 죽음으로 아버지는 수복지구에서 누구 앞에서나 당당할 수 있었다. 언젠가 당숙은 그걸 제대로 정리되지 못한 친일 역사에 맹목적인 반공 이데올로기가 가네야마 가에 베푼 왜곡된 세례라고 말했다.

"그것이 누구의 것이든 인공 치하에서 흘린 피는 이유를 불문하고 명진에서는 선한 것인 동시에 애국적인 것이었으니까."

안정되어 가는 집안에 큰 송사가 있었다. 정확하게는 전쟁이 끝난 다음 해의 일이었다. 난리 중에 오가며 명진에 몇 번 모습을 나타냈던 막내할아버지가 휴전 후 해를 거듭해도 소식이 없자 막내할머니는 열다섯 살이 된 당숙을 내세워 아버지를 상대로 송사를 걸어왔다. 한 할아버지의 자손으로서 농토와 양조장에 대한 당숙의 지분을 요구해온 것이었다.

그 송사는 막내할아버지의 행방불명보다 난리 후 달라진 어머니의 태도에 더 자극받았을 것이다. 난리 전에는 막내할아버지의 제복만으로도 어색한 관계에서나마 막내할머니가 집안의 안주인 노릇을 했는데 그 자리를 다시 어머니가 차지하고 앉은 것이었다. 아버지가 잃었던 땅을 되찾듯 외가 역시 잃었던 정미소를 되찾았으며, 어머니는 양조장 확장에 뭉텅뭉텅 친정 돈을 끌어들이며 노골적으로 막내할머니를 견제하기 시작했다.

그 송사는 한때 좁은 시골 바닥을 꽤나 시끄럽게 한 모양이었다. 인근 소도시의 재판소에서 시작한 송사는 이태를 끌다 서울에서 끝이 났다. 삼 년 송사에 기둥뿌리 안 흔들릴 장사 없다는 말을 증명이라도 하듯 막내할머니는 그나마 가지고 있던 것을 거덜 냈고, 양조장은 외가의 돈을 뭉텅뭉텅 끌어들였는데도 술을 실어 나르는 노새가 다섯 마리에서 더 늘지 못하고 현상 유지만 했을 뿐이었다. 아버지와 어머니로서는 언젠가는 확실히 해두어야 할 문제였으므로 그 출혈을 기꺼이 감수하지 않을 수 없었다.

막내할머니가 당숙을 버리고 개가를 한 것도 그 송사와 무관하지 않을 것이다. 상대는 예전 술도가의 잡부였는데 그는 막내할머니 쪽에서 확보한 증인이기도 했다. 두 사람이 야반도주하기 전에 그 일을 눈치챈 사람은 아무도 없었다. 고등학생이던 당숙은 양조장으로 들어왔고(이것 역시 명진의 지역적 특수성으로 혹여 훗날에라도 닿을지 모를 북쪽 간부인 막내할아버지와의 선을 파악하기 위한 경찰의 협조 요청이 있었다고 했다), 막내할머니의 소식은 오다가다 바람결에 한 번씩 들려올 뿐이었다.

해방에서 난리, 수복 후 문거리에 독립문이 서던 때로부터

74

송사까지는 시절이 시절이었던 만큼 그렇다 치더라도 내 유년 시절에도 여전히 재래적인 방법으로 술을 익혔고 노새들이 그것을 날랐다. 술을 담는 용기도 여전히 투박한 갈색 오지장군을 사용했다. 지금도 가만히 기억을 더듬으면 명진천 제방을 따라 바닷가 마을의 면 소재지로 향하던 노새, 지독스럽게 고집 센 마차 부대의 긴 행렬이 떠오른다.

양조장이 규모를 확장할 수 있었던 것은 순전히 유통의 개선 때문이었다. 술 탱크를 얹은 작은 트럭 한 대면 노새 열 마리 이상의 능률을 올릴 수 있었다. 각 면 단위의 주판장은 물론 일반 소매점에서 사용하는 술통도 나무장군이나 오지장군 대신 플라스틱 통으로 교체되었다. 유통의 개선은 양조장의 기계화를 가져왔고, 노새들은 새로 벌인 제방 아래의 벽돌 공장으로 보내졌다가 거기에서도 어디로 갔는지 모르게 사라졌다. 그러는 사이 양조장은 날로 번창해 가네야마 가가 미처 돈을 세지 못해 저울에 달아서 계산한다는 소문까지 돌았다.

'첩방공반'과 게르니카

독립문과 곰보 군인, 오지장군과 플라스틱 통, 탱자나무 울타리, 노새 똥 냄새, 왕자표 고무신을 닮은 노새 자지. 유년의 기억과 함께 또 하나 잊을 수 없는 내 소년기의 그것은 양조장 주조실 뒷벽에 그려져 있던 당숙의 자화상이었다.

당시 명진고등학교 출신 최초로 서울대에 합격하고 서울대를 졸업한 명진 유일의 시인을 사람들은 '찔뚝이'라고 불렀다. 그것은 한 지붕 아래 사람들에 대한 호칭이면서도 주 서방이나 주 마담, 도갓집 아들, 하는 것과는 전혀 의미가 다른 것이었다.

"괜찮다. 찔뚝이를 찔뚝이라고 부르는 건데 뭐 어떠냐?"

당숙도 목발로 성한 쪽의 다리를 쿡쿡 찍으며 자조적으로 말했다. 4·19가 무엇인지 모르지만 어린 시절 나는 그것도 6·25처럼 전쟁과 같은 것일 거라고 생각했다. 당숙은 바로 4·19 때 왼쪽 다리가 결딴났다고 했다. 그후 학교를 마치고 반기는 사람도 없는 명진으로 내려와 우리와 살고 있었다. 언제부턴가 당숙은 행동도 절름발이식이어서 정상적인 사람으로는 도저히 이해할 수 없는 구석이 있었다.

나는 형이 대학에 다닐 때 당숙이 집 안에 형이 없는 동안 누구와 얘기를 나누는 걸 좀체 보지 못했다. 그렇다고 함께 있을 때 두 사람의 의견이 늘 같았던 것도 아니었다. 언쟁까지는 아니었다 해도 두 사람의 의견은 오히려 다를 때가 더 많았다.

당숙은 형과 얘기하길 좋아했다. 개학이 되거나 다른 일로 형이 명진을 떠나면 극히 말수가 줄어들었다. 식구들과 따로 아침 한 그릇을 비우는 것과 온종일 거리를 쏘다니며 쩔뚝거리는 일, 시도 때도 없이 술을 마시는 것 외에 특별히 하는 일이 없었다. 이상한 것은 철도 없이 걸치고 다니는 누더기 같은 옷 속에 항상 한두 권의 책이 들어 있는 것이었다.

때로는 며칠씩 기거하는 골방의 문을 걸어 잠그고 두문불출하기도 했다. 그럴 때마다 어머니는 "저 인간이 도를 닦는다."고 했다. 당숙은 도를 닦을 때면 식사를 하지 않았다. 채이 누나가 주조실 쪽 골방으로 상을 들고 가면 "내 가거라." 하고 한마디 할 뿐이었다. 길게 일주일씩 배겨내는 걸 보고 어머니는 술 덕분이라고 했다. 정말 당숙은 지독스럽게 술을 마셨다. 마시면 마실수록 얼굴이 하얘졌고, 눈은 붉어지다가 뒤에 푸르게 변하는 것 같았다. 나는 당숙이 우리 식구라는 것이, 그가 윤석중이나 박목월 같은 시인이라는 것이 이해되지 않았다. 아버지와 어머니는 당숙이 예전에는 누구보다 착실하고 똑똑했었는데 다리가 결딴나 고향으로 내려온 다음부터는 제정신이 아니라고 했다.

내가 초등학교 4학년이었을 때 당숙은 《수유리로 갈 때》라는 제목의 첫 시집을 냈다. 그 시집은 한동안 읍내 서섬에 '우리 고장 시인의 시'로 진열되기도 했다. 그때만 해도 당숙은 그냥 절름발이 시인이었다. 정신까지 찔뚝거리지 않았다. 찔뚝이라고 부르는 사람도 없었다. 《몸뚱어리가 다리에게》라는 두 번째 시집을 내고 얼마 후부터 사람이 달라지기 시작했다. 어느 가을날, 당숙은 독립문 앞에서 닭똥 같은 눈물을 흘리며 자신의 첫 번째와 두 번째 시집 모두를 불태웠다.

주조실 뒷벽에 그린 당숙의 자화상 얘기를 하자면 아무래도 아버지의 '첩방공반'에 대한 얘기부터 해야 할 것 같다. 여름방학 동안이었는데, 며칠 전 아버지는 무슨 마음에선지 붉은색 페인트를 사 와서 양조장 담벼락에 대문짝만한 글씨로 '첩방공반'이라고 썼다. 술도가와 '첩방공반'이라니, 그걸 본 사람들마다 웃었을 것이다. 설사 아버지가 쓴 대로 오른쪽에서부터 시작해 반공방첩이라고 읽는다 하더라도 그게 양조장과 무슨 상관이란 말인가. 명진경찰서 벽에도 그렇게 큰 글씨로 반공방첩이라고 써놓지는 않았다. 아마 그건 술을 마시면서도 독립문 앞의 군인처럼 북진 통일의 그날까지 늘 반공방첩하자는 뜻이었을 것이다. 아버지가 새로이 반공연맹 명진군 지부장이 되었을 리도 없었다. 인공 치하에서 두 할아버지가 목숨을 잃었다 해도 누런 제복의 작은할아버지가 있었던 걸 명진 사람들이 다 알고 있는데 그 자리가 쉽게 아버지에게 올리 없었다. 이도저도 아니면 누군가로부터 막내할아버지에 대한 듣기 싫은 말을 들었을 것이다. 지난해 겨울 울진·삼척 지구로 침투한 무장 공비가 명진까지 올라와 잡힌 일이 있었다. 그때도 경찰과 군 정보부대에서 아닌 척하면서 우리 집을 찾아오거나 전화로 아버지를 불러내곤 했다. 그들이 몰라서 그렇지 아버지야말로 누룩을 띄우면서도 반공, 술 주걱을 저으면서도 방첩, 자나 깨나 반공방첩하는 일등 국민이었다.

당숙이 창고 안에서 페인트를 찾아 들고 갈 때만 해도 나는 당숙이 아버지가 써놓은 '첩방공반'을 지우려는 게 아닌가 생각했다. 아무리 반공방첩만이 명진의 살 길이라고 해도 화장실 문에까지 '근면 성실'을 써놓을 수는 없지 않은가. 내가 당숙의 그림을 본 것은 다음 날 오후였다. 한창 열을 올려 남은 방학 숙제를 하고 있는데 광호가 헐레벌떡 방으로 들어왔다.

"작은형아. 큰형아하고 찔뚝이가 지금 주조실 뒤에 있어."

"있음 있는 거지 뭐 큰일이라고."

"거기에 그림을 그렸어. 어제 그 뻥끼로. 아버지가 막 야단쳤어."

"무슨 그림인데?"

"가보면 안다니까. 주조실 뒤에 시뻘겋게."

그림 속 붉은 얼굴의 사내는 울고 있었다. 아니, 웃고 있는

79

듯했다. 절규하듯 벌린 입과 입안에 그려진 잠자리와 나비의 날개, 떴는지 감았는지조차 알 수 없는 눈, 일그러진 몸뚱이를 두 개의 목발이 받치고 있었고, 머리엔 가늘고 긴 칼이 코밑 깊숙이 들어와 있었다. 흰 벽에 피보다 붉은색 페인트로 그린 그림이어서 더 섬뜩하게 느껴졌다. 첫눈에도 당숙이 자신의 모습을 그린 그림이었다.

"글쎄 그건 당숙 때문이 아니었다니까요."

"일부러 그렇게 말하지 않아도 알고 있다. 나도 내 식으로 표현하고 싶었던 것뿐이니까."

"자학이에요. 이젠 그만하실 때가 되었잖아요."

"보기가 흉하단 말이지. 세상엔 이보다 흉한 꼴도 많다. 젊고 튼튼한 두 다리를 가졌을 때 세상일이나 걱정해라. 도가에 첩방공반이라니. 종교보다 더 종교화된 이데올로기도 그중 하나일 것이고."

그때는 당숙의 그 말이 무슨 말인지 몰랐다. 나와 광호가 오기 전 두 사람이 무슨 말을 나눴는지도. 일의 선후로 보아 단순히 그림 얘기겠거니 생각했는데 지금에 와서야 뭔가 조금은 알 것 같기도 하다. 당숙이 말한 '종교보다 종교화된 이데올로기'로 볼 때 두 사람은 양조장 담벼락에까지 '첩방공반'을 쓰지 않을 수 없는 아버지의 38선 콤플렉스와 가네야마 가에 드리운 막내할아버지의 어두운 그림자에 대해 얘기를 나누었을 것이다.

그 그림은 아버지가 다시 칠한 흰 페인트 속에 당숙의 젊은 날 영혼처럼 잠들었다. 내가 기억 속의 그 그림을 '명진의 게르니카'로 명명한 것은 그로부터 썩 후의 일로 고등학교 때 미술 선생으로부터 피카소의 〈게르니카〉에 대한 설명을 듣고 나서였다. 미술 선생은 목 없는 말이 날뛰는 극도의 혼란과 공포 속에 고통당하는 사람들이 길게 혀를 빼물고 있는 그 그림은 피카소가 처음 그린 것이 아니라 나치스의 폭격기가 피레네산맥 근처에 있는 게르니카라는 작은 마을을 짓이기던 순간 이미 독일군에 의해 그려진 것이라고 했다. 미술책에 실린 건 단지 그것의 부분화였는데, 무겁고 답답한 청회색 바탕 위에 비명을 지르다 못해 혀가 칼처럼 뾰족해진 한 인물의 얼굴에서 나는 그 여름 당숙의 자화상을 떠올렸다. 어쩌면 1950년 6월이거나 1960년 4월, 아니 그 이듬해 5월 16일 새벽 일단의 군인들이 한강을 건널 때 그려졌던 것이었을지도 모를 당숙의 게르니카였고 명진의 게르니카였다.

5

그해 겨울의 계룡 선거

한판의 소모적 도박과도 같은 통대의원 선거에 대해서도 마저 얘기하련다. 이제는 아주 오래전의 일이 되고 말았지만, 1970년대에 치러진 두 차례의 통대의원 선거야말로 전국 어느 지역이나 거의 비슷한 모습이 아니었을까 싶다. 도시에서는 다른 면이 있겠으나 시골 읍면 단위의 경우, 선거에 나왔던 입후보자들의 면면에서부터 후보의 등록과 사퇴 과정, 선거운동 방법, 거기에 당락의 가장 큰 변수로 작용하는 대성씨의 문중 표 향방까지, 어느 선거구든 크게 다를 게 없었을 것이다.

내가 고등학교 1학년 겨울방학 때였다. 유신헌법 찬반 투표가 끝난 직후 양조장의 '첩방공반' 담벼락에 그 이름도 길고 거창한 통일주체국민회의 대의원 선거 일정을 알리는 또 하나의 벽보가 붙으며 아버지와 당숙은 자주 말다툼을 했다. 아버지는 집안을 위하여 다시없는 기회라고 했고, 당숙은 무조건 입후보를 해서는 안 된다고 매달렸다. 오랜만에 당숙은 배운 사람답게 역사라는 말을 자주 입에 올렸다. 역사적으로 볼 때, 변칙적인 역사의 희생물, 정리되지 않은 친일 역사 위에서, 언젠가 펼쳐질 새로운 역사에서 지금을 평가할 때, 이것이 당숙이 아버지에게 한 말이었다. 거기에 대해 아버지는 말 그대로 이번 선거는 어디까지나 민족의 '통일', 그 통일의 '주체'가 되는 '국민'들의 '회의'를 대표하는 '대의원'들을 뽑는 선거로서 위에서 지목해 임명하는 반공연맹 지부장 따위는 댈 게 아니라고 했다.

"그렇다면 형님. 이렇게 한번 생각해보세요. 두 분 큰아버님의 친일이 해방 후 형님을 얼마나 힘들게 했는지 말이죠. 형님의 이번 결정이 태호나 진호, 정혜, 광호의 앞날을 영광스럽게만 하겠는지요."

당숙의 말은 아버지의 고집을 꺾을 수 없었다. 평소 아버지는 당숙을 아예 가족으로 생각하지도 않았고, 당숙 역시 지금까지 아버지를 설득할 수 있을 만큼 신임받게 행동한 적이 없었다. 그건 신임 이전의 문제로 아버지는 당숙의 존재를 오히

려 이 집안에서 걷어내야 할 막내할아버지의 어두운 그림자
로 보고 있었다. 당숙은 형에게 네가 아버지를 설득해야 한다
고 말했다. 거기에 대해 형은 지난가을 대통령의 '시월 유신'
조치 직후 명진으로 내려왔을 때와는 달리 그건 어디까지나
아버지의 일로 아버지가 결정할 일이라며 이미 심정적으로
아버지의 편을 들고 나섰다.

"지난번 계엄 선포 때만 해도 너는 그렇게 말하지 않았다.
너 스스로 객관적인 입장이었을 때는 세상을 바라보는 것도
객관적이었다는 얘기지. 그러다 아버지가 통대의원 자리를
두고 당장 눈앞의 이권을 다투게 되자 너 역시 그게 가네야마
가에 더해줄 이익에 눈이 멀었다는 거지."

당숙의 그 말이 아니더라도 형은 확실히 사람이 달라졌다.
아버지와 마찬가지로 형도 당숙의 존재에서 막내할아버지의
그늘을 보기 시작한 것 같았다. 사람들은 이제 진짜 선거다운
선거를 하게 되었다고 했다. 국회의원 선거 때 가끔씩 문중의
입후보자가 나와 촌수며 항렬을 따지는 경우도 있었지만, 핏
줄만 여기일 뿐이지 대부분 삶의 본거지를 서울에 둔 사람들
로 한집안 사람이라는 게 그다지 실감이 나지 않았다. 그들은
오직 사 년마다 한 번씩 고향의 표를 서울로 긁어모으는 데만
열심인 집안의 아저씨나 형님뻘일 뿐이지 한동네에 사는 진

짜 아저씨나 형님은 아니었다. 어쩌다 연줄을 대어 자식의 취직을 부탁하는 사람도 있었지만 대부분 고향 사람들의 일상과는 거리가 멀었다.

국회의원 선거와는 전혀 다른 양상의 통일주체국민회의 대의원 선거는 입후보자나 유권자나 서로 얼굴을 터놓고 하는 선거라 분위기부터 달랐다. 국민의 권리보다 나의 권리로서 한 표 한 표가 주어진 가운데 선거 열기는 입후보자 등록 전부터 후끈 달아올랐다.

물망에 오른 대여섯 명 중 단연 선두 주자는 아버지였다. 재력으로 보나 강양 김씨 문중의 세력으로 보나 읍 단위의 선거에서 아버지를 따라올 사람은 없었다. 그 뒤에 개헌 투표가 끝나기 무섭게 사임한 군청 산업과장이 이십여 년의 공직을 바탕으로 닦은 조직력으로 버티고, 해안 어촌계장이 나름대로 자신의 표를 확보하고 있었다. 그 외에 제일병원 원장, 터미널 영업소장, 동네에서 말 많기로 소문난 서울식당 주인 정도가 자천 타천으로 올망졸망 거론되는 정도였다.

막상 후보자로 등록하겠다고 나선 사람은 제일병원 원장이 빠진 나머지 다섯에 두 사람이 더 끼어 일곱 명이 되었다. 젊은 시절부터 4H운동으로 발을 넓힌 다리 건너 과수원집 주인과 읍내 알부자로 소문난 서울약국 주인이 뒤늦게 입후보 의

사를 밝혔다.

아버지가 처음 공략한 것은 서울식당이었다. 같은 강양 김씨 문중이어서 형님 아우 하는 사이인 데다가 선거 기간 중 모든 연회를 서울식당에서 한다는 조건으로 그의 사퇴를 받아냈다. 그다음 순서가 터미널 영업소장이었다. 자기 소유의 차는 아니지만, 그는 좁은 읍내 바닥에서 여남은 대의 시내버스를 굴리고 있어 제법 얼굴 축에 드는 사람이었다. 그는 교통 편의 불편을 느끼는 인근 면 단위의 표라면 모를까 시내버스로 읍내 표를 담아 들이는 건 처음부터 무리였다. 당선보다는 협상이 목표였던 듯한 장(아버지의 표현으로)에 자신이 장악하고 있는 기사와 차장 가족의 표를 쉽게 아버지에게 넘겨주겠다고 했다.

마지막으로 아버지가 점찍은 사람은 서울약국 주인이었다. 같은 김문인 그가 확실한 표를 가지고 있어서라기보다는 문중 표 분산을 막자는 것이었다. 서울식당이나 터미널보다 늦게 찾아간 것도 약국엔 확실하게 매인 표가 없기 때문이었다. 같은 문족인 만큼 쉽게 양보를 얻어낼 수 있을 거라고 생각했으나 그건 아버지 혼자만의 생각이었다. 아버지가 두 장을 얘기했을 때 서울약국에서는 그간 서울식당과 터미널에 들어간 비용까지 합쳐 다섯 장을 제시하며 오히려 아버지의 사퇴를 요구했다. 그는 약국과 처갓집(읍내 바닷가 쪽에서 제일 큰 여관을 하는) 재산을 모두 없애는 한이 있더라도 절대 물러서지 않겠다고 했다.

그즈음 해서 어촌계장과 과수원 주인이 군청 산업과장에게 사퇴 의사를 밝혔다. 어촌계장은 읍사무소 누군가의 중재로 새마을운동 차원의 마을 지원을 약속받았고, 그다지 재력도 학벌도 없는 과수원 주인은 제 발로 산업과장을 찾아가 그만 물러서겠다는 의사를 밝혔다.

이제 후보는 셋으로 줄어들었다. 김문 쪽에서는 '2당 3락'이라고 했고, 산업과장 쪽에서는 '3당 2락'이라고 했다. 문중의 단일후보가 나오면 김문이, 셋 다 나오면 산업과장이 당선될 거라는 얘기였다. 아버지와 아버지의 참모(주로 탁주 공급장 주인)들은 둘이건 셋이건 무조건 아버지가 이길 거라고 했다. 아버지는 문중 단일후보의 미련을 버리지 못했다. 그건 서울 약국도 마찬가지였다. 특히 약국은 문중 단일후보로 나서게 되면 독자적인 선거운동을, 아버지와 함께 나서면 산업과장을 측면 지원할 거라는 소문이 돌았다.

입후보를 말리던 당숙도 일이 거기까지 가자 약국의 편을 들며 아버지의 양보를 주장했다. 그때에도 배운 입에서 어김없이 '역사'가 나왔다. 처음부터 씨가 먹혀들 소리가 아니었다. 아버지에겐 잘 알지도 못하는 역사보다 양조장의 굴뚝을 보다 우뚝하게 세워줄 명망과 뒷배가 필요했다. 당숙은 그걸 탐욕이라고 했지만, 아버지는 오래전부터 자신이 이룬 부에 걸맞은 명망과 막내할아버지로부터 벗어난 자유를 갈망해왔고, 그쯤에서 실시되는 통대의원 선거야말로 다시없는 기회였다. 읍내 문중의 여론도 약국보다는 양조장으로 기울었다. 누가 보든 아버지는 궁색하지 않게 선거를 치러낼 재력을 가지고 있었다.

선거는 결국 삼파전으로 갈 모양이었다. 학교에서 돌아오는 길에 나는 양조장 담벼락에 염색한 듯 십 년은 젊어 보이는 아버지의 사진이 나붙은 걸 보았다. 좌우로 사임한 산업과장과 서울약국 사진이 붙었다.

"아버지가 이거야."

제 친구들과 함께 벽보를 쳐다보던 광호가 손가락 두 개를 펼쳐 흔들었다. 기호 2번, 2번의 승리. 며칠 전 기호 추첨에서 아버지는 1번을 놓치고 나서 서운해했지만 광호의 사인으로 볼 때 3번보다는 그리 서운한 번호는 아니었다.

기호 2번 김지남(당 51세)
명진보통학교 졸업

명진보통중학교 졸업

명진군 지역사회개발위원장

명진군 상인협회장

명진군 체육회장

강양김씨대종회 명진군 지역회장

명진중학교(보통중학교 포함) 동창회장

명진여자중학교 육성회장

명진해수욕장 개발추진위원장

명진군 양조협회장

명진탁주양조장㈜ 대표이사

나는 아버지의 감투를 세어 보았다. 언제 그렇게 많은 감투를 썼는지 의심스러울 정도로 학력을 빼고도 아홉 개나 되었다. 그건 산업과장이나 서울약국도 마찬가지여서 세 사람이 읍내의 감투란 감투는 모두 차지하고 있는 듯했다. 한 가지 자식으로서 불만스러운 것이 있다면 아버지의 가방끈이 두 경쟁자에 비해 너무 짧지 않은가 하는 것이었다. 벽보 하단에 '찍어주자 김지남!! 밀어주자 우리 일꾼!!' 하고 느낌표 두 개를 찍은 구호도 선거 벽보로 손색이 없어 보였다.

"언제 붙였는데?"

"조금 전 읍사무소 아저씨들이."

분명 광호의 짓인 듯 벌써 서울약국의 눈이 예리한 못에 상처를 입고 있었다. 상처 아래로 '첩방공반'의 붉은 밑 글씨가 드러나 서울약국은 한쪽 눈에 핏발을 세운 채 우리를 노려보는 듯했다.

"저거야말로 독재 임기 중에 단 한 번 써먹을 거수기 자리인데, 허욕에 어두운 부모를 대신하여 너희가 벗어야 할 짐 하나가 더 늘었구나."

집안의 일이며 아버지의 일로 누구보다 아버지의 당선을 바라는 속마음과는 다르게 한편으로 나는 당숙이 우리에게 한 말의 뜻을 조금은 이해할 수 있을 것 같았다. 이제까지 집안일에 신경 쓴 적도 나선 적도 없는 당숙이었다. 어머니는 당숙이 빨갱이와 근본 없는 여자의 대를 이어 집안을 망치려 든다고 했다.

그날 저녁에 있었던 아버지와 참모들의 단합대회도 그것이 그들에게 얼마나 대단한 선거인가를 실감케 하기에 충분했다. 분위기의 고급스러움을 위하여 양주로 시작한 술판 중간 얼마간 흥에 겨워진 아버지는 내게 '어발'을 내오라고 했다.

"어발이라니. 그게 뭔데요?"

서창리 공급장 아저씨가 물었다.

"내가 우리 집에 가보로 모시는 물건이 있네. 뭐 하냐? 얼른 내오지 않고."

나는 채이 누나가 차려준 술상을 들고 응접실로 갔다. 상이라야 막걸리 주전자와 복(福) 자가 찍혀 있는 흰 사기 사발이 전부였다.

"이게 바로 어발일세."

아버지는 상 위의 사발을 두 손으로 받쳐 들었다.

"그거는 그냥 사발 아니우? 난 또 뭐 금송아지라도 내오는 줄 알았네."

"물론 사발이지. 한데, 사발이면 다 같은 사발인 줄 아는가?"

아버지가 말하는 어발의 내력은 이랬다. 지난해 가을 무슨 일로인지 대통령이 이곳 명진을 지나게 되었다. 그때 전방 부대 쪽에서 나오던 대통령의 차량이 잠시 양짓말 국도 변에 있는 최 씨 가게 앞에 멈췄다. 뜻밖의 손님을 겪게 된 최 씨 부부는 황망 중에 대통령에게 막걸리를 대접했고, 대통령은 최 씨가 한사코 돈 받기를 황송스러워하자 막걸리 한 통자를 사서 벼 베기를 하는 농부들에게 내렸다. 그 얘기는 한때 양짓말을 선택받은 동네로 들뜨게 했으며 최 씨도 장거리의 저명인사가 되었다. '어발'은 그때 대통령이 술을 마신 사발이라는 뜻이었다. 그걸 얻기 위해 아버지는 최 씨를 두 번이나 읍내 큰 술집으로 불렀다. 그러고도 얼마 동안 중간 공급장을 거치지 않고 술 탱크 트럭이 양짓말로 나갔다.

"대통령 각하께서 약주를 드신 곳이야 최 씨 가게지만 이 김지남이가 만들어 올린 약주인 만큼 약주를 드신 어발도 이 김지남이가 보관하는 게 옳지 않은가. 우리 양조장이 바로 어주 공장이라는 뜻에서도 말일세."

"헹임도 참, 이런 귀한 물건 있으면 진즉에 구경을 시켰어야지요."

"나도 오늘이 처음일세. 평소엔 그냥 모셔만 두고."

"그래, 오늘은 무슨 맘에 이걸 다 내놓으셨우?"

"대통령 각하가 이 나라의 국부이시긴 하지만 그래도 우리 나라는 한국적으로다 민주주의를 하자는 나라가 아닌가. 앞으로 통일주체국민회의에서 대통령 각하를 선출한다는데 그러면 내 손으로 각하를 선출하는 것이고, 나를 여러분이 밀어주고 찍어주니 우리도 이 어발로 술을 마실 자격이 있는 게 아니냐 말일세."

"듣고 보니 헹임이야말로 진짜 새 시대 민주주의 정치가 자격이 있습니다."

"그럼 내가 여자 개짐이나 집어주는 놈(서울약국)처럼 분수도 모르고 나섰을까 봐."

그해에 처음 여성 생리대가 약국을 통해 시판되었던가. 어른들의 술자리가 끝까지 점잖고 유쾌할 수 있었던 건 바로 '어발'이 가져다준 유치한 신분 상승 때문이었을 것이다. 파장 무렵엔 통대의원 선거본부인지 대통령 선거본부인지 모를 만큼 모두 들떠 있었고, 그런 일에 좀처럼 나서지 않던 형까지 응접실로 나와 어발 가득 술을 따라 돌렸다. 왁자한 술자리를 두고 당숙은 이제 이 나라의 정치가 옛 중국의 환관 정치에 필적할 도가 정치로 흘러가고 있다고 말했다.

"전국적으로 이천사백 명 가까이 뽑는 통대의원 중에 모르긴 몰라도 절반은 읍면 단위의 대의원일 것이다. 또 읍면 단위의 대의원 절반은 아마 너희 아버지 같은 술도가의 주인들이 차지할 것이다. 우리나라에서 막걸리 양조업만큼 지역 카르텔이 잘 지켜지는 것도 없고 그만한 재력을 갖춘 사람도 시골 바닥에서는 흔치 않을 테니까. 위로는 막걸리를 좋아하는 사람이 정권을 잡고 있고, 아래로는 자신의 부를 도와줄 명망에 급급한 술도가의 주인들이 꼭두각시놀음을 하고, 이만하면 이 나라의 정치를 도가 정치라 명명하여도 과히 어긋남이 없을 것이다. 꼭 술도가가 아니더라도 도시와 농촌을 막론하고 당선될 대의원 대부분의 직업이 도가적 성격에서 크게 벗어나지 않을 것이다."

당숙의 염려대로 아버지의 우위는 절대적이었다. 서울약국에 대응하여 아버지가 제일 먼저 손을 쓴 것은 문중이었다. 이미 벽보가 붙기 전부터 계획했던 일로 거동조차 불편한 강양 종가의 어른이 이틀간 우리 집에 와 머물며 명진읍 임시 종친회를 소집했다. 말이 종친회지 서울약국 성토장이나 다름없는 자리에서 일가 참모들은 서울약국을 문중에 누를 끼친 놈으로 매도했고, 아버지의 지극정성에 감복한 종가 어른은 문중의 번성을 위하여 아버지에 대한 지지와 단합을 호소했다. 문중 표의 결속을 위하여 종가 어른보다 결정적인 역할을 한 사람은 안곡 아저씨였다. 처음 그는 서울약국 쪽에 붙었다가 온 사람으로 아버지는 그에게 안곡의 새 탁주 공급장을 약속했다.

"이 자리에 참석하지 않은 일가 형제의 잘잘못을 가린다기보다는 잠시 갈 데 안 갈 데 가리지 못한 문중의 죄인으로서……."

운을 뗀 안곡 아저씨는 서울약국의 입후보가 단순히 '지남이 행임'의 표를 깨기 위한 산업과장과의 협잡으로 문중 사람들에게만 파고드는 그의 선거운동비도 모두 산업과장 수중에서 나오는 것이라고 말했다. 안곡 아저씨는 지금 자신의 말은 현명하신 일가 어른들 앞에 석고대죄해도 부족할 자신의 잘못을 빌기 위함이지 누구의 잘잘못을 폭로하기 위함이 아님을 두 번 세 번 강조했다.

"저런, 족보에서 파 던져야 할 것이 있나."

수염이 흔들릴 만큼 대로한 종가 어른은 아버지의 부축을 받고 일어나 분연한 어조로 선언하듯 말했다.

"무슨 일이 있어도 이곳 명진 선거에서는 타성바지들에게 우리 강양 김문의 단합된 힘을 보여줘야 할 것이야. 만약 결과가 그러하지 못할 시는 내 다시 명진 땅에 발도 들여놓지 않을 것이야. 그래, 그 본데없이 큰 것은 무슨 억장으로 타성바지의 방패막이로 나섰다는고?"

서울약국의 원한은 지난해 봄 해수욕장에서 시작되었다. 명진군은 명진해수욕장을 동해안 제2의 해수욕장으로 만들 요량으로 정비 공사와 기본적인 위락 시설물의 설치를 명진해수욕장 개발추진위원장인 아버지에게 맡겼다. 그때 상가를 분양하는 과정에서 아버지가 그의 처갓집인 동해여관을 제외한 것이었다. 아버지보다 어머니가 동해여관과 사이가 안 좋았다.

아버지의 선거운동 방법 못지않게 씁쓰레한 기억으로 떠오르는 건 아직 초등학교 5학년밖에 안 된 광호와 중학교 2학년짜리 재종 동생 영호의 전단 뿌리기였다. 초등학교 쪽은 광호가 맡고, 한 울타리 안에 있는 중고등학교 쪽은 영호가 맡아 남보다 일찍 등교해 교문 앞에서 다른 학생들에게 아버지의 사진과 약력이 찍힌 가짜 선거관리위원회용 전단을 나눠주었다. 학생들에겐 표가 없지만, 집에 가져가서 어른에게 주라고 했다. 첫날 교문에서 만난 영호 녀석은 말리던 내가 오히려 창피해 저만치 물러나 있어야 할 만큼 시작부터 이골이 난 얼굴로 전단을 내밀며 악수를 하거나 승리의 브이(V) 자 사인을 흔들었다.

그러자 다음 날 중학교 1학년짜리 서울약국 집 아들과 중3짜리 산업과장의 조카까지 전단을 들고 나왔다. 중1짜리 서울약국 아들은 엄지손가락을 치켜세우며 '약은 약사에게 표도 약사에게'라는 우스꽝스러운 구호까지 외쳤다. 그 모습을 보고 한 선생은 고래 싸움에 새우 등 터진다고 했고, 전단을 받아 든 고등학교 학생들은 '막걸리 파이팅!', '활명수 파이팅!'을 외쳤다.

동생들의 유치한 대리 선거운동은 그날 하루로 끝을 맺어야 했다.

"뭐 하는 짓들이냐?"

출근하는 길에 무심코 서울약국의 전단을 받아 든 담임선생이 누구에게랄 것도 없이 벼락같이 소리를 질렀다.

"이놈들, 누가 이따위 걸 학교에 가져오라고 했어?"

"어제 도갓집에서 먼저 가져왔단 말이에요!"

아직 1학년이라 전단을 나눠주는 일에서도 세 불리를 느끼던 서울약국집 아들은 왜 내게만 그러냐는 식으로 잔뜩 독이 오른 소리로 대답했다.

"김진호, 너 이리 와 봐라. 네가 시켰냐?"

"말려도 듣지 않습니다."

"한심한 양반들 같으니라고. 자식들까지 내세워 이럴 거면 애초에 나서지 말든가. 모두 이리 내."

"다신 안 가져올게요."

"글쎄, 이리들 내라니까. 집안 단속도 못 하는 주제에."

담임선생은 반나마 남은 새우들의 전단을 빼앗아 쓰레기통에 쑤셔 박았다. 새우들의 경쟁이 그랬던 만큼 고래들의 경쟁도 날이 갈수록 유치하고 치열해져 갔다. 아버지는 돈이면 안 되는 게 없다는 식으로 지금까지 부를 축적해온 목적이 마치 선거를 위한 것이었다는 듯 아낌없이 돈을 뿌렸다. 주민등록은 여기에 있고 몸은 객지에 나가 있는 사람들에겐 참모를 통해 가족에게 왕복 차비와 점심값을 전했다. 하루 코스의 온천 여행도 사람만 채워지면 보냈다. 어머니는 어머니대로 광호네 학교 지모회를 통해 표를 일구어 갔나. 읍내에 있는 모든 술집과 음식점이 연일 김지남의 돈으로 흥청거렸다.

문제는 산업과장이었다. 그는 공직 기반을 바탕으로 착실하게 표를 다져나갔다. 재직 시 그가 지원한 새마을사업 성과는 농민들에게 따뜻한 한 표를 호소했고, 기득권처럼 활용할 수 있는 행정 조직과 읍내 교회 표도 다른 후보자들에겐 손이 미치지 않는 선반 위의 물건 같은 것이었다. 여기에 내용을 다 밝힐 수는 없으나 같은 문중 표를 사이에 둔 아버지와 서울약국의 경우 설사 당선되더라도 과거의 신망을 되찾기 어려울 정도로 추문 폭로 경쟁을 벌이는 동안에도 그는 자신의 이미지를 생각해 원색적인 공격을 하지 않으면서도 자신을 가리켜 일꾼, 아버지를 겨냥해 술꾼이라고 했다. 그러면 그럴수록 아버지는 술과 돈을 무진장으로 뿌려댔다. 산업과장이 표를 얻는다면 아버지는 사겠다는 식이었다. 동네 여론도 술꾼과 일꾼으로 갈라졌다. 어촌계장이 장악하고 있는 해안 쪽은 열이면 열 다 산업과장 쪽이었다.

그토록 결속을 다짐했던 문중 표가 흔들리기 시작한 것은 전혀 뜻밖의 일이었다. 만약 타성바지에 김문의 단합된 힘을 보여주지 못한다면 다시는 명진에 발을 들여놓지 않겠다던 종가 어른이 이제 영원히 명진 땅을 밟을 수 없게 되고 말았다. 거동조차 불편한 노인이 아버지의 간청에 못 이겨 갔던 무리한 나들이의 여독으로 자리보전을 하고 누운 것이었다. 서울약국으로부터 아버지는 졸지에 '문중의 기둥뿌리를 흔든 놈'으로 선전되었다. 아버지가 봉투에 넣어 보낸 얼마간의 입원비도 젊은 종손의 이름으로 되돌아왔다.

거기에 당숙의 패륜적 행태도 문중 표를 분산시키는 결정적인 역할을 했다. 선거가 끝날 때까지만이라도 술과 외출을 삼가라는 아버지의 명령과 부탁이 있었음에도 당숙은 가뜩이나 추락하고 있는 아버지의 이미지를 끌어내릴 목적으로 반미치광이 짓을 하며 읍내를 쏘다녔다. 그전처럼 그냥 강가로 나가 배회하지 않고 읍내 술집을 돌아다니며 상을 엎지 않으면 누군가의 멱살을 잡고 욕설을 퍼붓기 일쑤였다. 이제 누구 눈치 볼 것 없이 일선에 나서서 선거운동을 하던 형도 당숙의 도 넘은 행패에 고개를 저었다.

그래도 작은댁의 정호 형은 끝까지 당숙을 이해했고, 자주 얘기를 나누곤 했다.

"누가 당선되든 결과는 마찬가지다. 단지 내 가족이 도가 정치의 희생이 되지 않기를 바랄 뿐이지. 더구나 나는 어머니를 대신하여 이 집안에 갚아야 할 빚이 많은 사람이지 않냐."

"하지만 큰당숙이야 어디 그렇게 생각하겠습니까? 모르지 않을 태호까지 일선에 나서 운동을 하는데요."

"그게 내가 가장 가슴 아프게 여기는 일이다. 태호라면 말릴 수 있는 일이었는데 함께 나서서 저러니."

"설마 태호까지 명예로운 자리로 생각하는 건 아니겠지요."

"당장 가시적으로 나타날 손익계산 때문이지."

"다녀보니 어때요?"

"백중지세다. 표면으로는 형님이 우세하지만 그건 술과 돈의 흥청거림이지 산업과장보다 표가 많다는 얘기는 아니야."

"내일은 투표를 하는 게 최선이겠지요?"

"최선은 안 돼도 차선은 되겠지."

당숙은 저녁 무렵 바깥으로 나가 새벽이 되어서야 돌아왔다. 그날 아침, 이제는 도저히 손을 써볼 수 없는 일이 터지고 말았다. 누군가 죽지도 않은 종가 어른이 명진 나들이의 여독으로 죽었다고 부고를 내고 돌아다녔다. 연락을 받고 어머니는 반 까무러치듯 했다. 아버지와 일가의 참모들은 투표소를 분담하여 그것이 서울약국의 모략임을 해명하고 다녔다. 믿는 얼굴들이 아니었다.

당숙도 휘적휘적 목발을 짚고 투표소로 갔다. 거기서 당숙은 투표하러 나온 어른들을 붙잡고 다짜고짜 시비를 붙었다.

"이 사람들아, 우리 지남이 형님을 찍으란 말이야. 그깟 늙은 첨지 하나 죽으면 어떻고 술도가의 술 주걱이 우리 읍의 대표면 뭐 어떠냐고? 무조건 기호 이 번 김지남이를 찍으란 말이야, 이 개자식들아! 거지새끼들처럼 술 얻어 처먹었으면 먹은 값을 해야 할 거 아니야!"

사람들은 느닷없는 봉변에 어쩔 줄 몰라 했다. 찍어줄 사람도 백번 등을 돌리고 말 싸움을 당숙은 형의 연락을 받고 온 양조장 일꾼들에게 강제로 들려 나갈 때까지 계속했다.

결과는 아슬아슬했다. 당숙의 필사적인 방해에도 불구하고 비록 여남은 표 차이이긴 했지만 뿌린 것만큼, 또 베풀고 얻어먹은 것만큼 사람들은 가네야마 가 오까네에 대한 신의를 지켰다. 당초 예상대로 꼴찌를 한 서울약국의 표가 의외로 많이 나온 것에 대해 훗날 시인은 나름대로 이렇게 분석했다.

"문제는 서울약국의 선전인데 이는 내가 일찍이 계륵 선거의 함정을 몰랐던 때문이다. 네 아버지는 서울약국 때문에 힘들게 당선되었다고 하지만, 결과는 오히려 그 반대로 서울약국 덕에 네 아버지가 당선된 선거다."

"어떻게요?"

"양조장을 떠난 강양 김문의 표가 산업과장에게로 완전하게 건너가지 못하고 심정적 완충지대인 서울약국으로 계륵적 도피를 한 것이지. 만약 서울약국이 나오지 않고 이파전으로 붙었다면 서울약국에 던져진 표의 태반은 느 아버지보다 산업과장 쪽으로 갔을 게다. 결국 김문의 이탈 표를 나눈 것은 양조장과 서울약국이 아니라 산업과장과 서울약국이었던 게 야."

오늘날 내 생각은 또 당숙의 해석과 다르다. 그것이 계록적 도피든 단순한 문중 표 분산이든 아버지의 우위는 절대적이 었다. 문제는 산업과장과 서울약국으로 건너간 막판 이탈 표 의 성향인데 아버지는 명진 사람들의 가네야마 가 오까네에 대한 신의를 과신했으며, 당숙은 또 계록 선거의 해석에 있어 결정적인 순간엔 어쩔 수 없이 독립문 아래의 곰보 군인과 손 잡지 않을 수 없는 이곳 사람들의 '첩방공반'에 대한 맹목적인 충성도를 계산하지 못했다.

지금도 추억하면 독립문 앞 공터에서 있었던 2차 합동 유세 는 그날의 추운 겨울 날씨만큼이나 쓸쓸한 풍경으로 떠오른 다. 1번으로 등단한 아버지는 사재를 털어서라도 독립문을 서 울의 독립문처럼 웅장하게 세우겠다고 해(아마 형이 써준 연설문 이었을 것이다) 우레와 같은 박수를 받았고, 곧이어 등단한 산업 과장은 조금 전 박수를 받은 가네야마를 북진 통일의 거점 기 지이자 우리 대한민국 최고의 반공 도시인 명진의 역사와 전 통을 왜곡하려는 친일 모리배로 공격해 더 큰 박수를 얻어냈 다. 마지막으로 마이크를 잡은 서울약국은 두 분 할아버지의 전혀 반공적이지 않은 죽음과 당숙의 생부인 막내할아버지의 존재까지 거론하며 '지금쯤 틀림없이 북쪽에서 높은 자리 하나 해먹고 앉아 있을' 6·25 때의 전력에 대해 폭로했다.

기억나는 대로 적기는 했어도 정말 쓸쓸한 기억이다. 지나친 연상일지 모르나 요즘도 나는 가끔 이북 5도민의 이름으로 벌어지고 있는 이상한 모습의 시위와 그들의 이름으로 발표되는 격하긴 하되 울림이 없는 시국성명서를 보노라면 왠지 쓸쓸한 기억으로 내 고향에 있는 두 개의 구조물과 거기에 운명론적인 애정을 표시하지 않을 수 없는 명진 사람들의 슬픈 얼굴을 떠올리곤 한다.

아마도 북진 통일의 그날까지…….

6

꽃 피고 새 울면……

춘천을 떠나온 버스가 명진천 다리를 건너자 저만치 문거리의 독립문이 보였다. 달라진 것은 아무것도 없었다. 지나온 길 10킬로미터쯤 아래 38선이 있었고, 다리 아래의 명진천 역시 예나 다름없이 한여름 햇빛 아래 잔물결을 일렁이며 늘 그 자리에 그 넓이만큼의 물줄기로 바다를 향해 흘렀다. 낯익다 못해 눈을 감고도 그려낼 거리였지만, 전혀 낯선 느낌으로 창밖을 내다보며 나는 '이곳이 명진'이구나 생각했고, '여름 한철 나의 지옥'이구나 생각했다. 거기에다 아버지가 보낸 가네야마 가의 큰아들 자격으로 나를 데리러 온 형과의 여행은 결코 유쾌하려야 유쾌할 수가 없었다.

"독립문이 그대로 있네. 헐지도 않고."

춘천에서 출발할 때부터 뒤틀려 있던 심기를 나는 명진에 도착해서야 비로소 지나가는 말처럼 형에게 했다.

"그럼 그대로 있지 않으면?"

그걸 모를 형이 아니었다. 형은 내게 오랫동안 나가 있던 사람처럼 굴지 말라는 투로 말했다.

"예전 합동 유세 때 아버지가 다시 세우겠다고 하지 않았던가? 이제 그 명예스러운 통대의원의 임기도 얼마 남지 않았는데."

"그럴 때 너는 꼭 서울약국 아들같이 말하는구나."

"아니, 그렇지는 않지. 단지 양조장 집 둘째가 아니고 싶을 때가 있는 거지."

"우리가 아버지를 이해해야지."

"더불어 형도 이해하고."

"너 아무래도 하숙을 옮겨야겠더라. 전혀 공부할 분위기가 아니던데."

"내년에도 다시 나오겠지? 또 독립문을 다시 짓겠다고 하고."

"그만하라니까."

"그러지 뭐. 당숙 말대로 역사가 우리를 속이는 게 아니라 생활이 우리를 속이는 거니까."

버스가 터미널에 닿았다. 나는 몸을 일으켜 선반에 얹어둔 짐을 내리며 다시 '이곳이 명진이며 여름 한 철 나의 지옥이구나' 생각했다. 이곳에서 머물던 지난 한 해 반 동안의 침잠보다 깊숙이 이 거리의 모든 시선으로부터 나 자신을 숨기지 않으면 안 될 것 같았던 늪 한가운데로 다시 돌아와버린 느낌으로 나는 조심스럽게 버스에서 내렸다. 아니나 다를까 내가 아무리 조심하더라도 그것이 쉽게 보장되지 않으리라는 예감은 미처 터미널을 벗어나기도 전 김명하라는 고등학교 동창 녀석을 만나면서 바로 적중되고 말았다.

"난 또 누군가 했네. 가네야마 도가."

사립대에 진학하기 어려운 가정 형편 때문이기도 했지만 고등학교를 졸업하던 해 턱없는 도전 끝에 얻어낸 '서울 법대 응시'를 일생의 명예처럼 떠벌리고 다니는, 학교 다닐 때도 유독 나한테만은 한 번도 진호라고 이름을 불러준 적이 없을 만큼 노골적으로 적의를 드러내던 녀석이었다.

"명하구나."

반가운 척 손을 내밀면서도 나는 이 녀석이 또 무슨 말로 속을 긁으려 들까 긴장했다. 춘천 터미널에서 형이 전화로 도착 시간에 맞추어 짐을 싣고 갈 차를 보내 달라고 했을 때 그럴 필요 없다고 완강하게 못을 지른 게 잘못이었다. 아버지의 자동차 안보다 더 나를 불편하게 할 이곳 명진 사람들의 시선을 계산하지 못했었다.

"자식, 한동안 안 보인다 했더니 어디 다른 데 가 있다가 잡혀 오는 모양이구나."

녀석은 짐 보따리를 나누어 들고 있는 형에게 건성으로 꾸벅 인사하곤 다시 물었다.

"서울에서 오는 길이냐?"

"응, 뭐······."

"네 동생 얘기는 들었다. 내 쪽에서 운이 닿지 못해 동문까진 되지 못했지만."

학교 다닐 때도 터무니없는 경쟁심으로 나와 관계된 일이라면 무엇에든 끼어들어 참견하기 좋아하던 녀석이 몇 달이 지나도록 나의 재입학 사실을 모르고 있는 듯했다.

"너는 요즘 어떻게 지내냐?"

"나? 누구처럼 대학인지 등록금 회사인지도 모를 데 들어가 공부하기 싫어 데모하다가 잘릴 형편도 못 되고 해서 독학을 하고 있지."

말을 해도 꼭 이런 식이었다.

"그럼 사수를 하고 있단 말이야?"

"아니, 법학 말이야. 군대는 지난달 방위로 때웠고, 앞으로 한 삼 년 죽어라 하고 혼자 파보는 거지. 돈 벌었다는 사람은 더러 있어도 아직 우리 명진고 동문 가운데 사시 출신은 없는 형편이니까 그 기록 하나 모교에 더하는 것도 의미 있는 일일 테고."

더 묻지 말았어야 했다. 그 대답이 아니더라도 녀석은 아까부터 손에 들고 있던 《월간 고시》를 왼쪽 옆구리에서 오른쪽 옆구리로 옮겨 끼우며 은근히 그걸 좀 봐주었으면 하는 얼굴이었다.

"너, 큰 목표를 세웠구나."

"가네야마, 너도 알 거다. 박길우라고 서울 법대에 들어간 우리 이 년 선배 말이야. 그 선배를 몇 달 전 제대하고 여기 서점에서 만났는데 누가 먼저 모교에 영광을 안겨줄지 내기하기로 했지."

"대단한 결심이네."

"가네야마는 진즉에 데모로 포기한 길이고, 그럼 또 보자. 네 형이 기다리고 섰지 않아도 나도 널 붙잡고 시간 죽일 만큼 한가하지 않다."

"그래, 열심히 해라. 네 말대로 진즉에 그 길을 포기한 내게도 네게 필요할지 모를 책이 몇 권 있는데, 언제고 지나는 길에 들러라."

말은 했지만 녀석도 이미 사법시험과 관련한 몇 권의 민·형법 서적과 이재욱 토플, 박흥립의 경제학, 이기백의 《한국사신론》 같은 책들을 준비하고 있을 것이다. 내가 처음 법대에 입학했을 때 막연한 기분으로 고시의 환상에 젖었던 것처럼 녀석도 읍내 서점에서 그 책들을 사들이며 이미 반쯤 그것을 이룬 듯한 착각 속에 '독학 합격'이라는 장차 자신의 이름 뒤에 따를 빛나는 성공에 대해 생각했을 것이다. 이제 법학은 나의 진리인 동시에 삶이라고, 그 이상 절대의 것은 나에게 존재하지 않는다고. 그것은 존재할 수도 없고, 존재해서도 안 된다고 다짐했을 것이다. 내년에 1차 시험에 합격하고, 이듬해에 2차 시험마저 한때의 '서울 법대 낙방'을 딛고 각고의 독학으로 패스함으로써 그 성공을 더욱 빛나고 영광되게 하리라 꿈꾸었을 것이다. 책의 무게로 전해지는 손마디의 긴장만큼이나 가벼운 흥분으로 가슴을 떨었을 것이다. 의식이란 화려하고 비장할수록 투지가 끓어오르는 법…….

설사 그의 사법시험 준비가 그가 내게 풍겼던 한풀이와 같은 뒤틀림을 수정하지 못한다 해도 그건 공부와 아무 상관 없는 일이었다. 일단 거기에 붙기만 하면 나머지 인생은 저절로 보장된다는 생각만으로도 시험에 임하는 그의 노력과 정성엔 변함이 없을 것이다. 회의만 따르지 않는다면 승부에 대한 집

착과 투지는 그것으로 얻어낼 영광의 꿈만큼이나 치열해질 것이다. '코페르니쿠스적 전환'이니 '사회정의 실현' 따위의 입에 발린 동기 정도는 그것을 이룬 다음 《월간 고시》나 《고시 연구》 뒤편에 넣을 합격기 한 줄로 충분할 것이다.

그러나— 벗이여. 돌아서는 그대의 모습에서 내가 느꼈던 정직한 감정은 그 어떠한 우려도 아닌, 거듭 '아니다'였다. 지난봄 두 번째 시작에 앞서 왠지 내겐 솟아오를 하늘이 보이지 않을 것 같은 막연한 불안과 마찬가지로 그대에게도 끝내 법학의 하늘이 열리지 않으리라는 성급한 예감이 듦을 난들 어쩌겠는가. 나름 노력은 할 것이나 끝내는 그대의 노력이 한때 그대가 남들의 '등록금 회사' 입학보다 크나큰 영예로 여기던 '서울 법대 응시'에 이어 '사법시험 응시'라는 또 하나의 자기 위무의 영광으로 끝나고 마는 게 아닌가 하는…….

이해하라. 비록 그간 우리 사이 정답지 못했어도 나이가 들 대로 든 지금에 와서까지도 그대를 비난하고 싶은 마음은 없다. 하지만 이미 내처 하고 있는 이 얘기의 뒤끝이 아니면 언제 또 그대의 얘기를 마저 할 수 있겠는가. 그때 마음에서 우러난 진정한 격려는 보내지 못했다 하더라도 그로부터 오 년후, 제대 말년에 전방 부대에서 접한 그대의 소식은 참으로 난감하고 어처구니없는 것이었다. 부대 안까지 흘러든 신문에 실린 '사법연수원생 사칭 고졸 이십 대 쇠고랑 차'라는 1단 기사를 읽을 때만 해도 나는 감히 그것이 그대일 거라고 생각조차 하지 못했다. 이튿날 다른 신문에 사진까지 실린 그대의 기사를 보았고, 다음 날엔 전날 1단으로 처리했던 신문의 사회면 톱에 '주로 명문대 여대생들만 골라'라는 부제 아래에 수갑 찬 손으로 얼굴을 가린 그대의 사진과 또 그 방면의 대부 격이라고 할 "스스로 지키지 않는 정조, 법으로 보호할 가치 없다."라고 했던가, 짤막하게 곁들인 1950년대의 '가짜 해군 장교 박인수'의 사례를 보았다.

이어 휴가병들이 가져온 주간지도 하나같이 여대생들을 상대로 한 그대의 사기 행각을 표지의 가장 큰 제목으로 뽑았는데, 지금도 그때 본 "돈 주고 몸 주고 여대생들이 더 적극적이었다."라는 선정적인 문구가 지워지지 않는다. 또 기억나는 대로 그때 기사를 본 감상을 적자면 당시 언론의 과녁은 그대가 아니라 오히려 그대에게 당한 여자들에 대해서가 아니었나 싶게 그대에겐 적잖이 너그러웠던 것 같다. 아마 그건 사건 자체가 갖는 고발성과 어느 한 면에 대해서는 지독히 어둡지 않으면 안 될 의무 속, 또 어느 한 면에 대해서는 발정기를 맞은 수캐처럼 기형적으로 적나라해질 수밖에 없었던 당시 '5공 시대 언론'의 한 특성 때문이 아니었나 싶다.

이후에도 딱 한 번 지나가는 생각처럼 터미널에서 만난 그대의 얼굴을 떠올린 적이 있다. 그대의 사법연수원생 사칭 혼인빙자 사기와는 전혀 성격이 다른 88올림픽 뒤끝의 피날레처럼 텔레비전에까지 생중계된 일단의 강도범들이 벌인 탈주 인질극 때였다. 그들 중 하나가 권총을 빼 들고 음유시인처럼 '유전무죄 무전유죄'라고 했던가. 학교 다닐 때 그대가 내게 가졌던 턱없는 적의도 생각하면 같은 맥락의 것이 아니었겠는가. 만약 그대가 가네야마 도가의 둘째였다면 그해 대학 입시도 그렇게 턱없이 도전하지 않았을 것이고, 이후 혼빙 사기도 그저 신문에서 남의 일처럼 대하지 않았겠는가. 돌아보니 미안하고 부끄럽다. 일찍이 나에 대한 그대의 적의만 못 견뎌 했을 뿐 한 번도 그대의 아픈 처지를 나는 깊이 이해하지 못했다. 그 여름날 늦은 오후, 우리의 해후 역시……

"뭘 하나? 그만 오지 않고."

형이 가던 길을 돌아와 그렇게 말할 때까지 나는 오래도록 멀거니 녀석의 뒷모습을 바라보았다. 넌 아니다. 그러나 견딜 수 없는 건 녀석의 예견되는 실패가 아니라 이 거리 한가운데서 갑자기 처량해지는 나 자신의 모습이었다. 형만 아니라면 타고 온 버스로 다시 춘천으로 돌아가고 싶었다.

그날 저녁 가벼운 몸살 기운이 있는가 싶더니 약을 먹고 자리에 누운 다음 이틀 동안 죽은 듯이 잠만 잤다. 스스로 느끼기에도 터널처럼 긴 잠이었다.

잠에서 깨어났을 때 서울에서 정혜가 내려와 있었다.

"나는 오빠가 꼭 죽은 줄만 알았네. 학교생활의 긴장이 풀려서일 거야."

"긴장할 게 뭐가 있어서. 여기 명진보다 백배 낫지."

"춘천에 딱 한 번 가봤지만, 오빠는 오빠가 공부를 하고 있다기보다 공부가 오빠를 붙잡고 있는 것 같았어. 미안해 오빠. 성실해 보이기는 했지만 성실한 것도 무엇엔가 쫓기듯 다급해 보이기만 했지 치열해 보이지는 않았던 거 같아."

정혜의 지적이 아니더라도 형이 나를 데리러 와서 짐을 꾸리던 날에도 나는 오래도록 지난 학기를 생각했다. 하숙집과 강의실, 또 학교에서는 강의실과 도서관을 부지런히 왔다 갔다 하며 보낸 시간 동안 내가 얻고자 했던 건 무엇이었을까. 밤늦도록 책상에 앉아 스스로 고양된 순간이라고 믿었던 날들이 가슴 뿌듯함이 아니라 무언가 빠져나가는 것 같은 허전함이었으니, 다음 날 귀향을 앞두고 나는 이것이야말로 내 청춘의 덧없는 소모가 아닌가 하는 회의에 빠졌었다.

깨어나자 시인이 말했다.

"안 봐도 안다. 처음부터 자포자기식으로 주저앉은 게 아니라면 학비를 대는 부모님이나 너 스스로 성실한 날들이었겠지. 지나고 나면 나한테도 성실한 날이 있었다는 기억 말고는 아무것도 남는 게 없는 시간들이지. 먼저 올라갈 때도 얘기했다만 이유를 찾아야 해. 작게는 네가 다시 시작하는 이유이고, 크게는 우리가 살아가는 이유이고. 그렇게 열심히 해변과 어선을 오가지 않아도 원하기만 하면 네 몫의 생선은 이곳 명진에도 많아. 네 형은 이미 그렇지. 방학 동안 푹 쉬도록 해라."

자리에서 일어난 다음 나는 당숙의 충고대로 이번 방학 동안 백 권의 책을 읽어내리라 생각했다. 그 생각을 밝히자 다시 당숙이 말했다.

"금방 무슨 결과를 보겠다고 서두르지만 않는다면 목적 없는 독서도 좋은 방법이지. 그동안 많이 읽지 않았던 것에 대한 성급한 보상심리에서 접근하는 게 아니라면 말이다. 아니, 그래도 좋지. 닥치는 대로든, 계획을 세워서든 책을 읽는다는 것은."

본인의 일에 대해서 말고 조카들에 대한 충고와 지침은 늘 밝고 따뜻했다. 당숙은 정혜에게도 같은 얘기를 했다.

먼저 학교에서 은식 형과 함께 대역 음모를 꿈꾸다가 일 년

반의 실형을 살고 나온 병찬 형이 연락도 없이 명진으로 나를 찾아온 것은 7월이 거의 끝나갈 무렵의 일이었다. 명진에는 그렇게 큰 인명 피해나 재산 피해가 없었지만, 서울 경기 일원은 전에 없는 집중호우로 가옥이 침수되고 도로가 끊기는 등 한바탕 물난리를 겪고 난 직후였다. 그날 병찬 형의 방문을 더욱 뚜렷이 기억하게 하는 것은 형이 오기 바로 전날 다음 학기 등록금 통지서와 함께 날아온 지난 학기의 성적표였다.

지금은 어떻게 하는지 모르지만, 그때는 방학하고 이십 일쯤 지나면 학교에서 다음 학기 등록금 납입통지서와 함께 지난 학기의 성적표를 보내왔다. 아직 전체 성적을 전산으로 처리하기 전이라 학기말 고사 직전 과대표를 통해 미리 주소를 적은 봉투를 받아두었다가 거기에 넣어 보냈다. 그때 학생 중 반쯤은 학보 발송용 띠지에는 제 주소를 적어도 성적표를 보내올 봉투에는 하숙생들은 하숙집 주소를, 춘천 친구들은 가족 모르게 자기만 그것을 전해 받을 수 있는 곳의 주소를 썼다.

학점에 대한 자신감 때문에 명진 주소를 쓴 것은 아니지만 학점은 예상보다 더 잘 나왔다. 학기 내내 받은 벌점 때문에 은근히 걱정했던 교련이 C가 나온 것 말고는 나머지 19학점에 해당하는 교양과목 모두와 전공 필수인 경영학원론이 A학점(그때는 학점의 + - 평가가 없었다)이 나왔다.

"나다, 병찬이다."

병찬 형의 느닷없는 전화를 받을 때 나는 오후 내내 릴케의 《말테의 수기》를 읽고 있었다.

"병, 찬……?"

"강병찬이라니까. 정파서당."

"아, 그 병찬이 형? 지금 어디예요?"

"명진에 왔다. 여기 터미널 이 층 다방이야."

"아, 알았어요. 그러면 잠시만 기다려요."

병찬 형이 명진에 왔다. 일 년 반짜리의 별을 달고. 같은 사건에 값이 전혀 다른 처벌을 받아낸 '가네야마 가 오까네'의 죄스러움 때문에 내가 먼저 형들을 찾아가볼 수도 연락할 수도 없었다. 전화를 끊고 나는 잠시 멍한 기분으로 서 있었다. 전화는 놀라면서도 반갑게 받았지만 형이 손을 내밀면 나는 그 손을 어떻게 잡을 것이며 형이 웃으면 나도 웃음으로 대답할 수 있을지. 함께 '별'을 나누고 고통을 나누지 못한 명진에서의 생활과 두 번째 학교 입학은 또 어떻게 설명해야 할지.

귀를 덮을 만큼 머리가 자랐음에도 형은 얼굴 반을 가릴 만큼 깊숙이 모자를 눌러썼다. 명진 입구 검문소에서 그것 때문에 한 번 걸렸다고 했다.

"미안해요. 한번 찾아가보지도 못하고."

"미안하기로 따지면 나나 은식 형이 더하지. 사실 여기에 온 것도 너한테 그 말을 하러 온 거다. 은식 형도 그렇게 말하고."

"언제 나왔어요?"

"조금 됐다. 삼월에 나왔으니."

"고생 많이 했지요?"

"고생은 뭐. 네가 우리 때문에 마음고생이 많았지."

"은식 형은요?"

"지금은 옮겨서 춘천교도소에 있는데, 아직도 여덟 달 남았어."

"춘천이요?"

정말 가까이 있었는데, 그것도 모르고 있었다.

"그래. 최후진술 때 재판부를 재판하다가 우리 중에 혼자 이 년 반을 받았던 거지. 형이 처음 그렇게 말한 건 아니지만, 오늘 이 재판이 정의로운 것인가 아닌가 하는 것은 재판장님과 제가 판단하고 기억하는 것이 아니라 역사가 판단하고 기억할 것이라고 했거든."

"그런데도 비겁하게 나는 혼자 다시 학교에 다녀요."

"여기 와서 들었다. 양조장이라는 것만 알고 전화번호를 물었더니 다방에서 일하는 사람이 일러주더라. 그래도 다행이지. 지난번 면회 갔을 때 은식 형도 그랬어. 다른 사람한테는 미안한 게 없는데 너한테는 정말 그렇게 됐다며 나보고 한번 찾아가보라고 했어. 원망이나 하지 않았으면 좋겠다면서."

"원망은요. 형들 보기 부끄러워서 한 번 찾아가볼 용기도 못 냈는데요."

그날 병찬 형과 통금 가까운 시간까지 함께 얘기를 나누다 돌아올 수 있었던 것이나 다음 날 어른들의 걱정을 듣지 않고 춘천으로 은식 형을 면회 갈 수 있었던 것도 때맞춰 날아온 성적표 덕분이었다. 그것 하나로 아버지와 어머니는 그간 나에 대한 의혹들을 말끔히 철수시킨 듯했다. 그냥 바람이나 쐬는 단순한 여행이라고 했을 때 어머니가 두 번 세 번 행선지를 물은 것도 여행 목적에 대한 의혹에서라기보다 당시 젊은 이들 사이에 뒤늦은 유행과도 같이 자칫 몸을 망치게 될지도 모를 도보 여행이나 무전여행 같은 걸 떠나는 게 아닌가 염려했기 때문이었다. 나 역시 누구에게도 은식 형과 병찬 형에 대해 말하지 않았다.

생각하면 그 여름의 춘천…….

다섯 시간의 긴 여행 끝에 춘천 버스터미널에 닿았다. 교도소는 터미널에서 멀지 않은 약사동에 있었다. 금방이라도 질식할 것 같은 분지의 폭염 속에 우리는 멀리에서도 높이 솟은

망대가 보이는 교도소까지 조금도 더운 줄 모르고 걸어갔다. 면회 시간은 오 분이었다. 촘촘한 철망을 사이에 두고 그것도 감시자가 있는 가운데 마주 손바닥을 붙이고 얘기를 나눈다면 또 얼마나 제대로 나눌 수 있었겠는가.

"보고 싶었어요. 보고 싶은데도 형을 찾아올 수 없었어요."

나는 눈물이 났다.

"나도 네가 보고 싶었다. 그렇다고 섣불리 편지를 내면 여기 주소를 보고 부모님들은 또 뭐라고 하실까 걱정스러워 그러지도 못했다."

"나 다시 학교 다녀요. 전에 학교가 아닌 다른 학교요."

"잘했다. 지난 시간이 악연이었다 하더라도 우리 서로 좋았던 것들만 추억하자. 그때의 일들도."

"내게는 그때의 일들이 다 좋았어요."

"나도 그랬다. 우리 문사하고 함께한 시간 다."

"언제 나와요?"

"한 번 더 꽃 피고 새 울면 나간다."

은식 형은 침착하게 서두르지는 말자고 했다. 우리는 더 말을 나누지 못했다. 나와 병찬 형은 누가 먼저랄 것도 없이 소리 없이 울기 시작했고, 은식 형은 철망 안에서 담담하게 우리를 바라보았다. 서로 눈길만 주고받는 침묵 앞에 오 분은 금방 지나가고 말았다.

"형, 건강해요. 내가 2학기 등록하면 그때부터는 자주 편지 쓰고, 또 올게요."

"그래. 너희들도……."

돌아서는 은식 형의 두 눈에서 나는 그게 꼭 별처럼 보이는 눈물을 보았다. 병찬 형과 나는 교도소를 나와 다시 달아오를 대로 달아오른 분지의 거리를 걸어 버스터미널에서 멀지 않은 공지천으로 나왔다. 그곳에 황제의 명령으로 에티오피아에서 가져온 원두커피를 내려서 파는 곳이라고 소문난(그러나 그건 황제가 축출되기 전의 일이었고 이제 이름만 남은) '이디오피아 하우스'가 있었다. 전에 연락도 없이 정혜가 왔을 때 함께 가려고 했던 곳이었다.

"이제 형은 뭘 할 건가요?"

"제적되었으니 학교로 돌아갈 수는 없을 것 같고, 우리 가슴에 꽃 피고 새 우는 날을 기다리며 살 거다."

"그럼 나는 어떻게 살아야 할까요?"

"저마다 하고 싶은 거 하면서 살아야지."

"자신이 없어요."

"누구나 처음부터 자신을 가지고 태어나는 건 아니겠지. 처음부터 꿈으로 태어나는 것도 아니고. 넌 같은 법학과 선배였는데도 은식 형이 전체 차석으로 입학했던 거 모르고 있었지?"

"방장 형이요?"

"나도 일 꾸미기 전에야 들었다. 가난한 집 장남으로 태어나 남보다 일찍 일 학년 이 학기부터 본격적으로 고시 공부를 시작했고, 학교 고시관에 파묻혀 일 년 반을 그렇게 정진한 모양이더라."

"중간에 왜 그만두었어요?"

"민청학련 사건 때 강신옥 변호사가 법정에서 변호한 말로 구속되는 걸 보고 이 판국에 고시 공부를 계속하는 게 맞는가 회의하다가 고시관에서 나와 우리 하숙으로 온 거지."

"몰랐어요. 형 방에 가면 책이라든가 분위기가 시험 냄새가 나긴 했는데."

"커피만 마시기는 기분이 좀 그렇네. 나가서 술이나 한잔하자."

"더운데 낮부터요?"

"낮이면 어때? 새벽에 쿠데타를 한 것들도 있는데."

'이디오피아 하우스'가 있는 강둑 아래에 드럼통과 통나무를 얼기설기 엮어 수상가옥처럼 지은 간이 술집이었다. 오랜만에 우리는 정파서당 시절로 돌아가 마시고 취했다. 병찬 형은 은식 형의 몫을 위하여 잔 세 개를 주문했고, 은식 형의 잔은 공지천이 대신 받아 비워냈다.

"프란시스 잠이었던가. 혼자 나일강의 거룻배를 타고 여행하고 나서 풍경에 반해 아내 몫의 뱃삯까지 지불했던 사람이."

"아름다운 사람이었네요."

"지금 우리는 그러지 못하지만, 자 받아요, 형. 꽃 피고 새 우는 그날까지 우리 술잔."

그러다 조금씩 어둠이 내리려 할 때 병찬 형은 끝내 은식 형의 몫으로 배 속에 넣은 술까지 강물에 게워내기 시작했다.

"나 안 취했어. 안 취했다고요, 형. 우리 가슴에 꽃 피고 새 울기 전에는……."

나중에는 함께 강물에라도 뛰어들고 싶은 심정이었다. 해가 지는 것도, 호수의 낙조 아래 찢어진 깃발처럼 바람에 날리는 수상 주점의 포렴도 서러웠다. 이윽고 또 하루해가 은식 형의 감옥 안으로 지고 있었다.

병찬 형을 데리고 '초록지붕'으로 가려다가 또 한 번 술 취한 모습을 보이게 될까 봐 잠은 터미널 부근 싸구려 여인숙에서 잤다. 이튿날 그곳 터미널에서 우리는 서로 주소를 교환하고 악수를 나누었다. 병찬 형은 고향 보성으로 가기 위해 서울로 떠났고, 나는 왔던 길을 되돌아 명진으로 왔다.

며칠 사이 7월이 가고 8월이 왔다.

읍내 정 선생님의 서점에 들렀다가 박길우 선배를 만나 언짢은 논쟁을 벌이게 된 것도 방학 동안에 생긴 조금 뜻밖의 일이긴 하다. 시골 서점이라는 게 으레 그렇듯 가뜩이나 좁은 매장의 절반 이상을 중고등학교 참고서와 입시 수험서들이 차지했다. 한쪽 구석에 밀려 있는 일반 도서 진열대라는 것도 이상한 종류의 베스트셀러 아니면 강매로 떠맡다시피 해 반품조차 어려운 비슷한 성격의 책들이 주종을 이뤘다. 정작 필요한 책은 따로 부탁하여 주문하거나 강양의 큰 서점에 가서 사 와야 했다.

내가 며칠 전에 당숙의 추천으로 주문한 베른하임의 《역사학 입문》이 도착했나 싶어 들렀을 때 그곳에 길우 선배가 와 있었다.

"진호도 양반은 아니군. 그러잖아도 전화를 할까 했는데."

문을 열고 안으로 들어서자 정 선생님이 말했다. 선생님은 우리의 담임을 맡았던 1972년 가을 유신헌법 홍보 가정방문 문제로 교장 선생과 대판 싸운 후 책잡혀 학교를 그만두고 서점 주인이 되었다.

"제 얘기라도 하고 계셨던 모양이군요."

"그래. 마침 길우도 오고, 네가 주문한 책도 오고 해서 말이지."

"죄송합니다. 늘 아쉬울 때만 찾아와서요."

"죄송하긴. 너희들이 필요한 책 제대로 준비하고 있지 못한 내가 미안하지. 자, 이리 와 봐라. 두 사람 서로 알지?"

"예 뭐……."

길우 선배가 먼저 악수를 청해왔다.

"오랜만이다. 얘기는 많이 들었지. 선생님께도 듣고, 정혜라고 했던가 동생도 며칠 전 길에서 보고."

우리가 인사를 나누자 선생님은 지금 급한 전화가 와서 그러는데 두 사람이 선후배 간에 정담도 나누며 잠시만 가게를 지켜달라고 했다.

"예, 그러죠. 다녀오십시오."

"미안해. 책도 못 주면서 장차 영감님 되실 분 시간만 뺏어서."

선생님이 나간 다음 나는 길우 선배에게 지난봄에 제대한 걸 축하한다고 말했다.

"그래서 이번 가을 학기에 등록할까 하고 말이지. 학기는 맞지 않지만 시골에 있으면 아무래도 경쟁자가 없으니 마음도 느슨해지고."

"참, 고시 준비한다고 그랬죠?"

"그래야지. 제대도 했으니 더 본격적으로."

"그렇지만 명진이라고 왜 경쟁자가 없겠습니까? 우리 동기 중에 김명하라고 그 친구도 고시를 하겠다고 하던데요."

"그 자식, 너희 동기냐?"

"예. 방위 마치고 선배하고 누가 먼저 합격할지 내길 했다고 하던데요."

"웃기지도 않는 녀석이야, 그 자식."

"왜요? 선배를 무시해서가 아니라 독학으로 선배보다 먼저 합격할지도 모르죠. 얘기를 들으니 각오가 대단하던데요."

"자기 공부할 각오가 아니라 남의 공부 방해할 각오를 했던 거겠지."

"저도 왠지 어려운 공부를 하는 것 같은 생각이 들긴 했지만, 그래도 그렇게 말하면 섭섭하지요."

"글쎄, 들어보고 얘기해라. 제대하고 얼마 안 있어 녀석이 우리 집에 찾아왔더라고. 대뜸 1, 2차 사법시험 과목과 공부할 책들을 알려달라길래 적어줬더니 누가 먼저 모교에 영광을 안겨줄지 내기하자는 거야. 거기까지는 그렇다고 치자. 독학으로 얼마든지 패스할 수 있고 그렇게 패스한 사람들도 있으니까. 그런데 이 자식이 일주일에 한 번씩은 꼭 여기에 들러 내가 선생님께 신청해놓은 책을 가로채 가는 거야. 니도 아까 선생님이 하시는 말씀 들었을 거야. 책도 못 주면서 시간만 뺏는다고. 황산덕 것만 있어서 유기춘의 형법총론하고 형법 각론, 국제사법 책을 주문했더니 이 자식이 어제 오후 그 책이 막 도착할 무렵에 와서 선생님께 막무가내로 그것들을 채갔다는 거야. 그 정도 기본도 되지 않은 놈이 무슨 고시를 하겠다는 건지. 법학이 뉘 집 애 이름인 줄 아는지."

박길우 선배로서는 충분히 할 수 있는 말이었다. 무슨 일인지 이해는 하지만 기본이라는 말과 법학이 뉘 집 애 이름인 줄 아느냐고 줄을 긋는 말이 거슬려 내 말도 곱게 나가지 않았다.

"오르고 떨어지는 건 나중 문제이고, 그렇다고 고시를 해서 안 될 것까지는 없지요. 학문에 자격 기능만 남은 지 오랜데 고시가 아니라 고시보다 더한 거라도 못 할 게 뭐가 있겠습니까?"

그 말에 박길우 선배는 잠시 어라, 하는 표정을 지었다. 나는 알면서도 남은 말을 마저 했다.

"선배는 이런 말 듣기 싫겠지만, 법학 공부도 소명보다 자격증 시대가 되었는데 누구는 되고 누구는 안 되고 할 것도 없는 거지요. 누구에게든 신분 상승 욕구와 기회는 열려 있는 거 아닌가요?"

내 말이 불쾌하게 들려서인지 박길우 선배도 바로 받기로 한 것 같았다.

"자격증에 신분 상승 욕구라고? 법학을 공부하지 않은 사람들한테는 그럴듯하게 들릴지 모르겠다만 그거야말로 자의든 타의든 이제 그 길에서 벗어난 사람들이 한때 동도들에 대해 태클 거는 말 아닌가? 자기기만의 비난 같은 거 말이지."

"그럴 수도 있겠지요. 비록 교양과정에서 끝나긴 했지만, 저만 해도 법대에 입학해 한때는 명하처럼 막연하게나마 고시 공부를 해야겠다는 생각을 안 해본 것은 아니니까요. 그렇지만 저는 그 동도에서 빠지고 싶은데요. 한 학기 겨우 맛만 본 저는 선배님이 동도에 끼워준다 해도 우선 그럴 자격이 안 되는 것 같습니다. 오히려 선배가 말하는 동도들에 누가 될 수도 있고요."

"그럼 뭐냐? 전혀 법학 근처에도 가보지 못한 사람처럼 말하는 너의 저의가."

"저의랄 것까지는 없지요. 법대에 다니는 형이 고시 공부를 할 자격이 있듯 형 책을 중간에서 빼가는 명하 역시 책을 빼가든 뭘 빼가든 독학으로 형과 똑같이 공부할 자격이 있다는 거지요. 밖에서 한 말도 아니고 법정에서 한 말 때문에 변호사가 구속되는 시대에 법학이 뭐가 그리 대단하고 신성해시요?"

"그래. 나도 법 공부하던 사람들이 그 일로 중간에 많이 회의했다는 얘기는 들었지만, 그 말도 말할 자격이 있는 사람이 있고 없는 사람이 있지."

"형이 보기에 저는 없다는 얘기군요."

"있고 없고를 떠나 우리 명진이 내놓을 만한 반유신 투사다운 독설이란 얘기지. 아버지가 유신 시대의 통대의원만 아니라면 더 제격이겠지만 말이야."

"그렇게 느꼈다면 정말 죄송합니다. 선배님이 가는 정의로운 길에 자격도 없는 통대의원 아들놈이 와서 잠시 되지도 않은 시비를 걸었다고 생각하십시오."

"너, 애써 말을 비비 꼬고 틀긴 한다만 결국 결론은 그거 같은데, 그래, 내가 인정해주지. 너한테 법학의 포도는 시어서 못 먹는 거다. 높이 매달려 있어서가 아니라."

"그렇게 들렸습니까?"

"아니냐?"

"지금 선배님 얘기하는 거 들으면 저는 법정 변호 구속에 대해서도 말할 자격이 없는 사람 같은데요. 그렇게 말하니 정의를 위해서든 입신양명을 위해서든 선배가 정말 법 공부하는 사람이 맞는지 무서워지는군요."

"그래, 네가 옳다. 내가 그르고. 이제 됐냐?"

마지막 비아냥조차 길우 선배는 내게 무얼 양보하는 것처럼 말했다. 때아닌 이솝우화도 자신의 양보로 논쟁을 끝내자는 모양새였지만, 듣는 입장에서는 정말 기분 더러워지는 말이었다.

"그럼 또 보지요. 저는 책도 받았으니 이만……."

인사를 하고 나오긴 했지만 집에 와서도 기분이 나아지지 않아 서점에서 받아 온 책을 저만치 던져두었다. 그러나 그날 논쟁에서 오히려 심했던 것은 길우 선배가 아니라 나였는지도 모른다. 선배의 말대로 그날 내가 했던 말들이 법학의 포도밭에서 쫓겨난 내 열등감의 다른 표현까지는 아니라 하더라도 지난번 면회를 다녀온 은식 형에 대한 죄책감과 안타까움이 이제 그 앞에 놓인 길이 극과 극처럼 갈린 길우 선배를 만나자 엉뚱한 식으로 표출되었던 것인지도.

또 한 가지 알지 못할 일은 이듬해 봄 학기에 가서야 비로소 알게 된 정혜와 길우 선배 사이의 연애인데, 대단한 일은 아니나 서점에서 날 만나던 그때 이미 길우 선배가 정혜에게 마음을 가지고 있었는가 하는 것이었다. 전에도 그랬고, 이후에도 직접 물어 확인할 수 없는 정혜의 유별나리만치 아프고도 특별한 삶의 시작이.

7
다시 초록지붕 아래에서

어른들 눈엔 더없이 근신처럼 보였을 여름방학이 끝났다. 가을 학기가 시작되었을 때 다시 당당하게 '초록지붕'으로 돌아갈 수 있었던 것도 순전히 방학 동안 날아온 지난 학기 성적표 때문이었다. 형과 같이 명진으로 올 때만 해도 나는 가을 학기엔 어쩔 수 없이 하숙을 옮기게 되겠구나 생각했다. 옮기든 않든 상관없는 일이지만, 형의 말로 옮기게 되는 것은 별로 기분 좋은 일이 아니었다. 실제로 형은 명진에 오자마자 어머니에게 하숙을 왜 그곳에 정해주었느냐고 힐난조로 말했다.

"일부러 가서 구해준 집이 그런 집이었어요?"

"그 집에 어때서? 내가 갔을 때 조용하기만 하던데."

"조용하기도 했겠지요. 그 여자들한테는 한밤중이었을 테니까."

형은 어머니에게 아래층에 사는 여자들에 대해서 말했다.

"아니, 세상에 무슨 그리 나쁜 여자가 있대. 전에도 하숙 때문에 탈 붙은 애한테."

어머니는 주인 여자가 어머니를 속였다고 말했다.

"그러니 잘 알아보고 구해줬어야지요."

"나야 몰라서 그랬다 치고 진호 너도 그렇지, 늦게라도 알았으면 혼자서라도 알아서 옮겨야지."

"저한테는 신경 안 쓰이고 편했는걸요. 어머니가 두 달 하숙비를 선불로 냈잖아요."

"하숙비가 문제야? 네 장래가 달린 문제를 두고. 아무래도 내가 다시 가봐야겠다. 무슨 여자가 사람을 속여도 유분수지."

그러던 어머니가 내 성적표를 받고 나서는 오히려 형한테 그곳에 하숙을 잡아준 공치사를 했다.

"그것 봐라. 내가 하숙을 얻어도 바로 얻어준 거지."

"그래도 지금이라도 옮기는 게 낫다니까요."

"다 저 할 탓이래도. 진호 말대로 서로 부딪칠 일만 없다면 학교 부근에 들어가 못된 친구들과 어울리는 것보다야 낫지."

개학이 되어 다시 초록지붕으로 돌아올 때 어머니는 주인아주머니에게 보낼 대(大)짜리 오징어 한 축을 따로 챙겨주었다.

"열심히 해라. 열심히 읽고 열심히 생각하고,"

당숙도 목발을 짚고 터미널까지 따라와주었다. 명진 터미널에서 정혜가 삼십 분 먼저 서울로 떠나고, 이어 나도 떠났다. 춘천 터미널에 내려 짐 때문에 택시를 타고 초록지붕에 도착한 건 다섯 시가 조금 넘어서였다.

"어머, 이 층 학생 오셨네."

"아줌마, 이 층 학생 왔어요."

옷 보따리가 든 트렁크와 따로 포장 꾸러미를 만든 오징어만 아니었다면 그 시간을 피해 들어왔을 것이다. 전에도 거의 매일 그니들은 그 시간에 외출 준비를 했다. 저마다 나가는 곳이 같은지 아닌지는 모르지만 나가는 시간은 대개 일정했다.

"이런 호들갑하고는. 어서 와요. 아까 어머니께서 전화하셔서 기다리고 있었지 뭐야. 너희들은 얼른 너희들 일 보고."

주인아주머니가 나와 교통정리를 하고 나서야 이 층으로 올 수 있었다. 오랜만에 만나 저마다 반갑다는 인사들이었겠지만 그니들의 외출 준비는 전에도 늘 시끌벅적했다. 어쩌다 마당이나 수돗가에서 얼굴을 마주칠 때도 먼저 눈길을 돌려 쑥스러움을 표시하는 것은 늘 내 몫이었다. 2학기가 시작되어 춘천으로 온 첫날, 아래층 한 그니와 나눈 어설픈 사랑놀이는 지금 와 생각해도 조금은 쑥스럽고 쓸쓸한 기억으로 남는다.

"저어, 들어가도 돼요?"

저녁 식사 후, 트렁크를 열어 옷은 옷대로 책은 책대로 정리하고 있을 때 한 그니가 이 층으로 올라와 방문을 두드렸다. 비스듬히 문을 열기는 했으나 전에 없던 일이라 나는 조금 경계하는 얼굴로 그니를 맞이했다. 강 양이던가 나 양이던가, 1학기 중간고사가 끝나던 날 우리식 표현대로 필름이 끊길 만큼 마시고 남의 어깨 부축으로 돌아왔을 때 잠옷 바람으로 나와 대문을 열어주었던 그니였다. 그때는 누군지 몰랐다. 다음 날 간신히 회복하여 오후 시간 수돗가에서 마주쳤을 때 봄이라 바람이라 하는 시가 듣기 좋았다며 언젠가 꼭 가르쳐달라고 했다.

"커피 드세요. 혼자 마실까 하다가 한잔 타가지고 왔어요."

그니는 문 바깥에 선 채 방 안에 커피잔을 받쳐 온 작은 쟁반을 내려놓았다. 명진에 있을 때와 이태 전 서울에 가서도 집에서 마시는 커피는 맥스웰 한 가지인 줄 알았다. 춘천에 와서 미군 부대에서 흘러나오는, 맥스웰과는 향이 다른 초이스라는 커피가 있다는 걸 알게 되었다. 그니가 들고 온 커피가 초이스였다.

"감사합니다. 잘 마시겠습니다."

그동안 집단으로는 경계했어도 무엇보다 성인이 된 다음 처음으로 한 여자가 은밀하게 관심을 보내왔다는 것. 설렘은 머릿속에서만의 일일 뿐 정작 커피를 마시고 난 다음 나는 어떻게 해야 할지 몰라 빈 잔을 얹은 쟁반을 문 앞에 내놓고 가만히 문을 닫았다. 이십 분쯤 지나 그니가 노크했다.

"이제 알겠네요. 왜 다들 샌님이라고 부르는지. 잔을 내놓고 문을 닫는 법이 어딨어요?"

"아, 예……."

"맥주 마시러 갈래요?"

"저는 잘……."

"지난번에 보니 그렇지도 않던데요. 먼저 길 앞에 나가 있을 테니 생각이 있으면 나오세요."

그니가 쟁반을 챙겨 내려간 다음 나는 셔츠를 갈아입었다. 태어나 처음으로 여자와 마시는 술이었다. 그니는 모처럼 나왔는데 사람들이 붐비는 명동보다는 아늑한 가게가 있는 조운동 쪽으로 가자며 팔을 껴왔다.

"그전부터 한잔하고 싶었거든요. 봄이라 바람이라 할 때부터."

나 양이라고 했다. 그건 그니가 나가고 있는 가게에서 불리는 이름일 것이다. 아니면 그니가 나가는 일자리엔 전부터 나

양이라고 불리는 여급이 있어 왔고, 그니는 단지 그곳에서 일하는 동안만 그 이름을 사용하고 있거나. 그니가 그곳을 그만두게 되면 뒤를 이어 또 다른 나 양이 교체된 부속처럼 자리를 채우게 되는 '나 양이여 영원하라' 하는 식으로. 언젠가 명진에서 들은 얘기였다. 그 미스 최는 가고 새 미스 최가 왔어요. 방석집이나 '삐루집'이 아닌 터미널 다방에서도 그랬다. 그래서 작년 가을에 있던 미스 최가 있고, 지난봄에 있던 미스최가 그 집에 있었다.

"뭘 그렇게 생각해요?"

"아뇨. 아무것도."

그날 그녀가 조운동에서 안내한 '일억조'는 주인이 돈을 많이 벌고 싶은 마음에서 지은 이름일 것이다. 입구에서부터 붉고 어두운 조명 아래 가슴골을 드러낸 올리비아 허시의 대형 사진과 진추하가 반복해 부르는 '원 서머 나이트' 등 돌아보면 좁고도 가파른 목조 계단 위에 1970년대 후반의, 당시로는 이보다 더 새로울 수 없는 소도구들이 눈길을 끄는 이 층 경양식집이었다. 그니는 익숙한 솜씨로 나로서는 분위기를 살리기 위한 조명등으로밖에 용도를 몰랐던 테이블 위의 색전등을 치켜 올려 맥주와 과일 안주를 시켰다.

"아까 진호 씨라고 했나요?"

"예. 김진호요."

"지금 고시 공부하고 있는 거예요?"

"아뇨. 혹 아는지 모르겠는데요, 경영학이라고."

그러자 그니의 눈이 갑자기 별처럼 반짝 위쪽으로 떠올랐다.

"우린 다 진호 씨가 고시 공부하는 사람인 줄 알았다고요. 한집에 살면서 얼굴도 보기 힘들고, 주인아줌마도 큰 공부하는 학생이라 그러고."

"그거야 서로 시간이 다르니까 그렇죠."

"애인 있어요?"

넘치도록 가득 잔을 따르고 나서 그니는 장난꾸러기 같은 얼굴로 물어왔다.

"없어요, 그런 거."

"어머, 애인도 최영 장군처럼 돌이나 물건처럼 말하시네."

다시 술 네 병이 더 왔고, 그것을 비우던 중간쯤 화장실에 다녀오면서 그니는 내 옆자리에 앉았다. 그니보다 아무래도 내가 맹숭맹숭한 거 같아 나는 거품이 가라앉기도 전에 두 잔을 거푸 비워냈다. 어두운 조명이지만 벽면에 붙은 작은 거울에 비춰본 내 얼굴도 조금씩 취기가 오르는 것 같았다.

"진호 씨. 나 재밌는 얘기 할까요?"

예정된 각본처럼 그니는 내게 자신의 고2 때 가정을 두고 나온 음악 선생과의 불장난과도 같았던 남녀 관계에 대해 얘기했다.

"결국, 선생님은 시골 학교로 전근 가시고 나는 학교를 그만두게 되었어요. 소문은 실제 선생님과 나의 관계보다 나쁘게 나고요."

술 때문이기도 했겠지만, 단순히 그런 이유로 그것이 핍박받은 사랑이기나 했던 것처럼 말하는 동안 그니는 중간중간 눈물을 찍어내곤 했다. 듣는 나로서는 그니가 사랑하고 간직했던 감정만큼 그 유부남도 그니를 사랑했으며 지금까지도 그리워할까 하는 생각이 들었다. 여러 차례 그니는 '우리의 아름다운 사랑'이라고 말했지만, 오히려 눈물겨운 것은 그때 교직에서 영원히 추방되었어야 할 음악 선생의 전근을 평생 자기 때문에 진 짐으로 눈물짓는 그니의 착각 같은 순애보였다. 들려준 말이 다 사실이라면 그니는 자신의 일생을 헝클어 놓은 그 유부남을 끝내 미워하지 못할 것이다. 이제는 그 유부남보다는 자신을 위해 기억을 더 미화해가기도 할 것이다. 감당하기 힘들었던 한때의 상처가 아니라 내게도 음악 선생 정도의 상대가 있었다는 것을 만나는 사람들에게 드러내 보이고 싶은, 눈물짓기는 했으나 이제는 옛 상처에 대한 치유를 끝낸 모습으로 그니는 얘기를 마치기 부섭게 내 어깨와 얼굴에 자신의 얼굴을 기대왔다.

"우리 오늘 밤새 얘기해요. 아줌마한테는 친구 집에서 그냥 자겠다고 전화하고."

언제나 용기 있는 쪽은 그니였다. 그니의 적극적인 모습 이상으로 그러기까지 내게 번거로운 절차를 생략하게 해준 게 있었다. 스스로 그러길 기대하고 늦춘 시간임에도 일단 걸렸다고 하면 이유 불문하고 경찰서 보호실부터 끌고 가던 당시 자정 이후의 통금 제도였다. 밤 열 시만 되면 어김없이 청소년 여러분은 집으로 돌아가라는 '사랑의 종'이 울리던 때였다. 우리가 가게에서 나온 건 열한 시 반이어서 다른 잘 곳을 찾아야 했다.

이미 예비 사이렌이 울렸다. 그날 우리가 닻을 내린 곳은 요선동에서 캠프 페이지와 장미촌으로 가는 터널 부근에 새로 막 지어 올린 여관이었다. 그곳의 문을 떠민 것도, 안에 들어가 자신의 주소와 전 숙박지를 밝히는 숙박부를 쓰고 계산을 끝낸 것도 그니였다. 일련의 절차가 끝날 때까지 나는 불안 반, 호기심 반으로 흰 시트가 덮인 침대 위며 방 안 구석구석을 유심히 훑어보았다. 간첩 신고 표어는 물론 맡기지 않은 현금과 귀중품 분실에 대해서는 업소가 책임지지 않는다는 춘천시 숙박협회의 공지 사항까지도 글자 하나 틀리지 않게 머릿속에 넣었다.

"뭘 그렇게 봐요? 진호 씨, 이런 데 처음 와 봐?"

적당하게 비음을 섞으며 그니가 물었다.

"전에 입학시험 볼 때 어머니와 함께……."

"누가 어머니하고 말이에요, 여자하고 말이지."

"그건……."

"그럼 연애도 한번 안 해봤단 말이에요?"

직감적으로 나는 그것이 지금까지 내가 사용하던 의미와는 다른, 아저씨 연애 한번 하고 가, 할 때 쓰는 그쪽 바닥의 연애라는 걸 알았다. 실제 그 나이에 우리가 경험할 수 있는 그런 식의 연애란 극히 일부를 제외하고는 그니와 같은 탈선 아니면 군에 가기 전 누구에겐가 끌려 이상한 경로로 경험하게 되는 연애 같지도 않은 연애가 전부였다. 전혀 부끄러울 게 없는데도 나는 그니 앞에 다 자라지 않은 소년처럼 부끄러워졌다. 그니는 마치 아이를 달래듯 다가와 가볍게 내 목에 팔을 얹었다. 몸은 이미 뜨거워질 대로 뜨거워졌으며 욕정 또한 부풀어 오를 대로 부풀어 올라 있었다.

그러나 모를 일이다. 여자의 알몸을 알몸으로 껴안는다는, 그날 초록지붕을 나설 때부터 그토록 기대했던 뒤끝이 허망하디 **못해** 닝패스러울 정노로 쓸쓸하고 참담한 기분으로 남을 줄 몰랐다. 거기에다 처음 경험하게 되는 마치 끝 모르게 솟아올랐다가 이내 끝 모를 추락처럼 가라앉는 듯한 그 감정 상태는 무어라고 설명해야 할지. 그것은 이렇게밖에는 달리 설명할 길 없는 내 마음 안의 도덕적 상실감 내지 후회 같은 감정이었다. 그해 8월의 마지막 밤, 꽃이라 바람이라, 이제는 어쩌지 못할 그니의 자궁에 묻은 내 스물두 살의 동정이라…… 통금 해제 사이렌이 울 때까지 나는 잠시 선잠이 들었다가 깰 때마다 이 내 몸에는 꽃이라, 술잔이라 하며 우노라, 만 반복해 웅얼거렸다. 이윽고 긴 밤이 물러가듯 통금 해제 사이렌이 울렸다.

"진호 씨."

"……."

"내 말 듣고 있어요?"

나는 누운 채 가만히 고개를 끄덕였다.

"우리는 아무 일도 없었어요. 나는 가게에 나가고 진호 씨는 친구 집에 가고. 앞으로도 나는 계속 가게에 가고 진호 씨는 그전처럼 열심히 공부만 하는 거예요. 우리는 함께 있지 않았어요."

내 이마에 입술을 맞춰올 땐 지난밤의 그니가 아닌 예전의 그니 모습이었다. 통금이 해제되자 그니가 먼저 나가고, 날이 완전히 밝은 다음 나도 숨어 나오듯 그곳에서 나왔다. 여러 갈래의 생각에 밥도 먹지 않고 바로 학교로 갔다. 이제까지 책에서만 보았던, 얼굴을 들어 하늘을 보기가 부끄럽다는 말이 무엇인지 알 것 같은 심정이었다. 학교에 가서도 눈에 들어오는 것들이 모두 낯설어 도로 초록지붕으로 숨어들 듯 돌아와 오래도록 갈매기 조나단의 사진을 바라보았다. 다 속여도 저 갈매기는 속일 수 없을 것 같았다. 한순간만 정신을 놓아도 균형을 잃고 물 위로 그대로 추락하고 말 것이다. 한편으로는 이런 마음이 또 그니에게 한없이 부끄럽고 미안해지는 것이었다.

다음 날, 2학기 등록을 하기 위해 학과 사무실로 갔더니 이름을 확인한 조교가 수강 신청은 나중에 하고 우선 지도교수부터 찾아뵈라고 했다.

"무슨 일인데요?"

"아마 장학금이 나왔을 거야. 과 석차 일 등에다 단과대 석차 일 등이 나왔거든. 우리는 얼굴을 몰라 누군가 했는데."

같은 일로 그곳에 와 있던 과 동료들이 그 말을 듣고 뜻밖이라는 얼굴로 나를 쳐다보았다. 먼저 와 커리큘럼을 펼쳐놓고 수강 신청서를 작성하던 과대표도 악수를 청했다.

"가봐요. 아까 내가 샀을 때노 심신호 씨 얘기를 했어요."

나는 계단을 올라가 이 층 복도 맨 끝에 있는 지도교수실의 방문을 노크했다.

"어, 김 군. 어서 오게."

"그동안 안녕하셨습니까?"

"나야 뭐 늘 안녕하지. 김 군도 방학 잘 보냈지?"

"예."

"머리가 많이 길구먼. 덥지 않아?"

"예 뭐……."

"얘기는 들었지? 성적표도 받았을 테고. 세상을 살다 보면 누구나 한두 번 실수하기 마련이지만, 현명한 사람은 똑같은 실수를 두 번 하지 않는 법이지. 그래서 내가 지도교수로서 오히려 김 군을 고맙게 생각하고 있다네."

지도교수는 책상 서랍 속에서 여기저기 붉은색 볼펜으로 긋고 그 위에 도장을 찍어 다시 만든 등록금 납입 통지서를 꺼냈다. 학교 쪽에 내는 수업료와 기성회비가 완전히 면제된, 낼 거라곤 몇천 원의 학도호국단비뿐인 2학기 학비 전액 면제 납입 통지서였다.

"감사합니다. 저보다 형편이 어려운 친구도 많을 텐데……."

"그거야 각자의 노력인 걸 어떻게 하겠나. 그래, 이번에도 과우들과 따로 강의 받을 생각인가?"

"아직 생각 중입니다. 지난 학기 학교생활에 대해 저도 생각하고 조언도 많이 들었습니다. 막상 거리를 좁힐 생각을 하니 왠지 자신이 서지 않아서요."

"내 생각으로는 지금 말하는 자신감이라는 게 김 군의 단순한 대인 관계 문제라기보다는 먼저 다니던 학교에서 옮겨 온 학교라는 생각 때문에 그런 게 아닐까?"

"저도 지난 학기 동안 학교 공부에만 충실했던 게 그 때문이 아닌가 생각하고 있습니다."

"이제는 그것도 잊도록 해야지. 언제까지 거기에 묶여 있을 수도 없는 일이고. 그래서 내 생각엔 이번 학기부터 과우들과 함께 강의를 듣는 게 어떨까 싶은데 말이지."

"저는 강의는 한 학기 더 그렇게 듣더라도 서클이나 다른 활동을 통해 조금씩 마음 붙일 곳을 찾아볼까 합니다."

"그것도 좋은 방법이겠군. 그래 생각해둔 데는 있고?"

"오늘 들어오다가 학보사에서 수습기자를 추가로 모집한다는 공고를 봤습니다."

순간적인 변화이긴 하지만 지도교수는 하필이면 거기, 하는 얼굴로 나를 바라보았다.

"거 뭐냐, 학보사라는 데가 말이지. 아무래도 다른 서클보다 시간을 많이 빼앗기는 곳이라 자칫 학교 공부를 등한하기

143

쉬운 곳인데, 그런 점도 생각해보고 말일세. 학생 기자들이라 해도 분위기도 일반 서클과 다른 요소가 많을 테고 말이지."

"들어가게 된다면 공부와 과외활동 두 가지 다 열심히 해볼 생각입니다."

"1학년 2학기면 좀 성급하긴 하지만 경영대 내의 시피에이(CPA, 공인회계사) 연구반에 들어가 공부하는 것도 괜찮을 것 같은데. 지금 김 군 정도라면 한번 해볼 만한 일이지."

"아직까지는 어떤 목표 아래 하는 공부는 조금 뒤로 미뤄둘 생각입니다. 물론 한다고 그렇게 되리라는 보장도 없겠지만요."

"아무튼, 2학기에도 내 다시 김 군을 기대하지."

등록을 끝낸 다음 나는 2학기 수강 신청도 한두 과목의 기초 전공과 교련을 제외한 나머지 교양과목에 대해서는 1학기 때와 마찬가지 방법으로 시간표를 짜 나갔다. 되도록 아홉 시에 시작하는 첫 강의 쪽으로 수업을 몬 것도, 금요일 오후까지 수업이 있게 한 것도 지난 학기와 다를 것이 없었다.

"이러다가 우리 과 수업 폐강될지 모르겠는데요."

내 수강 신청서를 보고 과대표가 말했다.

"한 사람 따로 듣는다고 그럴 리가 있겠어요? 1학기 때도 그랬는데."

"김진호 씨 한 사람이 아니에요. 중국 고사에 나오는 서시 아시죠?"

"갑자기 서시는 왜요?"

"서시가 왜 속이 안 좋아 늘 허리춤에 손을 괴고 한쪽 눈을 찡그리곤 했다지 않습니까? 그러니까 동네 여자들이 자기도 허리춤에 손을 괴고 눈만 찡그리면 서시처럼 예뻐 보이는 줄 알고 죄다 따라 하고요. 내가 알기로 벌써 여러 명이 김진호 씨처럼 수강 신청을 했어요. 그렇게 하면 무조건 A 학점이 나오는 줄 아는지."

나중에 들은 얘기지만 경영학과 1학년 학생 서른여덟 명 중에 일곱 명이나 같은 방식으로 수강 신청을 했다. 학과 내에서도 그것을 '주류' '비주류' 하는 식으로 구분하여 불렀다. 지금이야 술자리에서 술을 마시는 사람과 마시지 않는 사람의 구분처럼 불리지만 당시엔 범당권파와 야투(野鬪)계로 나뉘어 선명성 경쟁을 하던 야당의 내부 사정 때문에 생긴 별칭이었다. 나는 '주류'의 과우들로부터 '서시'라는 외모와는 영 어울리지 않는 별명을 얻게 되었다. 2학기 첫 전공 수업을 끝내고 다음 주 개강 파티의 시간과 장소를 알려주는 자리에서 과대표가 농담으로 "서시도 참석하는 거죠?" 하고 물으며 날 그렇게 불렀다가 그 의미 속에 졸지에 동네 이낙 꼴이 된 '비주류'

들이 항의하는 바람에 가운데서 난처한 입장이 되기도 했다. 과우들은 아직도 내가 금 바깥에 있다고 생각했지만, 지난 학기 동안의 맹목적인 학교생활에 대한 회의만으로도 이미 많은 부분 나는 그들에게 다가가고 있었다.

그동안 학내에 떠도는 소문으로만 알았던 '검은 기러기'가 아무도 모르게 접근해왔던 것도 바로 그 무렵의 일이었다. 지금이야 학교마다 각양각색의 이념 연구회가 있지만 그때는 일반 학생들은 이념 서클이란 게 있는지조차 모를 정도로 거의 전무한 실정이었다. 극소수 있다 해도 철저하게 지하로 조직되어 모임의 이름조차 마치 현존하는 전설이나 신화 속의 그것처럼 생각되었다. 소문도 '무엇 무엇이 있다'가 아니라 '누가 그러는데 무엇이 있다더라' 하는 게 고작이었다.

내가 처음 '검은 기러기'에 대해 들은 것도 그랬다. 누가 그러는데 우리 학교에도 '흑안(黑雁)'인가 뭔가 하는 모임이 있다더라. 학년마다 회원이 서너 명도 안 되는데 워낙 점조직이라 회원끼리도 얼굴과 이름을 모른다더라. 처음엔 백범사상 연구회 소속이었는데 거기에서 갈라져 나온 사람이라더라. 아니다, 누가 그러는데 흥사단에서 갈라져 나온 사람이라더라. 흑안이라는 것도 흥사단이 기러기 휘장을 쓰니까 자기들은 '검은 기러기'라는 뜻으로 이름을 그렇게 붙였다더라. 올해 한번 들고일어난다더라. 전에 중앙정보부에서도 비밀리에 조사했는데 워낙 점조직으로 되어 있어서 윤곽조차 밝혀내지 못했다더라. 4학년끼리만 얼굴을 아는데 그건 매 학년 초에 4학년끼리만 모여 으뜸 기러기를 뽑기 때문이라더라. 주로 NL주의 이론과 치고 빠지는 마오(毛) 전략에 관해 공부한다더라.

그쯤 되는 소문이라면 무언가 비슷한 것이 있다 하더라도 한 입 두 입 건너는 사이 터무니없이 과장된, 말 그대로 헛소문이거나 헛소문이 만들어낸 처음부터 있지도 않은 조직이라 보아도 무방했다. 먼저 학교에서도 나는 '마사연'이라는 지하조직에 대해 비슷한 소문을 들었다. 많이 나가봐야 촘스키 (Noam Chomsky)나 랑케(Leopold von Ranke)의 책 몇 권을 남들 눈을 피해 읽는 정도의 지하 독서회에 당시로는 제3외국어보다 생소한 '학습'이니 '트'니 '비트'니 하는 말까지 그것을 설명하기 위한 수식어로 오르내렸다.

"저어, 김진호 씨 맞죠?"

개강 셋째 날인가 넷째 날, 언제나처럼 늦은 시간까지 도서관에 있다가 막 교문을 나서는데 누군가 뒤에서 빠른 걸음으로 나를 따라왔다. 그때만 해도 나는 '흑안'과 같은 소식은 학내에 존재하지 않는다고 생각했다. 따라붙는 모습으로 보아 순간적으로 나는 학교에 들어와 있는 프락치거나 학내의 정보를 다른 곳에 물어다 주는 정보부 관리의 특별 장학생 가운데 하나일 거라고 생각했다.

"놀라지 않아도 됩니다. 나도 이 학교 학생입니다."

"나는 잘……."

"우리는 김진호 씨를 잘 알고 있습니다. 어제 학보사에 수습기자 지원서를 냈지요?"

"……."

"서 있지 말고 그냥 걸어가면서 얘기하죠."

"무슨 얘긴데요?"

"그렇게 경계하지 않아도 됩니다. 이상한 사람은 아니니까요."

"그럼……."

"사실 전에도 김진호 씨 얘기는 많이 들었습니다. 이 년 전 먼저 학교에서 벌인 거사 얘기도 듣고, 그때 김진호 씨가 쓴 선언문도 읽어봤습니다."

그 말은 학습용으로 예전 것들을 다시 베껴서 등사한 선언문 묶음 자료에서 보았다는 얘기일 것이다. 그런 것이 지하 독서회로 비밀리에 돌아다닌다는 얘기는 전에도 들은 적이 있었다.

"그거 내가 쓴 게 아닙니다. 지나간 일이고, 이젠 관심도 없습니다."

나는 단호하게 말했다.

"믿지 못하는 모양인데 저는 그쪽 사람이 아닙니다."

"어느 쪽이든 상관이 없습니다. 나는 누가 이렇게 다가와 아는 척을 하는 것도 싫고, 그 일로 누구와 어울리기도 싫어 학과 수강 신청도 혼자 별도로 한 사람입니다."

"그래야 할 만큼 지금도 따라다니는 사람이 있습니까?"

"모릅니다. 있는지 없는지도 모르고, 있든 없든 상관하지 않습니다. 오늘처럼 잘 알지도 못하는 사람과 이렇게 부딪치지만 않는다면 뭐든 상관없습니다."

"정말 내가 프락치처럼 보여서 그러는 겁니까?"

"상관하지 않는다니까요. 어느 쪽이든 관심 없고 이후에도 알려고 하지 않습니다."

"그렇다면 얘기하죠. 저도 이 학교 학생입니다. 설마 이것까지 못 믿는 건 아니겠죠."

그는 품 안에서 자신의 학생증을 꺼내 보였다. 나는 시선을 돌려 그것을 외면했다.

"내가 만약 그쪽 사람이라면 이거까지 보여주지는 않겠지요."

"대체 무슨 일로 이러는지요?"

"혹시 검은 기러기에 대해 들어본 적 있는지요?"

"기러기라니요?"

"흑안 말입니다. 우리 학교."

"그럼?"

"사람이 필요해요. 김진호 씨 같은……."

있긴 있었구나. 마음속으로 놀랐지만, 그 기러기가 이제까지 내가 들었던 액면 그대로의 기러기라고는 생각되지 않았다. 있다는 것만으로도 일단 놀라운 일이긴 하나 소문 속의 기러기는 지금처럼 이렇게 서툰 방법으로 접근해 와 스스로 정체를 밝힐 조직이 아니었다. 밝힌다 해도 보다 은밀해야 할 것이고, 믿을 만한 상대라고 여겼다 하더라도 이 년 전 가을의 일 한 가지만으로도 나는 활동 의지와 상관없이 교수까지 그걸 파악하고 있을 만큼 이미 많은 부분 노출된 몸이었다.

"알 수 없군요. 나를 끌어들여 이익될 게 없을 텐데요. 더구나 내가 알고 있는 검은 기러기라면……."

"나도 학교에 떠도는 '흑안'에 대한 소문을 듣고 있습니다. 실제 흑안은 그냥 뜻있는 몇 사람의 모임일 뿐이지 소문 속의 조직까지는 아닙니다. 오늘 김진호 씨를 찾아온 것도 그래서입니다. 아직 아무것도 준비된 것은 없지만 뜻있는 사람들끼리 모여 힘을 모으자고 부탁하러 온 것입니다."

"거듭 말하지만, 나는 이제 그쪽 일과 거리가 멉니다. 전에 한 번 나선 일이 있긴 하지만, 그때도 나는 투사가 아니었고 지금도 아닙니다."

"그럼 어제 학보사에 지원한 건 무언가요?"

"그래서 오신 건가요?"

"지난 학기는 조용히 있더니, 2학기 시작하자마자 학보사에 지원서를 내서요."

"알고 물으니 솔직히 얘기하지요. 사실은 그곳에 들어가 새로 사람들과 부딪쳐볼 생각입니다. 그걸로 이제는 뭔가 조금씩 나 자신을 찾아보겠다는 것이지요. 나는 그쪽에서 생각하는 것처럼 남다른 신념을 가진 사람이 아닙니다. 이 년 전의 일을 내세워 내가 감내해야 할 몫 이상의 근신을 요구하는 걸 못 견뎌 하듯 내가 감당할 수 있는 신념 이상의 희생을 요구하는 것도 싫습니다. 그때 일을 겪으며 거기에 대한 개인적인 배신감도 있었고, 흥미를 잃은 지도 오래니까요."

"지금 흥미라고 했습니까?"

"그렇게 말하면 안 될 일인가요?"

"파쇼와의 싸움을 흥미로 하는 건 아니니까요."

"솔직히 말하면 나는 그랬을지 모릅니다. 신념을 가신 섯노

151

아니었고, 정말 아무것도 몰라 이렇게 다가오는 누군가의 청을 거절할 수 없었던 것일 수도 있고요."

"우리도 당장 우리 일이 성공하리라 믿는 건 아닙니다. 바위에 계란을 던지는 것처럼 실패를 알고 시작하는 일인지도 모릅니다. 그렇지만 분노의 실패들이 모이고 모여 언젠가는 강이 되고 바다가 되는 날이 오겠지요. 우리 '흑안' 역시 지난날 김진호 씨가 우리 가슴에 묻은 실패의 불씨에 이어 또 하나의 작은 불씨를 준비하는 것뿐입니다. 정말 함께할 수 없겠습니까?"

"제 대답은 똑같습니다. 그렇지만 오늘 만남이 내게는 오래도록 또 하나의 빚으로 남아 있겠지요. 미안합니다. 그럼 이만……."

"내일 다시 기다릴까요?"

"아뇨. 나는 만나지 않습니다."

생각하면 내가 당당할 게 무엇 있는가. 나는 매정하리만치 단호하게 등을 보이고 돌아섰다. 이 년 전 가을, 먼저 학교 학생회관 구내식당에서 유인물을 나눠주며 내가 마주쳤던 낯선 시선 그대로 그도 내게서 같은 느낌을 받았을 것이다. 분명한 건 머지않은 시간 우리 가슴에 또 하나의 추락이 있을 거란 것이었다.

'다음 각호의 행위를 금한다.'

포고문의 첫머리부터 살벌하기 짝이 없는 '긴급조치 9호'
가 발동되었다.

유언비어를 날조 유포하거나 사실을 왜곡하여 전파하는 행
위를 금하고, 집회·시위·신문·방송·통신·도서·음반 등의 표현
물로 대한민국 헌법을 부정하거나 반대·왜곡·비방하는 행위
를 금하고, 특히나 학생들의 집회와 시위·정치 관여 행위를 금
하고, 또 무엇을 금하고 금하는데 이 조치를 위반한 자는 법관
의 영장 없이 바로 체포·구금·압수·수색할 수 있으며, 이 조치
는 사법적 수사의 대상이 되지 않는다는…… 도무지 말로도
상식으로도 이해되지 않는 법 위의 법, 초법이 발동되었다.

돌아보면 저 문구만큼이나 어둡고 참담한 시절이었다. 학
교 분위기가 그런데도 일반 회사의 채용 시험처럼 국어·영
어·일반 상식에 한문까지 포함한 1차 필기시험과 네 명을 뽑
는 면접시험까지 끝낸 다음 나는 책상 배정조차 없는 수습 딱
지를 달고 학보사에 들어갔다. 1학기 수습기자 시험에서는 열
두 명을 뽑는 데 백 명 넘게 원서를 냈다고 했다. 추가 모집에
서는 그만큼은 아니었지만, 그곳에 들어간 후에야 비로소 지
난 학기에 휘들게 뽑고 힘들게 합격한 열두 명의 수습기자 사

운데 절반가량이 왜 다섯 달(방학을 빼면 석 달)도 못 돼 그곳을 나왔는지 알 수 있었다. 3학년 재학생인 학보사 편집국장을 비롯해 그곳에 일하고 있는 선배 기자들의 생각과 대화들은 그들 나름의 지성과 저항적인 냄새를 풍겨도 실제 그들이 기사를 쓰고 만드는 신문은 전혀 그렇지 못했다. 그들은 1단 기사의 행간 속에서나마 의미를 심으려 노력—ROTC들의 지나친 '충성' 구호에 대해 선배들에게만 깍듯이 인사하지 말고 교수님들과 동료들에게도 상냥하게 인사를 잘하자는 식으로—했지만 그들의 노력조차 보이지 않는 손에 의해 늘 좌절되기 일쑤였다.

선배 기자들과 신입 기자들과의 대화 시간에 편집국장이 말했다.

"정말 변명 같은 얘기인데, 지난 학기 초에 중앙정보부에서 낙하산 원고 하나가 내려왔었지. '내가 생각하는 대학인의 자세'라는 제목으로 우리 학교 학생이 투고하는 형식의 글이었는데, 너희들도 봤을 거다. 투고자의 이름을 ○○대학 ○○학과 ○○○이라고 해놓은 거. 학보사에서 아무나 한 사람 찾아내 그의 이름으로 글을 실으라는 걸 그냥 거기에서 온 대로 글쓴이의 인적 사항을 주간 교수도 모르게 ○○대학 ○○학과 ○○○으로 내보냈지. 이건 정체불명의 낙하산 원고다, 하고

말이야. 덕분에 나하고 기획부장하고 끌려가 닦인 것까지는
좋은데, 그걸 본 사람마다 왜 자신의 소속도 제대로 밝히지 않
은 말 같지도 않은 글을 받아 실었느냐고 항의하는 거야. 우리
가 할 수 있는 건 거기서 준 대로 ○○○뿐인데, ○○○만으로
는 낙하산 원고라는 의미가 제대로 전달이 안 된다는 거야. 이
정도면 행간의 의미조차 선문답이 되고 마는 거지."

나도 그것이 실린 학보를 보았다. 누군데 이리 비겁하게 익
명으로 글을 투고한 것일까, 학보사도 그렇지 암만 실을 글이
없어도 어떻게 이런 글을 받아 실었을까 하는 생각만 했었다.
이쯤 되면 행간의 의미라는 것 또한 학보사 기자들 사이에서
나 주고받는 평퐁 같은 것일 뿐이었다.

"국가 이익의 추구가 언론이 추구해야 할 일차적인 기능인
동시에 궁극적인 목표임을 깊이 명심한다면 언론인 스스로
자유와 방종을 혼동하는 과오는 범하지 않을 것"이라는 독재
자의 말씀은 대학신문에도 예외 없이 적용되었다. 수습기자
라고 뽑았어도 체계를 세워 교육한다는 것은 자칫 이념 학습
처럼 보일 수 있어 기사 작성 요령 같은 기본적인 사항 외엔
달리 생각할 수도 없었을 것이다. 미처 알아듣지 못할 행간의
의미를 숨기고 찾는 정도의 저항과 비판에도 감수해야 할 위
험은 분명했으며 노력만으로 허물어뜨릴 수 없는 벽 또한 우

155

리 앞에 두꺼웠다. "다른 어떠한 자유보다 사상의 양심에 따라 알고, 생각하고, 믿고, 또한 말할 수 있는 자유를 달라."라는 밀턴(John Milton)의 경구는 고사하고 그것을 취재 수첩 첫 장에 적어 다닐 자유조차 우리에겐 허용되지 않았다. 단지 그 말을 취재 수첩 앞장에 적었다는 이유만으로(밀턴의 말이라는 것을 빼고 적어 영락없이 본인의 말처럼 읽혀서) 잡혀가 경을 친 타 대학 학보사 기자가 있다는 얘기를 듣기도 했다.

내가 학보사에 들어가 처음으로 받은 수습 훈련은 이런 것이었다.

"지금 도 경찰국에 가서 학생들의 집회 금지에 대한 경찰국장의 생각을 인터뷰해 와. 안 되면 왜 안 된다는 것인지 설명을 듣고 경찰국장의 사인을 받아 와."

당시 시국 상황에서 일간지 기자여도 마찬가지였겠지만, 학생 기자로선 더더욱 인터뷰가 안 된다는 것을 편집국장과 선배 기자들이 더 잘 알고 있는 일이었다. 그러니 사인이라도 받아 오라는 것인데 그것 역시 불가능하다는 것도 이미 서로 알고 있는 일이었다. 나는 미션을 실행하는 데는 실패했지만, 위에 적은 일련의 상황과 환경만으로도 편집국장이 왜 학보사 신입 기자들에게 실행 불가한 미션을 제시하는지에 대해서 이해했다. 아무것도 할 수 없는 상황이지만 그래도 무언가를 해야 한다는 뜻일 것으로 생각했다.

몇 주 후 나는 교련 수업 과정으로 지금까지 내가 지켜온 유일한 자유에의 의지와 같은 머리를 깎고 남한산성 아래 군부대에 입소하여 열흘간 군사훈련을 받고 돌아왔다. 지난해부터 대학생 입영 제도가 생겼다고 했다. 대학이라는 게 너희가 생각하는 것처럼 그렇게 신성하지 않다는 것을 누군가 기를 쓰고 증명해 보이듯.

'문무대 훈련'을 마치고 돌아와 나는 미수에 그친 '검은 기러기'의 추락에 대한 얘기를 들었다. 결국 선언문은 뿌리지 못하고 가방에 넣어 학교로 가져오다가 잡혔다는 것인데 그 소문만으로도 사람들은 웅성거렸다. 나는 그들 중의 하나가 나를 찾아와 보여주었던 미숙함이 결국 실패를 부른 게 아닐까 생각했다.

대학신문 어느 구석에도 그것은 기사화되지 못했다. 주간 만평에 '가을을 남기고 떠난……'이란 어느 유행가 가사 한 구절을 따온 제목 아래에 컷 기자가 이중섭의 '달과 까마귀'를 모방하여 그린 까마귀인지 기러기인지 모를—그것도 자세히 봐야 알 정도로 주둥이와 머리 부분은 이중섭 그림 속의 까마귀 같은데 날개와 꼬리 부분은 영락없이 기러기인—그림조차도 대단한 용기 아니면 불가능했을 것이다.

문득 이제 출소가 얼마 남지 않은 보고 싶은 얼굴이 있어 춘천 교도소에 다녀온 다음 날, 두 명의 수습기자와 정기자 한 명이 학보사를 그만두었다. 가을을 남기고 '검은 기러기'도 떠나고, 함께 수습으로 들어온 한 달 반짜리 동지도 숨을 제대로 쉴 수 없다며 나갔다. 그래서 난 그곳이 대학 생활 동안 더 정 붙이고 지켜야 할 나의 자리처럼 생각되었다. 들어오기 전에는 몰랐지만, 들어온 다음에는 차마 외면할 수 없는 매력이 내 게는 그 안에 있었다.

8
너의 이름 채주희

젊은 날 기억 저편의 빛바랜 사진첩을 열어보는 일은 누구에게나 은밀하고 아름답다. 당시로는 더없는 어둠이었어도 돌아보면 그것이 바로 우리 청춘의 가장 꽃다운 시절처럼 여겨지는 한 장 한 장 추억의 물증과도 같은 사진이 내게도 여러 장 있다.

그중에서도 흥미로운 구분 하나는 그날이 그날 같은 1977년과 1978년의 것으로 먼저 것은 대부분 독사진이거나 남자들과 찍은 흑백사진인데 이후의 컬러사진 속엔 제법 여러 명의 여자(대부분 학보사 기자들이긴 하지만)들의 모습이 보인다. 그즈음 나는 잠재적으로 이성을 그리워하고 있었던 것은 아닐까. 사진 속에 나는 여자 옆에 서 있거나 당시 유행으로 줄을 바짝 세운 바지를 입고 뭔가 잔뜩 멋을 부리고 있다. 이제 막 이성 교제에 첫발을 내디딘 한 젊은이의 악의 없는 모습이 그 시절 사진 속에 엿보인다.

그해 2학년이 됨과 동시에 나는 취재부의 정기자가 되었다. 지난 학기 같지는 않았지만, 이번에도 나는 장학금을 받았고 학보사에서도 조금씩 내 주장을 말하기 시작했다. 방학 동안의 독서도 스스로 흡족할 정도여서 모든 일에서 나는 조금씩 자신감을 찾아가고 있었다.

그럼에도 명진에서 춘천으로 왔을 때 제대로 해보지도 못한 연애의 상실감처럼 섭섭한 일 한 가지가 기다리고 있었다. 아래층 나 양이 그니 동료 가운데 누구에게도 귀띔 없이 연기처럼 사라진 것이었다. 예전에 그 바닥의 산전수전을 다 겪은 주인아주머니의 말에 따르면 대개 그런 일은 자기 능력으로는 어떻게 할 수 없는 악성 부채에 시달리거나 그보다 더 악질적인 남자에게 걸려들었을 때 목숨과 맞바꾸듯 탈출을 감행하는 것이라고 했다. 그게 어느 쪽인지는 시간이 알려주는데, 그니가 살던 초록지붕으로 찾아오는 사람이 없는 것으로 보아 둘 다 아니라고 했다. 다시 아주머니의 말에 따르면 그걸 빼고 나면 스스로 '아주 지독한 결심' 아래 영영 이 바닥을 뜨기로 마음먹었거나, 이제까지 나 양의 삶을 이해해주는 '아주

지독히도 착한' 사람을 만나 새로운 인생을 설계하기 위해 소리소문없이 사라진 것 같다고 했다. 어느 쪽이든 내겐 그니를 위해 다행이다 싶으면서도 한편으로는 나의 소중한 무엇을 맡아 보관하고 있는 사람이 그 물건을 들고 사라진 것처럼 표현하기 묘한 서운함이 그 속에 있었다.

그리고 채주희.

그녀를 만난 건 새 학기가 막 시작된 3월 아침의 일이었다. 그날 나는 얼굴도 모르는 그녀를 만나기 위해 입학식장으로 갔다. 식이 시작되자마자 축복처럼 함박눈이 내렸던 기억이 난다. 신입생 입학 소감은 수석 입학자의 글을 미리 받아 학보에 실어 입학식장에서 나누어 주었다. 그녀에게 부탁할 원고는 앞으로 한 달 후인 4월 첫 주 신문에 나갈 '나의 대학 생활'에 대한 글이었다. 알음알음으로 글을 잘 쓰는 신입생에게 받을 수도 있겠으나 그건 너무 짜고 하는 것 같아 이번 방학 동안 새로 전산 시스템을 갖춘 학적과에 입학식 날 생일인 사람의 명단을 의뢰하여 그중 한 사람을 선택한 게 그녀였다. 대학에 들어와 한 달을 보낸 느낌과 앞으로 자신의 대학 생활 계획을 밝히는 글을 미리 청탁하기 위해서였다.

함박눈을 맞으며 나는 운동장 반대쪽 인덕바시에 서서 입학식 광경을 지켜보았다. 내가 서울의 옛 하숙집을 찾아갔던 지난해도 저러했을 것이다. 입학식이든 졸업식이든 행사 때면 총장과 각 대학 학장 등 보직 교수들은 붉은 띠, 노란 띠, 파란 띠가 둘린 검은 가운과 같은 빛깔의 수술을 늘어뜨린 박사모를 쓰고 연단 위에 앉아 있었다. 고대 석기인들에게도 무리 가운데서 그의 계급과 직분을 나타내는 외형의 구분이 있었을 것이다. 씨줄과 날줄의 수많은 선이 그어진 바둑판 위에 지금 나라는 돌은 어디에 위치할까. 얼마나 행마할까.

잠시 그런 생각을 하다가 서둘러 운동장으로 내려가 막상 그녀를 찾았을 때의 당혹함이란. 나는 막연히 그녀가 지난해 정혜와 마찬가지로 새로운 시작으로 열정에 들떠 있을 아직 고등학생 티를 다 벗지 못한 단발머리 여학생일 것으로 생각했다.

"채, 주, 희 씨인가요?"

"전데요, 누구시죠?"

눈발 한가운데 흑갈색 머리를 흩날리며 무언가 경계하는 눈빛으로 돌아서는 그녀는 첫눈에도 알 수 있는 혼혈 처녀였다. 신입생이어도 올해 막 고등학교를 졸업하고 들어온 '현역' 입학생은 아닌 듯 보였다.

나는 거듭 그녀에게 이름을 묻고 이곳에 온 일에 대해 설명했다.

"제 모습 때문인가요?"

그녀는 윤기 흐르는 흑갈색 머리를 쓸어 넘기며 다시 경계하듯 말했다.

"아, 아닙니다. 저는 채주희 씨를 이 자리에 와서 처음 봅니다."

"나는 쓰지 않아요."

"그렇지만……."

"제가 싫은데도 써야 한다고 말하면 처음부터 알고 나온 것과 무엇이 다른가요?"

그녀는 가차 없이 돌아섰고, 나 또한 아무 말 없이 그녀를 보내고 말았다. 일이 어쩌다 이렇게 되었지? 하는 생각에 마땅하게 떠오르는 말도 없었다. 결국 그 소감은 다른 신입생에게 청탁해 일없이 넘어가긴 했지만 개운한 마음이 아니었다. 오히려 신문이 나온 다음 그녀에게 잘못했다는 생각이 '제 모습 때문인가요?' 하고 묻던 말과 함께 나를 다시 불편하게 했다.

4월 첫 주 신문 배포를 끝낸 다음 영문학과 1학년 교양과정 강의실로 찾아간 것도 그래서였다. 그녀와 무언가 시작하려는 뜻은 없었다. 한 번의 만남이긴 하지만 좋지 않은 마음을 정리하는 게 좋겠다는 생각에서였다. 나는 인문학관 강의실로 찾아가 수업을 마치고 나오는 그녀를 붙잡았다.

"안녕하세요?"

"학보사……."

"예."

"무슨 일이죠?"

이곳까지 찾아오며 나는 또 얼마나 많은 준비를 했던가. 복도 가득 뒤따라 나온 사람들이 무슨 일인가 하여 우리를 힐끔거렸다.

"할 얘기가 있습니다."

"이번에도 학보 때문인가요?"

"지난번 일에 대해 개인적으로 얘기하고 싶은 게 있어서요."

"그때 일이라면 괜찮아요. 아니어도 늘 겪는 일이니까요."

"아닙니다. 저는 다만……."

그렇게 해서 마주 앉은 곳이 나중에 우리가 따로 약속 장소를 정하지 않고도 으레 거긴 줄 알고 드나들던 '풍차'라는 이름의 학교 앞 카페였다. 좁은 공간이긴 하나 당시로서는 드물게 한옥의 문짝이라든가 함지박이며 수레바퀴 같은 옛 물건들을 여기저기 장식해놓아 들어서면 뭔가 아늑함이 느껴지던 곳이었다. 따라오면서도 그녀는 얼굴이 굳어 있었고, 찻잔을 놓고 앉아도 처음엔 무슨 말부터 풀어나가야 할지 몰라 나 역시도 그녀의 시선을 피했다.

"자주 오나요, 이곳?"

말이 끊긴 다음 먼저 입을 연 것도 그녀였다.

"아뇨. 어쩌다."

"조금 색다르게 느껴지네요. 이렇게 꾸미니까."

"좋아 보입니까?"

"예, 왠지……."

그녀는 처음으로 내게 희미하게나마 미소를 지어 보였다.

"그날 정말 다른 뜻은 없었습니다. 우리가 신입생 사진을 가지고 있는 것도 아니고, 학적과에서 사진을 공개한 것도 아닙니다."

나는 다시 그때의 일을 사과했다.

"저는 제가 아이노꼬인 걸 알고 일부러 찾아온 줄 알았어요."

"아닙니다. 무슨 뜻인지 짐작하지만."

"우리 같은 사람을 부르는 일본어 은어죠. 또 흔히들 그렇게 부르죠. 우연이라 하더라도 그날이 저한테는 그래도 의미 있는 입학식 날이었는데 마음이 상했어요."

"나도 그랬습니다. 다른 사람한테 글을 받아 신문을 만든 다음 더 찾아봐야겠다고 생각했습니다."

"미안해요. 어제 신문을 받아 들고 눈이 가는데도 읽지 못했어요. 아까 처음부터 강의실에 와 있었나요?"

"아뇨. 뒷문이 조금 열려 있기에 끝나기 삼십 분쯤 전에 살며시 들어가봤습니다. 시간도 있고 강의실에 앉아 있는 채주희 씨 모습도 보고 싶었습니다."

"그럼 제대로 보셨겠네요."

백 명쯤의 교양과정 통합 수업이었는데, 아마 로마 왕정쯤의 진도였던지 내가 들어가자 젊은 서양문화사 강사는 흑판에 'Julius Caesar' 아래 'the Caesarean operation'이라고 쓰고 무슨 뜻인지 아느냐고 물었다. 아무도 선뜻 대답하는 사람이 없자 강사는 다시 아는 사람이 있으면 손을 들어보라고 했다. 그러자 강의실 중간쯤에서 한 여학생이 자리에 앉은 채 제왕절개 수술이라고 말했다. 이야, 하는 가벼운 탄성과 웅성거림이 단순히 대단한데, 하는 뜻만의 것이 아님을 느낀 다음에야 나는 그 목소리의 주인공이 그녀라는 것을 알았다. '뭐야, 혼혈아잖아.' 그녀는 미동조차 않고 꼿꼿하게 앞을 바라보고 앉아 있었다.

"언제나 그렇죠. 내가 학교에 들어온 것도, 어쩌다 질문에 대답하는 것도 사람들은 그냥 봐 넘기려 하지 않아요. 늘 무언가 다른 것을 찾으려 하고 그것을 얘깃거리로 삼으려 하죠."

태어나고 자란 곳이 춘천이라고 했다.

"캠프 페이지 앞에 있는 장미촌이라고 아세요?"

그 질문도 그녀는 주저 없이 했다.

"예. 그런 데가 있다는 건……."

오히려 조심스러운 건 나였다.

"어릴 때 거기에서 자랐지요. 지금은 아니지만요."

지난해 이곳 춘천에서 고등학교를 졸업하고 어머니의 일자리를 따라 서울로 이사했다고 말했다. 세상에 처음부터 악연인 사이가 어디 있겠는가. 그녀도 처음 감정에서 벗어나 내게 입학 초기면 누구나 궁금하게 여길 학교생활에 대해 물었고, 나는 어차피 알게 될 일이지만 싫다 하지 않고 꼬박꼬박 묻는 말에 대답해주었다. 그러다 문득 고개를 젖혀 어깨너머로 머리를 쓸어 넘기는 그녀의 목에 은단처럼 하얀 알갱이로 연결된 목걸이가 걸려 있는 것을 보았다. 남자가 여자의 목걸이에 대해 말하는 게 흔한 일은 아니겠지만, 그게 몇 번이고 내 시선을 끌었다.

"뭘 그렇게 봐요?"

"목걸이가 색달라 보여서요."

아마 다른 사람이었다면 목걸이 하나만 지목하여 말하지 않았을 것이다. 목걸이보다 더 색달라 보이는 건 남보다 코도

뾰족하고 얼굴도 하얘 보이는 그녀의 모습이었다.

"보여줘요?"

그녀가 손을 넣어 그것을 옷 바깥으로 꺼낼 때만 해도 나는 그런 게 나올 거라곤 생각하지 못했다. 목에 걸려 있는 한 부분만 봤을 때는 은색 알갱이의 목걸이인 줄 알았는데 그녀의 손끝에 달려 나온 것은 바로 군인들의 군번줄이었다.

"아버지라는 사람의 것이죠. 그렇게 부르는 것조차 어색한 일이지만."

"……."

"데이비드 크라크라고, 이 줄에 달려 있던 생철 조각은 엄마가 가지고 있고, 이 줄은 지난해부터 제가 목에 걸고 다녀요."

"연락하고 있나요?"

"아뇨. 엄마는 간절히 바라지만요. 나도 만나게 된다면 이 땅에 왜 왔었는지 묻고 싶지만, 이미 오래전에 연락이 안 되는 사람이죠."

그녀는 바로 이런 사람이 나예요, 하고 밝히듯 말했다. 덤덤한 얼굴로 말했지만, 나는 오히려 차분하게 전해지는 그녀의 목소리에서 세상에 대한 그녀의 적의이거나 자학과도 같은 상처를 보았다. 동시에 나는 그녀가 목에 걸고 있는 미군 군번줄을 대신하여 나 자신의 어느 부분을 그녀에게 나누어 주고 그것으로 무엇인가 채워줄 수 있을 거라고 생각했던 게 분명하다. 특별하게 주고받을 말이 없는 가운데서도 그날 우리는 오래도록 '풍차'에 마주 앉아 있었다.

아마도 연민이란 이런 것…….

몽마르뜨, 수아미용실, 늘봄, 강나루, 한일약국, 독일안경점, 풍차, 힐타운, 봄내경양식, 까망코, 세븐당구장, 호반낚시, 팔호광장분식, 복성원, 소리전파사, 대성사진관, 꽃샘 미그린 화장품 대리점……. 자신의 모습이 다른 사람의 모습과 다르다는 것을 느꼈을 때부터 어느 거리 어느 길을 걸을 때나 느닷없이 쏘아대는 낯선 시선들을 피해 눈을 둘 데가 없어 늘 공중에 걸린 간판을 읽고 다녔다는 여자. 그것이 버릇되어 이 망쪼로 양쪽 편 거리의 모든 간판을 머릿속에 넣고 있는 여자. 스스로 낮은 땅에 살면서 그 낮은 땅을 바라볼 수 없어 눈은 늘 공중에 두고 걷는, 그러면서 남에게는 오히려 강하게 보이려 애쓰는, 어딘가 우리와는 다른 여자…….

생각건대 동생 정혜와 명진 동문의 길우 선배 사이의 연애가 시작된 것도 바로 그 무렵이었던 것 같다. 시작이라는 말은 잘못되었다. 이미 이때 두 사람 사이의 연애는 제법 깊어져 있었고, 단지 내가 정혜의 입을 통해 그것을 확인했던 것이 내

169

연애의 시작과 거의 때를 같이한 그해 4월 어느 화창한 봄날 오후였다.

"오빠, 나 집 옮겼어."

명진 터미널에서 헤어져 정혜는 서울로, 나는 춘천으로 온 지 한 달이 조금 지나 정혜가 전화했을 때만 해도 나는 그저 하숙을 옮겼거니 생각했다. 명진에 머물던 겨울방학 동안에도 정혜는 지나가는 말처럼 올라가면 하숙부터 옮겨야겠다는 얘기를 했었다.

"어디로?"

"먼저 있던 데보다 시내로."

"시내 어디?"

"연희동인데 괜찮아. 마음에 들고."

"그럼 학교에서 멀지 않나?"

"그렇진 않아. 차 타고 다니면 걸어 다닐 때하고 시간도 비슷하게 걸려."

"그래도 가까운 데가 낫지."

"그렇긴 하지만 나 따로 시내에 회화학원 등록했거든. 이제 일주일에 두 번 거기도 나가야 해."

"옮길 때 얘기라도 하지."

"뭐 대단한 거라고. 그럼 나 또 전화할게, 오빠."

공중전화인 듯 그때 정혜는 새로 옮긴 집의 전화번호를 묻기도 전에 수화기를 내려놔버렸다. 왠지 연희동이라는 말이 먼저 하숙하던 학교 부근의 신림동이나 봉천동처럼 쉽게 받아들여지지 않았다.

내가 정혜가 새로 옮겨 간 집의 전화번호를 알게 된 것은 다음 날 명진에서 걸려온 어머니의 전화를 받고서였다. 아버지가 다시 통대의원 선거에 나온다고 했다. 그러니까 너희들도 그렇게 알고 명진에서 올라온 친구들에게 미리부터 잘 얘기하라는 것이었다. 압도적일 줄 알았던 지난번 선거가 고작 여남은 표 차이의 승리로 끝나고 말았다는 것이 어머니로선 불안했을 것이다.

"한 번 했으면 됐지 뭘 자꾸 나오신대요? 하는 일도 없는 자리를."

"그래도 어디 그러냐? 정치라는 게."

아마 그 같지도 않은 정치는 아버지 입에서부터 시작해 이제는 별 여과 없이 어머니 입으로 옮겨 갔을 것이다. 쉽게 그 정치라는 걸 포기하도록 설득할 수 없으리라는 건 일찍이 육 년 전 겨울에 안 일이었다.

"정혜 이사 간 집 전화번호나 알려줘요."

"가만있어라. 어기 적이두긴 했나만 전화가 잘 안 되는 갑더

라. 주인집에서 잘 바꿔주지도 않는다는데. 그래서 집에도 큰일 아니면 지가 늘 먼저 전화하겠다며 걸지 말라고 하던데."

어머니는 전화하거든 정혜에게도 단단히 그렇게 전하라고 두 번 세 번 같은 말을 했다.

"걔는 이 학년이어도 생일이 늦어 아직 투표권도 없어요."

"그러니까 다른 사람들에게 얘기하라는 거지."

"모르겠어요, 저는."

"얘가, 아버지 일을 자식인 느들이 모르면 누가 안다고 그래."

"당숙은요?"

"그 귀신이야 늘 그렇지 묻기는 뭘 물어. 돈 가거든 전화해라. 정혜한테도 하숙비하고 학원비 보냈다고 그러고."

아버지가 다시 통대의원에 나온다. 그래도 어디 그러냐? 정치라는 게. 어머니의 말대로 아버지에겐 '도가 정국'의 통대의원 자리라는 게 여간 입맛 들린 정치가 아닐 것이다. 아마 당숙도 이제는 예전같이 반대하고 나서지 않을 것이다. 누군가 말릴 수 있었다면 그것은 육 년 전 겨울에 형이 했어야 할 몫이었다. 그때 가네마야 가의 장자는 철저하게 아버지 편에서 아버지의 당선을 돕고 나섰다. 적어도 당락을 결정지은 여남은 표는 결과만 놓고 보면 형이 같은 또래의 동문들이며 친구들에게 힘닿는 대로 끌어모은 것이었다. 형이 아니었다면 아

버지는 낙선했을 수도 있었다. 그때 형의 나이가 된 나는 이
제 거기에 대해 어떠한 신경도 쓰지 않을 것이다. 나오든 말
든, 하든 말든 이제 그것은 내가 말리고 말고 할 의미조차 없
는 일이 되고 말았다.

등기로 다음 달 하숙비가 든 전신환을 받은 날 그걸 돈으로
바꾸기 위해 우체국에 나갔다가 나는 모처럼 장거리 전화를
신청해 정혜에게 전화를 걸었다.

"뭐시요? 하숙생이다요? 여건 거냥 가정집인디요."

심한 남도 사투리의 사십 대 여자가 전화를 받았다.

"거기 얼마 전 김정혜라고, 서울대 다니는 여학생이 들어오
지 않았습니까?"

"아, 금 가정교사 선상 말인 게라우?"

"가정교사요?"

"거시기 뭐냐, 나이는 얼마 안 먹었구만은 쥔집 애들 갈치는
학상 선상이 얼마 전에 새로 들어왔는디. 헌디, 거는 뉘다요?"

"예, 저는 그 학생 오빠인데요."

"아이고, 금 잠시만 기다리쇼잉."

학상 선상, 학상 선상, 하고 멀리 부르는 소리가 들리더니
누군데요? 하는 소리와 함께 정혜가 나왔다.

"오빠야?"

"그래. 어떻게 된 거냐? 지난번엔 아무런 얘기도 없더니."

"아줌마한테 들은 대로야. 일부러 감추려 했던 건 아니고, 그러잖아도 오빠한테는 얘기하려고 했는데. 의논할 것도 있고."

"어떻게 된 건데?"

"얘기하자면 길어. 지금은 곧 공부를 해야 해서 곤란하고, 오빠 내일 토요일인데 서울에 올 수 있어? 내가 이젠 춘천까지 가기가 어려워서 그래."

"알았어. 아침에 올라갈게."

정혜가 가르쳐준 다방 카사블랑카는 신촌에 있었다. 문을 밀고 들어서자 그곳에 정혜가 먼저 와 있었다.

"어제 놀랐지?"

"그럼 안 놀라냐? 얘기도 없다가 입주 과외라니."

"미안해, 오빠. 사실은……."

정혜는 뜻밖에 길우 선배 얘기를 꺼냈다.

"알지, 오빠도? 그 오빠 집안이 어떻다는 것도."

"그래."

"오빠 지금도 그 오빠에 대해서 별로 좋은 감정 아니지?"

"길우 선배가 그래?"

"얘기 들었어. 전에 오빠하고 고시에 대해 논쟁했다는 거.

174

그 오빠는 지금 고시 공부하면서 스스로 학비랑 생활비를 벌어야 해. 다른 경쟁자들은 그냥 공부만 하면 되는데."

"그래서?"

"다른 뜻은 없어. 나는 단지 그 경쟁이 보다 공평했으면 하는 것뿐이야. 그다음 합격하고 못 하고는 건 각자 능력인 거고. 내가 입주해서 받는 과외비면 그 오빠도 남들처럼 공부에만 전념할 수 있을 거야."

"그럼 너 지금 길우 선배 학비와 고시 준비 때문에 그러는 거란 말이야?"

"미안해, 오빠. 오빠, 그 오빠 별로 마음에 안 들어 하는 것도 아는데……."

"박길우가 그렇게 해달래?"

"아니야, 오빠. 그 오빠는 안 된다고 하는 걸 내가 싸우다시피 우겼어. 내가 그러는 게 부담스러우면 나중에 곱으로 갚으면 되지 않느냐고."

"대체 네가 뭐가 아쉬워서 그 사람한테!"

"화는 내지 마, 오빠. 아쉬워서 그러는 거 아니니까."

"들어도 뜻밖이니 그러지. 앞으로는 또 어떻게 할 거야?"

"우선 내가 졸업할 때까지만이라도 이렇게 해볼 생각이야. 그다음엔 사회에 나가서 벌면 되고."

"언제부턴데? 그 사람 만난 게."

"처음 본 건 지난해 명진에서지만, 가까워진 건 가을 학기가 끝나고서부터야. 그렇지만 꼭 그래서 그렇게 하겠다는 건 아니야. 그 오빠 처지가 워낙 안 좋으니까 나선 거지."

"나한테는 그렇다 치고, 집에는 뭐라고 말할래?"

"알아. 내 나이에 상 받을 일 아니라는 거. 언젠가는 알게 될 거라는 것도 알고. 그래서 오빠하고 의논하고 싶었어. 화가 나더라도 나는 지금도 오빠가 내 편이었으면 좋겠어. 이 일만 생각하면 혼자 마음이 힘들고 외로워."

"말해봐."

정혜는 알게 될 때 알게 되더라도 당분간 집에는 말하지 않을 거라고 했다.

"오빠도 아직은 아무한테도 말하지 않았으면 좋겠어. 명진에서 물으면 내가 다른 공부가 있어서 시내로 하숙을 옮겼다고만 해줘."

화나는 한편에도 그 순간 엉뚱하게 동창 명하 녀석의 얼굴이 떠올랐다. 지금 녀석의 공부는 또 얼마나 진도가 나갔는지.

"있는 집 분위기는 어떤데?"

"고3과 중3 여자애 둘인데, 애들 머리가 좀 덜 따라오는 거 말고는 힘들거나 불편한 건 없어. 당장 큰애 입시가 문제인데,

집에서는 올해 서울에 있는 대학 아무 데나 들어갔으면 하고 바라는 정도야. 아저씨가 서울 근교의 어느 부대에 있는데 곧 별을 달 거라는가 봐. 그래서 집에는 거의 못 오고 일하는 아줌마와 나까지 여자만 다섯이야."

"고3이면 급하기는 하네."

"애들은 좋아. 생각보다 단순하고. 큰 게 가끔 사고를 쳐서 그렇지."

"사고라니?"

"나 들어오기 전에 애들 공부 봐주러 부대에서 당번병이 와 있었나 봐. 아니야. 애들은 착해. 누가 뭐라면 금방 거기에 홀딱 빠질 만큼 순진하기도 하고."

"명진 얘기는 들었냐?"

"어제 전화하니까 이번에도 아버지가 나오신다고 하던데."

"넌 어떻게 생각하냐?"

"나도 오빠와 같아. 아버지 덕분에 우리가 풍족하게 자랐고 지금도 그렇게 공부하고 있지만, 원래 하던 사업 말고는 아버지가 손을 뗐으면 좋겠어."

더는 길우 선배 얘기는 하지 않았다. 주희와의 만남이 어떻게 될지 모르는 앞으로의 내 연애가 그러하듯 이제 두 사람의 만남은 정혜가 알아서 할 일이었다.

"이제 그만 가봐야 돼. 큰애 공부도 있고."

정혜가 멀어져 가고 있다. 함께 다방을 나와 헤어져 돌아오는 길은 내겐 그대로 쓸쓸함과 안타까움이었다. 길우 선배라. 하필이면……

5월 들어서는 거의 매일이다시피 저녁마다 명진에서 전화가 왔다. 하루하루 선거일이 다가오며 어머니의 목소리도 물속에서 숨차게 솟아오르는 기포처럼 두서없이 다급해지기 시작했다. 광호 말로는 육 년 전 겨울 선거의 재판이긴 하지만 경쟁은 그때보다 더 치열한 것 같다고 했다. 학교에서도 선거 얘기가 나오면 나는 자리를 피했다. 말 같지도 않은 선거 때문에 학교 분위기도 뒤숭숭했다. 신문사에서 누군가 거기에 대해 비판할 때에도 나는 슬며시 문을 열고 나갔다. 다들 아버지가 나온 걸 알고 내 앞에서는 말하지 않는 분위기였지만, 때로는 격하게 비판할 때도 있었다.

"아버지가 나온다면서 학생은 안 내려가?"

주인아주머니도 그렇게 말했다. 어머니가 전화를 바꿔달라고 부탁하며 자랑처럼 얘기했을 것이다.

"더 긴말 않으마. 주민등록증 챙겨 내일 아침에라도 버스타고 왔다 가라니까."

선거 전날 저녁 어머니가 마지막으로 전화를 걸어 말했다. 다음 날 아침 나는 다시 걸려올 어머니의 전화보다 일찍 주희의 자취방이 있는 육림고개 쪽으로 갔다. 학교와는 조금 거리가 있는 곳이었다. 방을 왜 학교 앞에 얻지 않고 이곳에 얻었느냐고 물었을 때 어머니가 아는 사람을 통해 얻어준 곳이라고 했다. 이른 아침 무작정 그곳으로 가기는 했지만, 그녀를 만날 수 있으리라고 생각하지는 않았다. 얼마 전 늦은 밤길, 내가 함께 가본 곳은 그녀의 자취방이 있는 육림고개 중간까지였지 그녀의 집 대문까지는 아니었다.

"나는 여기에서도 예외 없이 특별한 대접을 받아. 언제까지일지 모르지만 아직은 튀기가 남자 끌어들인다는 소문낼 자신이 없어."

그날 밤 골목 입구에서 그녀가 말했다. 잠시 머뭇거리는 내게 다시 그녀가 말했다. 알지? 내 말이 무슨 뜻인지. 그때 나는 가만히 고개를 끄덕여 보이곤 말없이 고갯길을 돌아 나왔다. 내가 자신의 거처를 알까 경계해서가 아니라 앞으로 그런 소문까지도 두려워하지 않게 될 날이 올 거라는 고백의 다른 표현처럼 들려 오히려 돌아오는 길이 함께 갔던 길보다 흐뭇해지기까지 했다.

"진호 씨 맞구나."

주희가 고갯길 중간에서 서성이고 있는 나를 발견하고 다가온 것은 내가 그곳에 간 지 한 시간이 조금 지나서였다. 꼭 그녀를 만나야겠다고 온 것은 아니지만, 그래도 보면 위로가 될 것 같은 생각으로 큰길과 골목 입구를 배회했던 것인데 뜻밖에 그녀가 뛰어나왔다.

"어떻게?"

오히려 상대의 느닷없는 출현에 놀라 물은 것은 나였다.

"저기 가게에 나왔다가 얼핏 뒷모습을 봤어."

그녀는 파와 두부를 담은 비닐봉지를 들어 보였다.

"아침부터 여기는 어떻게?"

"그냥."

"무슨 일 있었어? 집이 어딘지 모르면서 그냥 왔다는 것도 그렇고, 무슨 일이 있어서 왔대도 그렇고."

사실 한 달 조금 더 지나는 동안 몇 번의 만남으로 느닷없이 그녀를 찾아올 수 있는 사이도 아니었다.

"풍차에 가서 기다릴게."

"풍차 아직 문 안 열어. 두 시간은 기다려야 할 거야."

다시 난감한 모습으로 서 있는 내게 그녀가 물었다.

"아침은 먹었어?"

아마 어머니는 내가 나온 다음 초록지붕으로 전화를 했을 것이고, 아주머니는 아침 일찍 투표를 하러 간 것 같다고 말할 것이다. 저녁때까지는 아주머니도 어머니도 그렇게 알 것이다.

"내가 사는 곳을 이런 식으로 알리고 싶지 않지만, 들어가. 아침 해줄게."

뭔가 체념한 듯한 얼굴로 그녀가 말했다. 나도 그녀의 방으로 이렇게는 가고 싶지 않았다.

"학교 도서관에 갔다가 풍차로 갈게. 거기 문 열 시간 되면 그리로 나와."

"괜찮아. 이렇게 온 사람 그냥 보낼 수 없어서 그래."

내가 그녀에게 무슨 사랑의 고백처럼 명진의 집안 얘기를 했던 것도 바로 그날, 두 번째 통대의원 선거날이었다. 좁은 부엌에서 김치에 두부를 넣어 찌개를 끓이고, 그걸로 늦은 아침을 먹을 때까지 그녀는 아무 말도 하지 않았다. 그녀는 몇 개 되지 않는 그릇을 씻어 물기까지 깨끗이 닦은 다음 그것을 찬장에 넣고 방으로 들어와 내 앞에 앉았다.

"이 집에 커피는 없어. 그건 내게 사치이기도 하고."

"됐어."

이제 내가 얘기할 차례였다. 나는 아침에 어머니의 전화를 피하지 않을 수 없었던 기분과, 그간 말할 기회가 없어 미뤄왔던 가네야마 가의 내력과, 아버지가 새로운 신분 상승의 출구로 삼은 통대의원 선거에 대해 마치 남의 일처럼 말했다.

듣고 있는 그녀의 얼굴은 그게 아니었다. 내가 '어발의 한국적 민주주의'를 바탕으로 지난 육 년간 명진에서 굳건하게 쌓아 올린 아버지의 위치와 가네야마 가의 부에 대해 얘기했을 때 그녀는 오히려 내 말을 우리 사이의 환경적 거리감으로 받아들였다. 마치 서툰 통역사를 사이에 두고 얘기하듯 나는 내가 안고 있는 집안의 고민을 얘기했던 것이고, 그녀는 내 고민을 어느 집안 좋은 시골 갑부 아들의 복에 겨운 투정으로 해석했다. 처음엔 우리 사이에 그런 인식의 차이가 있는 것을 미처 알아차리지 못했다. 시간이 갈수록 그녀의 표정이 변해 갔고, 점차 내 말에 대한 공감보다는 열등감과도 같은 비관 쪽으로 기울고 있음을 느낀 다음에야 비로소 나는 우리 사이에 놓여 있는 잘못된 통역을 보았던 것이다.

"왜 그래, 갑자기?"

어처구니없게도 나는 그렇게 묻고 말았다. 동시에 그 물음조차 잘못되었다는 것을 느꼈을 땐 이미 그녀의 얼굴이 입학식 날에 보았던 얼음 같은 표정으로 돌아간 다음이었다.

"내가 어떤 사람인지, 누군지는 잘 알고 있지?"

"……."

나는 대답하지 못했다. '잘못된 통역'이라고 했지만, 묻는 쪽이나 대답하는 쪽이나 내 얘기가 절대 그것이 아님을 모르는 바 아니기에 더욱 수습하기 어려운 지경에 이른 것이었다.

"이제 우리 만나지 않는 게 좋겠어. 만나면 만날수록 우리 중 누군가 더 큰 상처만 받게 될 거 같아. 그동안 주제도 모르고 누군가를 좋아하게 될 거라고 생각했던 거, 아니 정확하게 말할게. 진호 씨를 마음속으로 조금씩 좋아하고 있었던 거, 내 분수 밖의 욕심이었는지 몰라. 아니면 두려워하면서도 한편으로 그날 진호 씨가 강의실까지 찾아와 보여주었던 한 아이 노꼬에 대한 작은 배려에 앞뒤 가릴 사이 없이 위로받고 싶었던 심정이었는지도 모르고."

"지금 그 얘기 하는 게 아니잖아."

"서로 다른 출생에 대한 열등감이라고 해도 좋고 콤플렉스라고 해도 좋아. 그렇지만 스스로 돌아보게 되는 것도 지금 내 마음이 비뚤어진 때문이야?"

"비뚤고 안 비뚤고 그걸 따지는 게 아니잖아."

"알아. 알지만……."

"들어봐. 다 듣기 전에 말 막지 말고. 사실 삼 년 전 먼젓번 학교에 가서도, 또 여기 와서도 아버지에 대해서건 '어발'에 대해서건 누구에게도 마음 터놓고 얘기한 적이 없어. 감추려 들자면 그것만큼 철저하게 감추고 싶었던 것도 없어. 작년 이

맘때였을 거야. 먼젓번 학교에서 전력이 있어서이기도 하겠지만, 나도 모르는 사이 어디서부터 말이 돌았는지 지도교수가 불러서 갔더니 집안 얘기하면서 지금 주희가 했던 얘기와 똑같은 얘기를 했어. 남들 부러워하는 환경에서 엉뚱한 일 벌이지 말고 열심히 공부해야 되지 않겠느냐고. 그땐 당황하고 모멸스럽기는 했어도 지금처럼 난감하지는 않았어. 그때는 내가 감추고자 했던 것들을 그들이 얘기했던 거고, 지금은 그걸 언젠가는 내 입으로 얘기해야겠다는 생각에 주희에게 한 거고. 그러면서 아직은 내 형편이라는 게 어쩔 수 없이 그런 집안의 경제적 혜택은 혜택대로 누리고 있는 실정이고…….”

“그러면 언젠가 하지 않을 수 없는 내 얘기도 들어줘. 짐작은 하겠지만, 내 엄마는 스물두 살 때부터 담요 한 장으로 세상을 살아온 사람이야. 그러다 보니 세상 역시 담요 한 장 넓이로밖에 생각하지 않는 사람이야. 날 낳은 건 스물다섯 살 때였는데, 나로서는 사진으로 말고는 얼굴도 본 적 없는 사람을 ‘생긴 것 빼고는 모든 게 다 거짓말인 인간’이라고 불렀어. 여기 춘천 장미촌에서 내가 어른들 눈치를 알 만큼 성장한 다음에도 밤늦은 시간 노랑 가발로 캠프의 눈먼 사내를 딸이 만화를 보거나 잠자는 옆방으로 끌어들이면서도 내 눈치 한번 가리지 않던 엄마가 내가 고등학교를 졸업하던 날 처음으로 딸의 눈치를 보며 이 '도그 택'을 꺼내놓았어. 처음엔 이 줄에 그의 이름과 군번이 적힌 군번표가 달려 있었는데 그걸 이제는 나보고 보관하라고 했어. 네 손으로 버리든지 아니면 이다음에라도 네 발로 찾아가 낯짝이라도 구경하라면서. 고등학교를 졸업할 때까지는 나 공부를 별로 하지 않았거든. 열심히 해야 할 이유도 모르겠고. 뭘 잘 모르는 1학년 때는 열심히 공부해 성적을 올리다가 2학년과 3학년 때는 방송반에 들어가 기계 만지고 음악 틀며 거의 놀기만 했어. 이걸 건네받자 졸업한 다음인데도 이제 엄마를 위해 공부를 해야겠구나, 하는 생각이 들었어. 엄마도 그때쯤 가발을 벗고 장미촌에서 닥치는 대로 허드렛일을 했거든. 그래서 엄마와 약속했어. 이 줄은 엄마와 나의 약속으로 이제부터 내 몸에 지니고 다니면서 열심히 공부하겠다, 그렇지만 이 끝에 달린 생철 조각은 엄마가 가지고 있다가 언젠가 내가 달라고 할 때 줘라, 그렇게 말했어. 그무렵 서울에서 같은 일을 하는 이모가 엄마를 이태원 쪽으로 오라고 해서 서울로 이사를 갔어. 거기가 아무래도 여기보다 일도 많고 형편도 나으니까. 거기 가서 엄마는 다시 죽기 살기로 허드렛일을 하고, 나도 한 해 죽기 살기로 공부한 걸로 다행히 올해 여기 우리가 잘 아는 곳의 학교에 입학한 거야. 나는 엄마가 그렇게 버는 돈으로 학교를 다녀. 엄마가 날 위해 누구보다 열심히 일해야겠다고 생각하듯 나도 이제 엄마를 위해 누구보다 열심히 공부해야겠다고 생각하면서."

지난해 정혜를 서울 하숙집에 데려다주고 다시 청량리로 나와 기차를 타고 춘천역에 도착했을 때 뒤로 밀어내고 온 강과 도시에 노을이 내리고 어둠이 내렸다. 역을 빠져나오자 길 건너편에 도시 한가운데 봉긋하게 솟아오른 산이 보이고, 맞은편 도로 뒤에 끝도 없이 길게 둘러쳐진 벽돌담과 철조망 안쪽에서 접근을 경고하듯 탐조등 불빛이 번쩍였다. 춘천에 미군 부대가 있다는 얘기는 한 번도 들은 적이 없었지만, 나는 그곳이 미군 부대라는 걸 알았다. 지금 막 춘천에 온 나와 그것은 지금까지의 인생에도 앞으로의 인생에도 아무 상관이 없는 이질적인 시설이라고만 여겼다.

내가 처음 보았던 산은 봉의산이고, 미군 부대의 이름은 '캠프 페이지'이고, 거길 통해 커피와 양담배와 햄과 같은 미제 물건이 쏟아져 나오고, 정문은 춘천역과 반대쪽에 있으며, 정문 앞에 미군들이 드나드는 장미촌이라는 데가 있다는 걸 누가 알려주지 않았는데도 시간이 지나며 저절로 알게 되었다. 청소년들은 이곳의 출입을 삼가라는 낡은 안내판도 낯선 모습으로 보았다. 처음과 달라진 것은 춘천의 안개가 그렇듯 이제 그곳이 나와 아무 상관이 없는 곳이 아니라는 것이었다.

"진호 씨는 내가 이걸 목에 걸고 다니는 걸 어떻게 생각하는지 모르지만, 나는 이걸로 내가 어디에 있든 엄마를 느끼고 엄마 딸인 것을 느끼는 거야. 엄마에게는 정말 이게 전부였거든. 그래, 흔히 양공주라고 부르지. 양공주의 딸인 내가 이 땅에서 누구를 좋아할 수 있을까? 좋아하는 거야 마음의 일이니나 자신도 말릴 수 없겠지. 그렇지만 끝내는 내게 돌아오고 말빈자리는 어떻게 할까? 오늘 진호 씨가 한 말이 아니더라도 그동안 우리 조금씩 더 알게 되고 만나는 거, 즐겁고 기쁘면서도 한편으로는 무섭고 두려웠어. 둘이 있다가 헤어져 집으로 돌아와 생각하면 기쁨보다는 아직 맞닥뜨리지 않은 슬픔이 저만치에서 더 큰 모습으로 기다리고 있는 것 같았어. 그걸 한 아이노꼬의 자격지심이라고 하면 차라리 사치스러운 감정이지. 정확하게 말할 수 없지만, 그래도 그게 무엇인지 말하면…… 처음부터 내 의지와는 상관없이 어디에다 말할 데도 없는 아메로리안의 원죄 같은 감정이라고……."

눈물이었던가. 나는 그녀의 두 뺨 위로 흘러내리는 물기를 보았다. 나는 잠시 나도 알 수 없는 격정과도 같은 감정에 휩싸여 그녀의 책상 위에 놓인 휴지를 집어 건네며 낮게, 조금은 과장된 음성으로 말했다.

"닦아."

"……."

"얼른."

"미안해……."

휴지를 받아 들면서 그녀가 말했다. 뭔가 말을 해야 하는데, 할 말이 떠오르지 않았다. 아메로리안……. 나는 울어도 붉어지지 않는 그녀의 눈을 오래도록 바라보다가 가만히 그녀를 내 앞으로 끌어당겼다.

명진에서 전화가 온 것은 밤 열두 시가 거의 다 되어서였다. 이 층으로 부르러 온 사람은 박 양이었지만 전화기를 건네며 아주머니가 어머니셔, 할 때 직감적으로 나는 이번 선거도 가네야마 도가의 빛나는 승리로 막을 내렸음을 알았다.

"됐다. 느 아버지가 이겼다니까. 서울약국이 암만 음해하고 다녀도 지난번보다 표 차이도 많았고."

"애썼네요. 그만 주무세요. 피곤하실 텐데."

어머니의 감격 같은 흥분에 담담하게 대답하고는 전화기를 내려놓았다. 다시 육 년이라. 긴 듯하여도 명진의 독립문과 곰보 군인은 가네야마 도가의 '첩방공반'보다 더 오래도록 그 육년을 육백 년처럼 늘 그 자리에 우뚝하게 서 있을 것이다.

9
망쪼로의 음유시인들

교정 곳곳에 아카시아 향기가 짙어갈 즈음 개교일을 기념하는 '대성축전'이 있었다. 축전에 관한 특집 신문을 준비해야 하는 학보사 기자들에게는 이미 지난주부터 매년 이맘때면 편집국에서 전통적으로 써오던 표현대로 '망쪼니전(亡兆泥戰)'이 시작되었다. 그게 진흙밭의 전쟁일 수밖에 없는 건 평소의 주 4면, 격주 8면에서 12면의 신문을 만들어야 하기 때문이다. 학생논문 현상 공모 당선작 발표와 같이 늘어난 지면을 채우기 위한 준비가 없는 것은 아니지만, 맨 앞의 1, 2면과 별지의 4면은 온전히 '대학 창립 기념 특집'으로 채워야 했다.

9면은 불 켜진 도서관과 연구실을 중심으로 캠퍼스 야경을 찍은 화보와 축사로 채우고, 신문의 안쪽이 되는 10면과 11년에 '오늘날 대학의 역할과 사명'이라는 주제 아래 편집국장의 사회로 교수와 동문 언론인, 대학원생과 학부 학생이 참여하는 특별 좌담을 앉히고, 양옆으로 타 대학 총장과 타 대학 학생이 바라보는 우리 대학과 대학인의 상에 대한 원고를 청탁했다. 12면은 상경대의 한 젊은 전임 강사로부터 '경제학에 있어서의 이데올로기 수렴론'에 관한 장문의 특별 기고문을 받아 싣기로 했다.

기획안은 거창했지만 12면의 기획 특집은 주간 교수가 지레 겁먹어 청탁 단계에서부터 수정되었다. 나와 같은 상경대 3학년인 편집국장 김상수 형은 자신이 수업을 듣고 있는, 조금은 진보적인 전임 강사로부터 원고를 받고 싶어 했다. 그러나 이번 학기부터 새로 학보를 담당하게 된 자연대학 주간 교수는 타 대학 교수로부터 원고를 받아도 좋으니 개교 특집 신문인 만큼 글 쓰는 이의 격을(어찌 그 이유에서일까마는) 최소한 부교수급으로 올려야 한다고 말했다. 4학년인 전임 편집국장까지 나서서 별다른 문제가 없을 것임을 강조하며 처음 편집안을 밀어보았다. 하지만 서른네 살의 전임 강사를 믿지 못하는 주간 교수가 우리를 믿을 리 만무했다. 결국 그 지면은 같은 제목 아래 '수렴론의 과학적 분석과 비판'이라는 부제를 붙여 주간 교수가 타 대학의 경제학 전공 부교수에게 직접 원고를 청탁했다.

이와 비슷한 마찰은 올해 들어서만도 여러 번 있었다. 2월 마지막 주 신문에서 '지난해 학점 제적생 5명으로 줄어, 다른(?) 제적생은 셀 수 없이 늘어'라고 쓴 두 줄짜리 가십을 문제 삼았다.

3월 들어선 좀 더 큰 부딪침이 있었다. 학생들에게 일방적으로 군사훈련을 시키는 교련이 늘 문제였는데 수강 신청 때 이번 학기부터 교련 과목 수강 신청서가 여타 과목 수강 신청서와 따로 인쇄되어 나왔다. 학보도 당연히 그걸 문제 삼아 '핀셋' 난에 취재부장이 "이걸 받아 든 핀셋자, 혹시 번지수를 잘못 알고 나온 ROTC 입단서가 아닌가 유심히 살펴본즉 틀림없는 교련 과목 수강 신청서라. 이 시국에 교련만이 나라를 구할 길이라는 걸 강조하기 위해서인지 여타 과목 전체 수강 신청서보다 더 큰 신청서에 소속 대학과 소속 학과만 적으면 그만일 것 같은데, 본적과 현주소는 물론 가족 사항과 교우 관계까지 상세하게 적도록 되어 있어 말 그대로 수강 신청서인지 아니면 다른 용도로 쓸 학생 신상 정보서인지 모를 지경이로고."라고 올린 기사를 주간 교수는 무슨 큰일이라도 난 듯 얼굴을 붉히며 "이게 다 여러분의 신상을 위해"라면서 밑줄 친 부분을 들어내거나 빨간 볼펜으로 수정을 가했다.

그 외에도 실리지 못한 기사와 터무니없는 수정으로 애초의 의도가 변형되거나 행간의 선문답으로 초점이 모호해진 기사는 일일이 열거하기에도 벅찰 정도로 많았다. 그러자니 "제대로 하지 못할 바엔 차라리 없는 게 낫다."라는 학우들의 질타가 있었고, 변명하느니 "우리가 쓰는 것은 기사가 아니라 행간 속의 시"라는 자조 섞인 한탄이었다.

돌아보면 그 시절처럼 자주 기자들이 들락였던 때는 이전에도 이후에도 없었을 것이다. 거의 두 달에 한 번은 1면 하단에 '수습기자 공고'를 내야 할 만큼 기사가 아닌 시를 써야 하는 상황을 견디지 못해 나가는 사람도 많았고, 빈자리에 들어오는 사람도 많았다. 오죽하면 학보사 내에서도 '수습기자 모집'을 '다음 달에 나갈 기자 모집'이라 불렀을 정도였다.

이후 5공 시절에 언론이 드물게 통제받지 않고, 아니 오히려 장려 차원에서 마음대로 두드리고 패고 파헤치던 것이 '3S(이른바 섹스, 스포츠, 스크린)'였던 것처럼 당시 대학 언론에도 마음 놓고 두드리고 패도 될 '3밥'이 있었다. 첫 번째는 학교의 낡은 시설물이었고, 두 번째는 도서관 행정이었으며, 세 번째는 밥이라는 말 그대로 학교 구내식당에 대한 히스테리에 가까운 밥투정이었다. 서클룸의 조명 시설이 제대로 되어 있지 않아 한낮에도 도깨비가 나올 것 같다느니, 강의실 문짝이 어떻다느니, 도서관에 장서가 많기는 해도 모두 전시용 고서 같아 찾는 책보다 없는 책이 더 많다느니, 밥값은 비싸고 내용은 부실하다느니, 어느 날 갑자기 메뉴에서 라면을 제외한 것이 학생들의 주머니를 털기 위한 흡혈적 발상이 아니냐느니, 지금도 대학신문 영인본을 꺼내 보노라면 그때 우리는 이렇게 저렇게 막힌 언로에 대한 분풀이로 매주 돌아가며 동네 개 패듯 '3밥'을 두드렸던 것 같다.

이건 이렇게 뽑겠다. 그건 그렇게 뽑으면 안 된다. 새로 온 주간 교수는 외부 청탁 원고와 내부 기사 체크는 물론 각 기사마다 뽑는 '미다시(표제, 또는 표제어를 이르는 일본어로 당시엔 습관적으로 그렇게 불렀다)'까지도 일일이 간섭하고 제동을 걸었다. '미다시'를 뽑는 일이야말로 주간 교수와 학생 기자들 사이에 가장 첨예하게 대립하는 부분이었다. 9면에 실릴 개교 기념 특집 축사도 그랬다.

오늘의 상황을 누구보다 잘 알고 있는 4·19 세대이기도 한 동문 시인은 축사 어느 구석에도 '4·19'니 '불의'니 하는 말을 쓰지 않고도 "돌아보면 그때 우리에 의해 이곳에서 저곳으로 거칠게 옮겨진 그것들에 의해(이 말을 끌어내기 위해 원고 앞부분에 다른 식으로 '돌' 얘기를 하고) 우주의 질서가 달라졌다는 뿌듯함"과 같은 시적 은유로 그 신회의 불씨를 우리 가슴에 넣어

주었다.

"시 쓰는 사람들은 생래적으로 어렵다니까. 그냥 이대로 가고 미다시나 잘 뽑지."

시인의 글은 토씨 하나 수정 없이 넘겨졌다. 기획부장이 뽑아 올린 두 줄의 미다시, '그때 우리가 던진 거친 돌들에 의해/ 우주의 균형과 질서가 달라졌다는 뿌듯함'은 여지없이 '대학 시절은 새로운 탄생과 체험/ 미래의 새로운 세계로 열린 문'이란 말로 교체되고 말았다. 그 외에도 '대학인의 현실 비판'이라는 학생 투고 원고가 그대로 주간 교수 책상 서랍 속에 잠겼으며, 그 자리에 난데없는 '법의 이념과 준법정신'이라는 어느 보직 교수의 원고가 그의 사진과 함께 들어와 앉았다.

앞서 통대의원 선거 때도 그 주일 신문 데스크 칼럼에 "자고로 공부하는 학생들은 학문에 힘씀이 으뜸이라, 옛말에도 일촌광음불가경이라고 했으니 이번 주중 선거로 하루 쉬는 날 다들 조용히 책상 앞에 앉아 책 한 권이나마 끝까지 읽음이 어떠할지"라고 쓴 부분을 "이 사람들이 선거를 보이콧하자는 거야 뭐야?" 하며 그대로 삭제하는 상황에서 우리는 시대를 은유할 시를 써야 했고, 때로는 그 시가 앉아야 할 자리에 느닷없이 코미디 대본 같은 낙하산 기사가 떨어지기도 했다.

의미 붙이기의 숨바꼭질 같은 상황 속에서 막판에 축제 기

념 축사의 '미다시'는 주간 교수가 뽑은 '대학 시절은 새로운 탄생
과 체험/ 미래의 새로운 세계로 열린 문'에서 다시 '그때 우리가 옮긴
거친 돌들에 의해/ 우주의 균형과 질서가 달라진 뿌듯함'으로 인쇄 대
장에 올려졌다. 편집국장 상수 선배가 그날 주간 교수가 학보
를 찍는 시내 일간신문사 외간부로 나오지 못하는 것을 알고
일을 벌인 것이다.

"괜찮을까?"

같은 3학년 부장들이 걱정하며 물었다.

"일단 해보는 거지 뭐."

"이러다 배포 중지 걸리면 어떡하지?"

"아까 걔들(신문 인쇄하는 날이면 시내 신문사로 나와 대학 학보의
대장을 확인하는 중앙정보부의 직원)도 보고 그냥 넘어갔잖아. 주
간님도 기분이야 나쁘겠지만, 어찌지 못할 거야. 놔두면 그냥
넘어갈 일을 총장한테고 걔들한테 긁어 부스럼 만들 수도 있
으니까."

"이번 신문 보면 주간님도 앞으로는 무슨 일이 있어도 꼭꼭
나오겠어."

"주간님도 이러면서 일 배우고, 우리도 이러면서 한 줄이라
도 바로 쓰는 거지."

그날 저녁 우리가 한 주일의 일을 끝낸 다음 자리 잡고 앉

은 '정선할매집'에서 나는 며칠 만에 거울 속의 내 얼굴을 보았다. 학보사에도 내 전신을 비춰 볼 거울이 있었고, 늘 두드려 패면서도 다시 가지 않을 수 없는 구내식당에도 거울이 있었다. 초록지붕으로 돌아가지 못한(원고를 정리하다 보면 어느새 통금 예비 사이렌이 울리고) 며칠 동안 어느 곳에서도 내 얼굴을 거울에 비춰 보지 못했다. 햇볕이 아닌 다른 무엇엔가 몹시 그을린 것 같은 한 사내의 얼굴이 거울 속에 있었다.

"참, 잊을 뻔했네."

나는 문득 거울 속의 나에게 말하며 지난해 이곳에서 만난 술친구들을 떠올렸다. 한 번이 아닌 익숙한 솜씨로 봄이라 바람이라 꽃이라 하며 합동 시험 저주식을 거행하며 아직 다 배우지 않은 책을 팔아 오던 그들 역시 '시'를 쓰게 하는 상황 속에 갇힌 망쬬로의 빛나는 음유시인들이었다. '청탁불문 대취불사하옵신 우리 주'를 받들어 내 몸같이 되게 하던 그들은 올해 캠퍼스 어느 곳에도 얼굴이 보이지 않는다. 떠났는가, 그대들도. 나는 남아서 이 자리에 앉아 있다. 그전처럼 피하지도 숨지도 않으며 그대를 대신하여 시를 쓰게 하는 이 상황을 지킨다. 그대들의 질타대로 차라리 없는 것만도 못한 학보의 개같은 은유를 위하여……

편집국장은 다시 다들 잔을 채우게 하고 선창했다.

"워커보다 강한 펜을 위하여!"

"위하여!"

"새로 뽑은 미다시를 위하여!"

"위하여!"

그 말의 합창으로 술자리의 분위기는 다시 달아올랐다. 우리로선 다소 벅찬 12면의 특집 신문을 끝냈다는 해방감과 거기에서 오는 또 다른 전의와도 같은 자신감이 저마다 가슴속에 끓어올랐다. 이제 신문은 인쇄되어 토요일 아침이면 문제의 '미다시'를 싣고 학교로 올 것이다. 문제가 될 수 있고 안될 수도 있다. 안 되는 쪽의 가장 가벼운 벌칙도 주간 교수의 배포 금지 협박 아래 편집국장이 경위서를 쓰는 선 이하로는 떨어지지 않을 것이다. '걔들'도 저희들 눈으로 멀쩡히 대장을 넘겨놓고 나서 뒤늦게 트집 잡아 편집국장과 기획부장을 잡아다가 족치거나, 최악의 경우엔 그걸 꼬투리 삼아 강제징집시킬 수 있었다. 그럴 땐 그러더라도 우리는 정선할매에게 등떠밀려 각자 집으로 돌아갈 때까지 더없이 유쾌하게 그날의 술자리를 이끌었다. 나도 며칠 만에 봄이라 바람이라 꽃이라 노래하며 초록지붕으로 돌아갔다.

"작년엔 안 그러더니 올해는 많이 마시네."

다행히 그니들 중에 누기 나오지 않고 아주머니가 대문의 빗장을 열어주었다.

토요일 아침, 당연한 일처럼 주간 교수의 '미다시' 날벼락이 떨어졌다. 주간 교수는 이따위 도둑질이나 하는 너희들이 지성인이냐고 했고, 편집국장은 '걔들'도 창립 특집 신문이라 다른 때보다 깐깐하게 검토했지만, 별일 없이 넘어갔다고 했다. 그러니까 우리가 처음부터 지나치게 '알아서 길' 필요는 없는 것 아니냐고. 그러자 주간 교수는 다시 몇 번이고 '그 사람들'이 그걸 제대로 검토했느냐고 물었고, 편집국장은 교수님이 나갈 때는 언제 '걔들'이 검토하지 않았냐고 답했다.

"한 번만 더 이따위로 하면 편집국장이고 뭐고 그대로 보내버릴 거야."

지금 같으면 감히 '보내버릴' 거라고 말하는 주간 교수는 없을 것이다. 그런데 그때는 그랬다. 모든 눈과 귀와 입이 오로지 '유신 과업' 수행과 이를 위한 '국민 총화'로 열려 있어야 했다. 우리는 아무 말도 하지 못했다. 따질 형편도 아니었다. 오히려 칼자루를 쥐고 문제를 삼자면 이보다 덜한 일로도 문제 삼을 수 있는 게 주간 교수라는 위치였고 힘이었다.

그때 우리 사이에 '블랙리스트'라는 말이 상당한 설득력을 가지고 떠돌아다녔다. 교내 시위 한 번 없이 지나간 학기에도 학교에서 사라지는 사람은 있었으며, 그 잠적의 근거가 '걔들'

이 파악하여 작성한 리스트로 학기가 바뀌거나 나라 안팎으로 심상찮은 조짐이 있을 때마다 시범적이고 예방적인 차원에서 상위 순으로 몇 명씩 잘라낸다는 것이었다. 스스로 리스트에 올라 있다고 여겨지면 이왕 그렇게 될 거 기를 쓰고 한번 일을 꾸미려 한다는 말도 있었다. 그럴 경우 제적까지는 아니어도 얼마 전까지 학교에서 얼굴을 보이다가 한동안 안 보인다 싶으면 어김없이 우편번호 700 단위의 군사우편이 날아오곤 했다.

특집 신문은 축제가 시작되는 월요일, 편집국장이 경위서를 제출하는 선에서 아무 일 없이 각 학과 사무실로 배부되었다. 춘천에서 학생 하숙비로는 가장 비싼 축인 초록지붕의 한 달 하숙비가 3만 원 하던 시절, '가슴엔 젊음 왼손엔 컴퓨터'라는 카피 아래 지금도 그 가격이라고 하면 다들 비싸다고 할 5만 원대의 국내 최초 태양전지 디지털 손목시계 광고를 1면에, 민음사에서 출간한 1,400원짜리 자유를 사랑한 《맨발의 이사도라》 책 광고와 '많은 날에도 안심 얇은데도 놀라운 흡수력'의 접착식 생리대 광고를 12면 하단에 싣고서.

축제 기간 중에도 신문사는 여전히 바빴다. 학술제와 체육대회, 예술제, 망꼬제(금·토요일에 집중되어 있는 학도호국단 축제)

199

의 취재를 위해 나는 사진부 수습기자인 오정문과 팀을 이루어 빡빡하게 짜인 행사 일정표를 들고 대강당에서부터 야외무대까지 캠퍼스 구석구석을 누비고 다녔다. 틈나는 대로 학교 앞 '풍차'로 나가거나 따로 학교 안에서 주희를 보았다.

지금도 옛 앨범 속에 보관되어 있는 그녀와 함께 찍은 사진의 대부분은 그 일주일 동안 집중적으로 찍은 것들이었다. 사진부의 오정문과 함께 다니지 않았다면 따로 잡아두지 못했을 사진 속에 나는 여전히 장발이었고, 주희의 머리는 우리 머리 위의 햇빛이 강하고 약함에 따라 다양한 빛깔을 띠고 있다. 그때 오정문은 늘 자신의 카메라 가방 안에 학보에 쓸 보도용 흑백 필름과 이제 막 일반화되기 시작한 컬러 필름을 따로 넣은 두 개의 카메라를 가지고 다녔다. 그가 찍어준 컬러사진에서 주희 머리는 도서관으로 가는 그늘진 오솔길에서는 짙은 갈색이다가 '나래밭(잔디밭)'으로 나오면 봄 하늘의 '머리카락 성좌'보다 눈부신 황금빛으로 내 옆에 서곤 했다.

"형, 오늘은 옐로 안 만나요?"

오정문이 주희를 '옐로'라고 부르는 건 '튀기'니 '아이노꼬'니 하는 것과는 다르게 나름대로 친밀감을 나타내는 말로 그녀의 머리가 햇빛 아래 사진을 찍으면 실제보다 더 노랗게 나온다는 뜻이었다.

"이야, 이건 완전 골드 옐로예요. 샴푸 광고 사진으로 내놔도 되겠어요."

축제 기간 중 어느 날, 오정문은 주희 몰래 그녀의 얼굴을 클로즈업해 찍은 사진을 건네주며 말했다.

지난 4월 초, 신문사가 있는 학생회관 옥상에 올라가 저 멀리 학군단 사무실 뒤에서 ROTC 2년 차 생 몇이 1년 차 생 여남은 명에게 '원산폭격'을 시키고 있는 장면을 자신의 망원렌즈로 찍어 와 이제 막 임명장을 받은 수습기자임에도 주간 교수에게 '카메라 고발' 사진으로 쓰면 좋지 않겠느냐고 부득부득 우겼던 그도 생각하면 망쪼로의 빛나는 음유시인이었다. 축제 기간 중 학도호국단 주최 학술 행사 사진을 찍을 때도 그는 가장 인기 없는 프로그램을 골라 연단보다는 한산한 청중 쪽을 찍어 '학도호군단 주최 행사 개점 휴업'이라는 설명을 달아 올리고, 그것 바로 옆에 통로까지 가득 청중이 들어찬 어느 서클 주최 행사 사진을 함께 올리기도 했다.

같은 건물 위아래층을 쓰지만 신문사와 학도호국단은 사이가 좋지 않았다. 신문사는 총장 임명제의 호국단 집행부를 학생 대표 기구로 인정하려 하지 않았고, 호국단 간부들은 신문사에 대해 잘나지도 못한 것들이 꼴값한다는 식의 피해 의식을 가지고 있었다.

학기 초 학도호국단의 새 집행부 구성 때도 신문사는 '78년도 학도호국단 집행부 출범'이 아닌 '78년도 학도호국단 간부임명'으로 제목을 달았다. 이때도 늘 문제가 되는 게 '미다시'였는데, 정상적인 구성 같으면 직제의 호칭이야 어찌 됐건 그래도 학생 공식 대표 기구인데 프로필 사진과 함께 '사단장 아무개 ○○학과 3학년'이라고 뽑았을 미다시를 '몇 월 며칠 총장실에서 임명장 수령'으로 뽑았다. 면면의 프로필 사진도 신문사에는 준비된 것이 없다는 핑계로 넣지 않았다. 임명 기사 아래 작은 박스를 만들어 사단장과 각 단과대학의 연대장 명단을 본문보다 조금 더 큰 활자로 소속 학과와 이름만 넣어주었다. 예전 학생회 시절 같으면 신문 1면에 집행부 출범 기사와 함께 인터뷰를 통해 당선 소감과 앞으로의 계획과 포부를 물었을 텐데(은근히 그렇게 해주길 바랐으나) 일절 그런 것이 없었다. 그것이 신문사가 학도호국단에 주는 첫 선물이었다.

이후에도 부딪칠 일은 많았다. 학도호국단에서는 신문사가 자기들에 대해 까닭 없이 적의를 드러낸다고 여겼다. 때로는 기사 내용을 문제 삼아 공정 보도를 요구해오기도 했지만, 신문사에서는 우리 손으로 너희를 뽑은 게 아니니 어리광은 너희를 임명해준 총장실에나 가서 하라고 일축했다. 그러면 그들도 곱게 물러나지 않았다.

"평균 학점 2.5도 안 되는 것들하고 싸우자니. 앞으로 신문사도 학점 제한제를 실시해 자질을 높이든가 해야지. 이건 자질도 안 되는 것들이 의식만 잔뜩 비틀려 가지고……."

자신들은 평균 학점이 3.0 이상으로 선거를 치르지 않고도 당연히 그 자리에 앉을 자격이 된다는 소리였을 것이다. 누구의 말이었는지 그는 그로부터 정확하게 오 년 후 5공 독재자와 그의 수족들이 대학 언론을 통제하려고 실시했던 학보사 기자들의 학점 제한제를 이 땅에서 최초로 주장했던 사람이기도 하다. 그의 말은 다음 주 신문 '핀셋' 난에 '지나가는 개가 형님 할 소리'라는 제목 아래 활자로도 남아 있어 이 땅 최초의 근거까지 명확하다. 그 기사를 쓴 평균 학점 2.5 이하의 기자 또한 그때 이미 후일에 등장할 '5공'의 개 같은 실세들에게 그들이 바로 '지나가는 개'라는 것을 활자로 분명하게 명토 박아 말한 것이 아니겠는가. 무릇 시란 이렇게 시공까지도 초월해야 하는 것…….

그날의 역사를 기록한 것이어야 할 신문이 오 년 후의 역사를 미리 시로 썼다는 것은 슬픈 일이었다. 이제 다시 오지 못할 우리 망쪼로의 젊은 날은 그러했다. 시와 시 같은 상황 속에 갇혀 발버둥 치던 허인규, 안효준, 송미숙, 한승희, 박진오, 김상수, 천남수, 김남덕, 이재수, 김희정, 오정문 등 하나하나 내 추억 속에 그리운 얼굴의 음유시인들…….

오정문이 주희의 샴푸 사진을 찍어주었던 축제 기간에 나와 주희 사이에도 작은 변화가 있었다. 때로 사람은 며칠 만에도 급속하게 가까워질 수 있다는 것을 확인한 한 주일이기도 했던 그 기간 동안 우리는 두 번 키스를 나누었다.

처음은 목요일 저녁의 일로 우리는 그 키스를 청량리역 광장 어둠 속에서 나누었다. 그날 오후 세 시간 연속으로 이어지는 문화사 수업을 끝으로 한 주일 수업을 끝낸 그녀가 학보사로 전화를 했다. 어머니가 있는 서울로 갈 거라고 해서 나는 토요일 저녁에 있을 페스티벌 티켓까지 구해 놓았으니 가지 말라고 했다.

"아니. 갈 거야. 엄마한테도 간다고 얘기했어."

그녀는 일방적으로 전화를 끊었다. 나는 오후 네 시부터 있을 '분단 시대의 통일 문제 인식'을 주제로 한 공개 토론 취재를 나가야 했다. 말은 안 했어도 나는 그녀가 나와 함께 페스티벌에 가는 걸 피하기 위해 일부러 그런다는 걸 알고 있었다.

"정말 사람들 앞에 나서고 싶지 않아."

전날 나래밭에서 그녀가 말했다. 그럴수록 나는 그녀를 데리고 그 자리에, 거기에 오는 많은 사람 앞에 나서야 한다고 생각했다. 그것이 현재로서는 내가 실천하고 보여줄 수 있는 그녀에 대한 사랑이라고 생각했다. 혼자일 땐 용감하면서도 그녀는 나와 함께 있으면 늘 사람 많은 곳을 피하려 했다. 언제까지 그럴 일도 아니었다.

"부탁해, 나머지."

나는 토론 중간에 오정문에게 녹음기를 맡기고 교문을 나와 택시를 타고 남춘천역으로 갔다. 그곳에 도착했을 때는 이미 개찰이 시작된 다음이어서 나는 남은 사람들의 줄을 빠르게 훑어보고 얼른 매표 창구로 가 표를 끊었다. 삼 분만 늦었어도 타지 못했을 기차였다. 제일 뒤칸에 올라 한 칸 한 칸 앞으로 더듬어 나가는 동안 기차는 출발했다. 첫 역인 신남역(이 역은 나중에 우리나라에서는 제일 처음으로 사람 이름을 따서 역 이름을 지은 김유정역이 되었다)에 닿기 전에 나는 중간쯤 칸에 앉아 애써 무표정한 얼굴로 창밖을 내다보고 있는 그녀를 발견했다. 그녀의 모습이 내게 더욱 외롭게 다가왔던 것은 그 칸 전체를 통틀어 몇 좌석 안 되게 비어 있던 그녀의 옆자리 때문이었다. 통로에 서 있는 사람은 없었지만, 경춘선 통학생들도 적지 않은 기차였기에 그녀가 아닌 다른 사람이 앉았다면—오히려 구분이 뚜렷한 외국인이었다면—진작에 채워졌을 자리였다.

"같이 가. 동행이 없으면."

나는 남들이 망설이고 비워둔 그녀의 옆자리에 앉았다.

"어, 오늘 취재 있다고 했잖아."

"중간에 맡기고 나왔어. 나한테는 거기보다 여기가 중요한 것 같아서."

"아무리 그래도 나는 안 내려."

"그래. 나도 내리라고 하지 않아."

"그래도 나 안 내려."

그사이 기차는 첫 역인 신남역에 닿았다.

"안 내릴 거야? 기사 쓸 거 많다고 했잖아."

불안한 얼굴로 그녀는 내게 내리라고 했다.

"지금 가도 쓰지 못해. 써지지도 않을 거고."

"그럼 이대로 서울까지 갈 거야?"

"응."

"서울 가서는?"

"너는 안 돌아올 테고, 그럼 나 혼자 돌아와야지."

다시 기차가 떠났다. 강촌과 백양리를 지나며 초여름 오후의 싱그러운 북한강 변 풍경이 그대로 차창 안으로 들어왔다.

"애써 태연한 얼굴 하지 말고 지금이라도 내려서 돌아가."

"괜찮아. 지금 돌아가도 어차피 못 할 일이야."

기차는 역이라고 생긴 곳마다 멈추어 섰다가 다시 역무원의 신호를 받고 출발했다. 타고 내리는 사람들과 차 안에 있는 사람들 모두 안 그런 척하며 우리를 흘끔거렸다. 그녀의 말대로 태연한 척했지만, 마음속으로는 무슨 일이 있어도 그녀를 다시 춘천으로 데리고 가야겠다는 생각만 하고 있었다. 어차피 두 시간의 여행이었다. 종착역에 가서든, 그곳에 내린 다음이든 설득할 시간과 기회는 있을 것이다. 하나하나 역을 지나며 내가 느긋해하면 할수록 몸이 다는 것은 그녀였다.

"다음 역에서 내가 내리면 진호 씨도 내리는 거지?"

마석역을 앞에 두고 그녀가 은근한 목소리로 제안했다. 그녀의 생각은 나와 함께 춘천으로 가겠다는 것이 아니었다. 다음 역에 함께 내려 내가 춘천 가는 기차를 타면 자기는 다시 상행선 기차를 타겠다는 뜻이었다.

"청량리까지만 갔다 온다니까."

"청량리까지 가면 바로 돌아와도 열 시 반이나 돼야 춘천에 도착한단 말이야."

"괜찮아. 통금 전에 들어가면 되지."

퇴계원을 지나면서부터는 오히려 그녀가 느긋해지며 내 몸이 달기 시작했다.

"이제 세 정거장 남았어. 정말 가자고 안 할 거지?"

"그래. 안 해."

대답은 해도 자신 없는 소리였다. 도착해서도 설득이야 해 보겠지만, 끝내 그녀가 거절한다면 애초의 생각과는 다르게 어쩔 수 없이 그녀를 놓아줄 수밖에 없을 것이다. 시간도 어느새 일곱 시가 넘었다. 차창 가득 밀려드는 저녁노을 또한 혼자 돌아오게 될지 모를 나의 하행길을 미리부터 쓸쓸하게 만들기에 충분했다. 이윽고 청량리역에 내려 출구를 빠져나오는 동안에도 나는 아무 말을 하지 않았다. 가슴속에서 무언가 형체도 없이 송두리째 빠져나가고 있는 듯한 기분으로 나는 뒤따라 나오는 그녀에게 눈길조차 주지 않고 다시 춘천으로 가는 기차표를 끊기 위해 성큼 매표소 앞으로 걸어갔다. 그러자 까닭 없이 마음이 비장해져 왔다.

"정말 혼자 갈 거야?"

따라와 옆에 서며 그녀가 물었다.

"그래."

"이렇게 하지 않으면 내 마음이 가벼울 것 같아서 그러는 거야?"

"미안하다. 이러자고 온 게 아닌데."

"춘천 가는 기차, 아직 시간 있어. 표는 나중에 끊고, 여기까지 왔으면 우선 나 좀 바깥에 데려다줘."

대합실을 나와 버스 정류장 쪽으로 가다 말고 그녀는 공중

전화 부스 안으로 들어갔다.

"기다려. 나 전화 한 통 하고 나서 진호 씨 혼자 가든 말든 맘대로 해."

단단히 토라진 얼굴이었다. 처음부터 꼬일 것도 없는 일이 대체 어디서부터 꼬이게 된 것인지 알 수 없는 심정으로 나는 바깥에 있었고, 그녀는 부스 안에서 다이얼을 돌렸다. 자동차들도 불을 켜고 거리의 건물들도 불을 밝혔다. 역 광장의 시계탑도 흐릿한 모습으로 서 있었다.

"이제 가자."

전화 부스에서 나와 그녀가 말했다.

"어디로?"

"표 안 끊어?"

"가. 혼자 끊어서 갈 테니까."

"춘천에서 여기까지 데려다주었는데 가는 거라도 보고 가야지."

"그러면 더 쓸쓸해져. 그냥 가."

"끝내 함께 가자는 소리는 안 할 거야?"

"안 해."

"왜 안 해?"

"약속했잖아. 안 할 거라고."

"그래도 여기까지 왔으면 따라갈 수 있게도 해줘야지. 조금 전 엄마한테 전화했단 말이야. 춘천인데 못 갈 거 같다고."

내가 그녀의 눈을 보자 그녀도 가만히 내 눈을 보았다. 그녀가 날 사랑하고 있다. 나는 한 손에 가방을 들고 있는 그녀 어깨에 손을 얹고 가만히 당기듯 끌어안고 입을 맞추었다. 우리가 이고 선 하늘에 별이 막 돋아나기 시작하는 초여름 저녁, 스치듯 지나가는 바람 같은 입맞춤이었다. 나는 눈을 뜨고, 내 눈을 그윽이 바라보다가 그녀는 스스로 눈을 감았다. 길지는 않았으나 그 느낌이 마치 영원처럼 아득하게 느껴졌다. 이제 너는 나의 여자다. 이렇게 영원히…… 눈으로 확인할 수 없는 그녀의 미세한 떨림도 나는 온몸으로 그녀의 가슴에서 울려 나오는 진동처럼 전달받았다.

"가자. 춘천으로."

나는 그녀의 어깨에 올린 손을 풀며 말했다.

차창에 별이 흐르고, 돌아오는 길은 그대로 가슴 넘치는 기쁨이었다. 기차 안에서 나는 그녀의 손을 당겨 내 손 안에 꼭 쥐어보기도 하고, 내 어깨에 닿은 그녀의 머리에 가볍게 내 얼굴을 대보기도 했다. 그러면 그녀는 살며시 내 손을 밀어내거나 가만히 고개를 돌려 사람들 많은 곳에서 그러지 말라고 속삭이듯 내 얼굴을 그윽이 바라보기도 했다.

"처음부터 내리라고 말하고 싶었어."

"왜 안 했어?"

"몰라, 나도 그건."

"나도 어쩔 수 없이 따라와야겠구나 생각했어."

"그런데 왜 중간에 안 내렸어."

"몰라, 나도 그건."

우리는 밤 열 시가 넘어서야 남춘천역에 도착했다. 나는 한사코 그녀를 집 앞 골목까지 데려다주겠다고 했지만, 그녀는 학교 앞까지 같이 택시를 타고 가자고 했다.

"신문사 가봐야지. 원고도 미뤄 놓고 왔다면서."

그제야 오정문에게 녹음을 맡기고 온 공개 토론이 걱정되기 시작했다. 서울까지 가게 될 줄 알았으면 사정 얘기를 하고 부장과 다른 기자에게 부탁하고 왔어야 했다. 스스로 생각하기에도 잠시 남춘천역에 나갔다가 오겠다는 사람치곤 늦어도 너무 늦은 시간이었다. 청량리에서부터 이고 온 별은 여전히 우리 머리 위에서 빛나고 있었다.

그에 비해 두 번째의 것은 참으로 쓸쓸하기 짝이 없는 입맞춤이었다. 서울까지 따라가 그녀를 데리고 오던 날 밤부터 다음 날 오후 늦게까지 나는 학교에서 한 발자국도 움직이지 못했다. 들어가던 길로 편집국장으로부터 무슨 일을 그따위로 하느냐고 한바탕 욕을 먹었고, 자리에 앉아서는 오정문이 따온 녹음을 들으며 내가 채워야 할 기사를 썼다. 다음 날은 전날 사고에 대한 벌칙으로 '신앙 문제로 빚어진 보호자의 수혈 거부로 인한 유아 사망'에 대한 모의재판과 문어발식 경영으로 소문난 '대성자동차주식회사의 모의 주주총회'를 쫓아다니며 기사 메모를 하느라 낮 동안 두 번이나 신문사로 걸려온 주희의 전화를 받지 못했다. 시를 쓰든 뭘 쓰든 어차피 신문을 만들기 위해 모인 이상 다음 주에도 그것은 인쇄되어 나가야 했다.

"어제 일은 네가 이해해라. 학보사라는 데가 원래 그렇다. 한 달이 지나면 친구들이 떨어져 나가고, 한 학기가 지나면 너 좋다고 쫓아다니던 여자까지 떨어져 나가는 데니까."

함께 교문을 나서는 길에 편집국장 상수 형이 말했다.

"내 경우는 오히려 반대인걸요. 신문사에 들어와 신문 때문에 만난 사람이니까요."

"그런데 내일 페스티벌엔 참석할 거냐?"

"가야죠. 어제 평생 먹을 욕 다 먹으며 데리고 왔는데."

"나도 몇 번 봤다. 우리 학교 다니는 사람치고 모르는 사람이 없을걸."

그렇게 애써 데려왔는데도 다음 날 저녁 페스티벌에 우리는 참석하지 못했다. 어떻게 해서 학교까지는 억지로 데리고 갔으나 '축제의 밤'이 열리는 대운동장으로는 들어가지 못했다. 날이 조금씩 어두워지기 시작하는데, 우리는 아직 대운동장이 내려다보이는 '각의 종' 앞에서 서성이고 있었다.

"우리 그냥 여기 있어. 아래로 가지 말고."

언제까지 이러고 있을 거냐고, 몇 번이나 내려가자고 재촉했을 때 그것만은 도저히 안 되겠다며 오히려 애원하듯 그녀가 말했다.

"대체 그래야 할 이유가 뭐냐니까?"

"혼자라면 몰라도 진호 씨하고 함께는 사람들 앞에 나설 수 없는 걸 어떡해?"

"글쎄, 다들 쌍쌍으로 와서 언제 다른 사람 신경 쓸 새가 있겠냐고. 금방 깜깜해질 텐데."

"그래도 내가 할 수 없는 걸 어떡해?"

그녀는 이러지도 저러지도 못해 지친 얼굴로 나를 바라보았다. 나는 다시 그제처럼 길고 긴 줄다리기를 해야 되나 하는 생각에 짜증이 나기 시작했다.

"자, 가자고. 우리 처음 만났을 때 보여줬던 용기로 들어가자니까."

"아, 안 되겠어. 그냥 우리 이렇게 있어. 그냥 여기서 바라보기만 해. 웅, 진호 씨."

내 손에 손이 잡힌 채 그녀는 몸을 뒤로 빼며 울먹이듯 말했다. 뒤늦은 시간까지도 용케 포기하지 않고 짝을 지은 몇 커플이 우리를 보고 아직도, 하는 얼굴로 힐끔거리며 운동장 쪽으로 내려갔다.

"야, 채주희. 자꾸 못나게 그럴래? 너 나한테 스스로 아이노꼬라고 했지? 그 용기는 다 어디 갔냐고! 아버지 군번줄을 보이던 용기는 뭐였냐고!"

처음으로 나는 그녀에게 야, 라고까지 거침없이 말해버렸다.

"모르겠어, 나도. 내가 왜 이러는지. 다른 사람 앞에서는 안 그러다가도 진호 씨하고만 있으면 갑자기 내 모든 것에 자신이 없어지는 걸 어떡하라고!"

날은 이미 어두워지고 있었다. 종 버팀대에 기대어 우는 그녀의 몸을 내 앞으로 돌려 세우려 할 때, 그것을 신호로 하듯 하늘에서 오색 축포가 터지기 시작했다. 무리 지어 자지러질 듯한 탄성이 운동장에서 울려 퍼졌다. 만약 축포가 아니었다면 나는 다시 한번 완강하게 그녀의 팔을 잡아당겼을 것이다. 축포의 불빛 속에 내가 그녀의 얼굴에서 보았던 것은 두 눈가에 반짝이는 물기였다.

"미안하다. 내가……."

하늘에선 계속 축포가 터지고, 그것에 맞춰 터져 나오는 탄성과는 또 다른 격정에 휩싸여 나는 와락 그녀의 어깨를 끌어 안았다. 그때의 길고 긴 입맞춤은 청량리역에서처럼 부드럽지도 평온하지도 않았다. 그것은 우리가 운동장에 들어가지 못했다는 소외감만도 아니게 가슴 한구석이 무너져 내리도록 쓸쓸하고 허전한 입맞춤이었다. 후에 우리가 그때를 얘기할 때 그녀는 축포가 터지는 소리는 들었지만, 하늘에 수놓아진 불꽃은 의식적으로 쳐다보지 않았다고 말했던 것처럼 쓸쓸함을 대신하기 위한 노력만큼이나 가슴 아파지는 입맞춤이었으며, 그래서 길어진 입맞춤이었다. 나 역시 그녀를 안을 땐 자신도 모를 격정에 휩싸여서라고 했으나 불꽃을 대신할 무엇을 그녀에게 남겨놓고 싶었던 것인지 모른다.

우리는 끝내 운동장으로 내려가지 못하고 교문 쪽으로 걸어 나가 나는 일곱 잔, 그녀는 두 잔의 막걸리를 마셨다. 그냥 마시면 심심해서 지난해 내가 그곳에서 만난 길동무들로부터 배운 '봄이라 바람이라 꽃이라'를 아무런 흥 없이 그녀에게 가르쳐주고 그녀의 자취방이 있는 육림고개 위 골목 앞까지 데려다주고 헤어졌다. 초록지붕으로 돌아오며 나는 우리가 시작부터 조금씩 서로의 가슴에 새길 이별의 상처를 준비하고 있는 것은 아닌가 하는 슬픈 생각을 했다.

10
또 하나의 클라인 씨의 병

축제가 끝나자 지난해 잠적한 '검은 기러기' 중 남아 있는 '기러기'가 다시 날아오를 거라는 말이 학교 안에 은밀히 떠다녔다. 바깥에서 들려오는 소식도 불온한 전령처럼 소문을 부추겼다. 서울 어느 학교에서 한꺼번에 오십 명이 연행되는 시위로 이틀간 휴교 조치가 내려지고, 다른 학교에서도 연달아 시위가 일어났다. 소문이 사실인 듯 먼저 돌면 날리던 기러기도 날 수 없게 된다.

"이번은 아닌가 보네."

학보사 기자들이 내린 추측이었다.

"김진호, 나 좀 봐."

모였던 기자들이 나가자 상수 형이 주간실로 나를 불렀다.

"서울서 다니는 우리 과 통학생이 내게 학보사 편집국장인
데 알 건 알아야지 않느냐며 몰래 가져다준 거야. 사람 없는
데서 보고 바로 찢어버리라면서."

지난번 서울에서 가장 격렬했던 시위의 선언문이었다. 그
걸 쓰고 뿌리는 일도 위험하지만, 주워서 보관하거나 돌리는
일만으로도 언제 무슨 변을 당할지 몰랐다. 상수 형이 같은
3학년 부장들을 놔두고 2학년 기자인 나에게 보여준 것은 몇
년 전 일에 대한 전력 때문일 것이다. 문을 걸었는데도 누군가
벌컥 밀고 들어올 것 같은 불안 속에 그걸 읽고 난 다음 나는
아버지의 얼굴을 떠올렸다. 거기에 적힌 행동 지침에 의하면
독재자 박정희의 5선 대통령 선출을 위한 통일주체국민회의
대의원대회를 국민의 이름으로 부정하는 집회를 6월 26일 오
후 여섯 시 세종로 사거리에서 대학생과 시민이 함께 갖는다
고 했다.

"센데요."

"뭐가?"

몇 년 전 내가 서툴게 참여해 몇 줄 윤문한 것도 그랬고, 이
제까지 간혹 보아온 학생 성명서들은 인식의 흐름은 물론 문
체의 유장함까지도 4·19의 그것에 맥을 연결하려 애썼다. 방
금 읽은 것은 매우 건조하고 딱딱한 문체로 '아, 학우여' 하는

식의 말들을 모두 걸어내 마치 밖에서 학원 안으로 흘러든 전
단을 보는 것 같은 느낌이었다. 시위 방식도 학교 안에서 그치
지 않고 시내로 나가 시민과의 연합을 시도하고 있었다. 상수
형은 그것을 잘게 찢어 쓰레기통에 버렸다.

"나는 가볼까 하고."

갈 수 있으면 함께 가자는 말이었지만 나는 대답하지 않았
다. "우리는 독재자 박정희의 5선 대통령 선출을 위한 통일주
체국민회의 대의원대회를 국민의 이름으로 부정한다."라는
구절만 머릿속에 뚜렷하게 남았다. 아들은 그걸 부정하는 시
위 선언문을 읽고 있고, 아버지는 다음 달 그 자리에 거수기로
서 자랑스럽게 참석할 것이다. 그게 가네야마 도가의 실상이
었다.

월요일이었던 그날, 신문 배포를 끝낸 다음 상수 형과 나는
학보사 기자 누구에게도 말하지 않고 비밀 접선을 하듯 바깥
에서 만나 낯선 임무에 자원하여 떠나는 병사처럼 서울행 기
차를 탔다. 상수 형은 그걸 보여주던 날 이후 거기에 대해 말
하지 않았다. 전날 내가 오히려 상수 형에게 그곳에 갈 거냐고
물었다. 나로서는 먼저 학교에서의 휩쓸림 이후 3년 만의 자
발적 참여인 셈이었다. 아무도 그러라고 시키지는 않았지만
그래도 나서게 한 사람이 있다면 명진 가네야마 도가의 통대

의원 아버지였다.

상수 형과 나는 청량리에 도착해 다시 지하철을 타고 시청역으로 가 동아일보 앞으로 갔다. 분위기를 살피기 위해 우리는 지나가는 사람인 것처럼 세종문화회관 앞과 뒤쪽을 한 바퀴 둘러보았다. 이미 광화문 부근 골목마다에 학생들이 군데군데 무리 지어 있었다. 춘천에서 온 우리뿐 아니라 서울 학생들도 학교 밖으로 나와 가두시위를 벌여본 적이 없을 터였다. 모두 아닌 것처럼 여섯 시가 되길 기다렸다.

집회는 전에 시위를 예고했던 사람들이 다시 주도하는 걸로 알려져 있었다. 다섯 시가 훨씬 넘었는데도 사람들만 모여있지 집회는 좀처럼 시작할 기미를 보이지 않았다. 다들 두려움 반 호기심 반 나오기는 했지만 미리 시간과 장소를 알려주고 하는 시위가 제대로 될 거라고 믿는 얼굴들이 아니었다. 저멀리 중앙청을 중심으로 정부종합청사와 미대사관 앞에 기동경찰이 진을 치고 있었다. 그곳에 서 있는 이들도 같은 청춘들이었다. 학교에 다니다 군 대신 전투경찰에 지원한 친구도 많을 것이다.

여섯 시가 되자 학생들은 누구의 구호나 주도 없이 기다리고 섰던 골목에서 하나둘 나와 세종문화회관 쪽으로 모이기시작했다. 마치 여기저기에서 흘러나온 물들이 낮은 곳으로 모이듯 그냥 그 길을 지나가는 사람처럼 제각기 그곳으로 흘러들었다. 나와 상수 형도 그 물 한가운데로 섞여들었다.

"이번엔 그때 애들 말고 다른 애들이 할 거래."

우리 옆을 지나며 한 친구가 옆의 친구에게 말했다.

"먼저 애들은?"

"걔들은 다 잡혀갔잖아. 도망간 애들은 숨고."

세종문화회관 앞에 모인 숫자가 어느새 백 명이 되고, 이백 명으로 불어나기 시작했다. 아직 거리로 나오지 않고 골목에 있는 사람들도 많았다. 긴장과 두려움이 드러나 보이던 모습에서 이만하면 충분하다는 분위기로 바뀌어 갔다.

"자, 시작하자고."

"밀고 내려오기 전에 시작하자니까."

여기저기에서 재촉하는 소리가 터져 나왔다.

"시작해! 대표 없어?"

그래도 잠잠했다. 무리 속에서 소리만 지를 뿐 앞으로 나서는 사람이 없었다. 지난번 시위 때 성명서에 쓴 대로 이 시간에 이곳으로 모이라는 행동 수칙만 있지 시위를 이끌 사람들은 처음부터 없는 듯했다. 주도자도 없이 우왕좌왕 움직이자 위쪽에 있던 기동경찰이 대형을 갖춰 발을 쿵쿵 구르며 아래로 내려오기 시작했다.

"모두 스크럼 짜!"

누군가 소리를 지르자 우리는 바로 스크럼을 짰다. 그게 신호고 개회 선언이었다. 스크럼을 짜면 그다음 구령이나 지휘 없이도 바로 입에서 나오는 게 홀라송이었다. 시위도 경험이 스승이었다. 광화문 네거리 쪽을 향해 어깨에 어깨를 겯고 우리는 기동경찰이 밀고 내려오는 속도만큼 앞으로 나아가며 홀라송을 불렀다.

박정희는 물러가라 홀라홀라
박정희는 물러가라 홀라홀라

독재정권 물러가라 홀라홀라
독재정권 물러가라 홀라홀라

유신헌법 철폐하라 홀라홀라
유신헌법 철폐하라 홀라홀라

소리도 높았다. 다른 곳도 아닌, 서울의 가장 중심가에서 국가적이고 국민적 금기와도 같은 말을 노래로 부른다는 것에 우리는 고무되었다. 그날 가두시위는 뒤쪽에 있는 기동성찰이 빠른 속도로 밀고 내려오자 광화문 네거리쯤에 이르러 스크럼을 풀었다. 일부는 덕수궁 옆 서소문 쪽으로 뛰고, 나머지는 종로와 무교동 쪽으로 흩어졌다. 나는 상수 형과 종로 쪽으로 뛰었다. 밥알처럼 흩어져도 끝난 것이 아니었다. 쫓기면서도 우리는 거리에서 뭉쳤다는 승리감을 맛보았다. 아까보다 대담하게 그곳에서 다시 '유신 철폐'와 '독재 타도'를 외쳤다. 거기까지는 경찰도 숫자가 많지 않아 밀고 들어오지 못했다. 하지가 막 지난 무렵의 긴 여름해가 질 때까지 우리는 서로에 대해 아무것도 모르면서도 격려하고, 또 흥분된 마음으로 구호를 외치며 차도를 점령해 거리를 누비기도 했다.

우리는 아홉 시까지 종로와 무교동에서 산발적으로 숨바꼭질을 하며 계속 시위를 벌였다. 처음 흩어질 때는 밥알 같았지만, 이내 서소문과 무교동으로 갔던 친구들이 종로 쪽으로 나오며 아홉 시 반쯤 종로서적 앞에서는 밤의 기운까지 받아 더 큰 소리로 홀라송을 부르고 구호를 외쳤다. 경찰이 아까보다 몇 배 증강된 인원을 끌고 나와 최루탄을 쏘아 댔다. 처음 시작하기가 힘들지 한번 붙은 불은 쉽게 꺼지지 않았다. 거리로 나와 야간 시위를 벌이는 과정에 극적인 요소도 많았다. 쫓고 쫓기는 숨 막히는 추격전도 있었고, 경찰과 돌발적인 충돌도 있었다. 쫓기다 보니 탑골 공원 앞이었다.

"이제 어디로 가지?"

상수 형이 물었다.

"기차도 끊어지고, 버스도 끊어졌을 거예요. 전철 타고 청량리에 가서 자고 내일 가야 해요."

"거기는 맨 이상한 여인숙 여관들만 있는 데잖아."

"그래도 마장동보다 청량리가 나아요. 내일 버스를 타면 망우리 고개를 넘을 때와 춘천 다 가서 의암댐 건널 때 다리 위에서 검문해요. 오늘 같은 일이 있으면 검문도 강화되고, 재수 없으면 지목돼 거기에 이름과 주민등록번호를 적을 수도 있어요."

"역시 선수가 다르네."

전력이라는 게 그런 것이었다. 누구나 조금만 주의를 기울이면 생각할 수 있는 일도 내가 말하면 그게 다른 사람에게는 남다른 전력으로 받아들여진다. 그날 나와 상수 형은 청량리역 옆에 있는 작고 허름한 여관에서 잤다. 우리는 거의 밤새도록 저마다 안고 있는 고민을 털어놓았다. 나는 학보사 사람들이 대략 짐작하고 있는 집안 얘기를 고백하듯 했고, 상수 형은 앞으로 어떤 일을 하며 살아가야 할지 진로에 대해 말했다. 그 질문에 대해 나는 또 조심스럽게 앞으로 글을 썼으면 좋겠다는 생각을 말했고, 상수 형은 이다음 언론사에 늘어가 제대로 신문을 만들 수 있으면 좋겠다고 했다. 상수 형 말대로 그곳은 역 앞뒤로 맨 이상한 여관들만 있는 곳이어서 자정까지도 주인아주머니가 방문을 두드리며 뭐 필요한 게 없느냐고 물어왔다.

다음 날, 초록지붕으로 돌아와 나는 오래도록 책꽂이 한구석에 꽂아두었던 리처드 바크의 《갈매기의 꿈》을 꺼내 첫 장에 이렇게 적었다.

높이 난다는 것의 의미를 알 것 같다.
이유를 알 것 같다.
내 방황의 터널의 끝이 보일 것 같다.

정녕 보았던가. 아닐 것이다. 그것은 아마 하루 낮과 저녁 동안 서울 중심가를 누비며 노래를 부르고 구호를 외치고 온 것을 스스로 과장되게 평가해서일 것이다. 그 일로 달라진 것은 아무것도 없었다. 다음 날 어느 신문도 그곳에서 가두시위가 있었다는 것을 싣지 않았다. 그날 저녁 광화문과 종로 일대의 교통이 두 시간 동안 마비됐었다는 교통 정보인지 선문답인지 모를 1단 기사가 시위와 관련한 내용의 전부였다. 말하자면 그것이 바로 시위에 대한 '행간의 의미'였다. 현장에서 잡힌 십여 명의 학생이 곧바로 구속되었다는 소리를 듣던 날 아무 일 없었다는 듯 기말고사가 시작되었고, 끝나자 바로 방학이 되었다.

더러는 서클 연합으로 농촌 봉사 활동을 떠나기도 하고, 더러는 마음 맞는 친구와 여행을 떠나기도 했다. 나는 지난해 여름방학 때와 마찬가지로 명진으로 갈 가벼운 짐을 꾸렸다. 그때와 다른 것이 있다면 데리러 온 형이 없었으며, 전에는 부담스럽기만 하던 명진이 지난해같이 못 견딜 정도의 나락이라고 생각되지 않았다. 학보 때문에라도 틈틈이 두 번은 춘천에 와야 할 것 같았다.

내가 명진으로 가기 전날 아침 정혜가 전화를 하고 춘천으로 왔다. 내가 터미널로 나간다고 하자 정혜는 전에 가봐서 안다며 춘천에 도착하는 대로 바로 초록지붕으로 오겠다고 했다. 대령의 두 딸은 전날 연천에 있는 할머니가 돌아가셔서 거기에 갔다가 일요일인 다음 날 저녁에 돌아올 거라고 했다.

"서울도 덥지만 여기 춘천은 정말 덥다."

"지형이 분지잖아."

"그러고 보면 명진은 참 시원해. 거기 있을 때는 몰랐는데."

주인아주머니가 모처럼 동생이 왔다며 주스를 타 주었다. 정혜는 길우 선배의 공부를 위해서 방학 동안 서울에 남아 있어야 할 것 같다고 말했다.

"오빠가 잘 얘기해줘. 길우 오빠 얘기는 하지 말고. 곧 이 차 시험이야. 이번엔 준비를 많이 못 해서 아무래도 힘들겠지만."

아버지와 어머니가 알아서 좋을 일이 아니었다. 이제 스물하나인 정혜의 나이도 그렇지만 된다고 해도 언제일지 모를 고시 뒷바라지 연애라면 더욱 그랬다.

"일 차는 발표 났니?"

"아니. 발표는 며칠 있다가 날 건데, 지난번에 어느 정도 합격권에 들게 본 것 같다고 했어."

"나한테야 괜찮지만, 아버지가 서울 올라가실 때 잘 말씀드려."

"언제 서울 오신다고 했어?"

"너도 참, 그렇게 말할 때는 통대의원 집 딸 같지 않네."

"오빤 말을 해도 꼭⋯⋯."

"어발의 민주주의는 그냥 하냐? 그걸 하자고 시켜준 벼슬인데 한군데 모여 대통령 뽑는 시늉이라도 해야지."

"그래 참, 그러고 보니 금방 오시겠네."

그 말끝에 정혜는 지난번 광화문에서 시위가 있을 때 서울에 오지 않았느냐고 물었다. 나는 처음엔 아니라고 말했다가 다시 네가 어떻게 아느냐고 물었다.

"그럼 맞구나."

"봤니?"

"아니. 오빠, 명진에 최정수라고 알아? 초등학교는 나보다 한 해 선배인데, 그 오빠 아버지가 우리 집 양조장에서 일하고."

"그래. 내가 먼저 학교에서 잘려서 명진에 있을 때 걔 고대에 들어갔다고 동네에서 떠들썩했는데. 그걸로 아버지가 괜히 걔 아버지를 못살게 굴고 그랬어."

"아프네. 안 그러셔야 할 일을⋯⋯."

"걔 연년생 누나가 나하고 동기야. 누나도 공부를 잘했는데 동생 때문에 중학교만 나오고 말았어. 그런데 정수는 왜?"

"정수가 그날 저녁 오빠를 종로서적 앞에서 봤대. 길우 오빠하고 둘 다 같은 날 명진에 갔다 오다가 버스에서 만났는데 그 얘기를 정수가 길우 오빠에게 했는가 봐."

"정수도 거기 갔었대?"

"간 게 아니라, 그날 저녁때 종로서적에 책을 사러 갔다가 거리에 있는 오빠를 봤는데, 얼굴은 틀림없는 오빤데 정말 오빤지 아닌지 알 수 없다고 길우 오빠한테 얘기했나 봐."

"그래. 너도 내 얘기 명진에 하지 말고."

"어, 오빠도 이 책 있네. 나도 얼마 진에 샀는네."

정혜는 내 책꽂이에서 얼마 전에 출판되어 나온《난장이가 쏘아올린 작은 공》을 꺼내 들었다. 문화부는 아니지만 나는 다음번에 나갈 신문에 그 책에 대한 독후감 기사를 자청하여 쓰기로 했다. 책을 본 다음 나는 당숙이야말로 그 소설 속에 나오는 난쟁이처럼 언젠가는 양조장 굴뚝에 사다리를 타고 올라가 달나라 천문대로 가는 게 아닐까 불안한 생각이 들었다. 독후감은 나와 나이가 비슷할 듯한 난쟁이의 큰아들 영수에게 보내는 편지 형식으로 쓸 생각이었다.

"아버지는 통일주체국민회의 대의원으로 대통령 선거를 하러 서울로 오고, 오빠는 그걸 반대하러 거리로 나가고. 나는 오빠가 전처럼 잡혀갈까 봐 불안해."

"걱정하지 마. 거기는 그냥 한번 갔던 거니까. 나는 그런 희생을 감당할 용기도 없고, 그 길이 아닌 다른 길로 내 갈 길을 어렴풋하게 생각하고 있어."

"어떤 길인데?"

"그건 내 마음속에 좀 더 확실하게 정해지면 얘기할게."

"독후감 쓴 신문 나오면 꼭 보내줘. 보고 싶어."

정혜가 지금 있는 집의 주소를 적어주었다. 우리는 전에 내 머리 때문에 가지 못했던 공지천으로 나가 조금 이른 저녁과 '이디오피아 하우스' 커피를 마셨다. 정혜는 이 커피가 에티오피아 황제가 보낸 커피냐고 물었다. 그것은 십 년쯤 전 춘천에 처음 에피오티아 참전 기념관을 짓던 무렵의 일이고, 지금은 황제가 쿠데타로 축출되어 그 커피는 오지 않는다고 말해주었다.

"불쌍한 황제네. 언제 올지 모르지만, 다음에 올 때는 황제가 보내준 커피를 마시고 싶다."

길우 선배와의 연애를 보더라도 얼마간 맹목적인 데가 있긴 해도 아직은 생각에 티 한 점 묻어 있거나 마음의 그늘과는 거리가 먼 정혜의 얼굴이었다.

명진을 떠나 있던 몇 달 사이, 다시 한바탕의 소모적인 통대의원 선거를 치렀음에도 아버지의 사업은 더욱 확장 일로에 있었다. 양조장은 이제 더 규모를 확대하기 어려웠지만, 명진천 제방 아래의 벽돌 공장이 본격적으로 토건에 손을 대기 시작했다. 그것 말고도 아직 완전 가동에 들어가지 않았지만 새로이 남명진에 수산물 가공 공장을 벌여놓았다. 거기에 제철을 맞은 해수욕장 쪽에 군유지를 헐값에 불하받아 지은 상업지구에서 이루어지는 자금 회전도 무시 못 할 규모라고 했다. 두 번의 통대의원 당선으로 아버지는 명진에서 누릴 수 있는 모든 것을 얻어내고 있었다.

그 외는 변한 것이 없었다. 나이에 어울리지 않게 벌써 도가 사람들이나 '건설'과 '식품' 쪽 사람들로부터 '부사장' 소리를 듣고 있는 형의 지위도 그랬고 당숙의 자학적인 삶도 그랬다.

대통령 선거일을 앞두고 상경하는 아버지의 행차는 읍내가 떠들썩할 정도로 요란했다. 어울리지도 않게 독립문 앞에서 환송식 비슷한 것을 가졌는데, 뒤에 들은 얘기로 아버지는 대기하고 있는 자동차에 오르기 전 환송 나온 읍내 기관장들을 향해 한껏 거드름을 피우며 이렇게 말했다고 한다.

"현재로서는 어김없는 우리의 대통령 각하이시기는 하나, 일단 선거를 앞두고 후보로다 나오신 이상 후보는 또 후보임에 틀림없는 사실 아니겠습니까? 그래서 내가 여러분의 뜻을 유신의 총화 단결로다 받들어 다시 박정희 후보를 지지하여 차기에도 꼭 대통령 각하가 되도록 해놓고 돌아오겠습니다. 남으신 여러분은 한국적으로다 민주주의로 이 김지남이를 밀어주고 뽑아주셨으니 각하를 대통령으로다 뽑는 선거를 이 김지남이가 혼자 올라가 하더라도 크게 섭섭해하지는 마시고, 그게 다 우리가 유신 과업 아래 능률적으로다 총화 단결하여 하는 선거다 생각해달라 이겁니다. 그럼 나 이 김지남이 만장하신 명진 읍민 여러분의 뜻을 받들어 박정희 후보를 대통령 각하로 다시 뽑는 선거를 하러 올라가겠습니다."

연설을 마치고 아버지는 자동차에 올라 유리창 밖으로 손을 내밀어 흔들며 독립문을 한 바퀴 돈 다음 서울로 올라갔다고 했다.

"따지고 보면 그런 것 하나하나가 도가 정치의 받침목 아니겠느냐. 통대의 거수기로 너희 아버지처럼 철저하게 이권을 누리는 사람도 드물 거다."

목발은 몸의 한 부분인 것처럼 언제나 시인의 어깻죽지 아래에 붙어 있었다.

"그건 그렇고, 너 말인데 다시 학교로 간 지도 한 해 반인데 앞으로 네 삶에 대해 생각하고 있거나 하고 싶은 일이라도 있느냐?"

"아직 구체적이지 않아 말씀을 드리지 않았는데, 언젠가 그렇게 할 능력이 된다면 글을 쓰고 싶습니다."

"글을?"

"예. 제 감성에 시는 아닌 것 같고, 할 수 있다면 소설을요."

아마 그 대답을 할 때 내 감정은 과장되었을 것이다. 지난해 학보사에 들어갈 무렵부터 나는 이제 무엇을 할 것인지 스스로 물어왔고, 거기에 대해 내가 선택할 수 있는 가장 바람직한 삶의 '이유'가 그것이 아닐까 막연하게 생각해왔다. 지난번 정혜가 춘천에 왔을 때도 그랬지만, 누구에게도 한번 제대로 말한 적도, 스스로 다짐한 바도 없는 일을 나는 아주 오래전부터 생각해온 것처럼 당숙에게 말했다.

"무얼 쓰고 싶은 얘기라도 있냐? 그냥 막연히 나온 대답은 아닐 테고."

"제 젊은 날을요. 몇 년 전의 추락도 쓰고, 아버지의 계륵 선거며 또 오늘 얘기와 이곳 명진의 한 시인에 대해서도요."

"그래. 그렇게 마음먹었다면 그것도 네가 앞으로 살아가야 할 큰 이유가 되겠지. 앞뒤 없이 덤벼드는 건 아닐 테지만, 그 길에 새로이 따라야 할 각오와 노력도 어느 길보다 작거나 가볍지 않을 것이다."

"잘 알고 있습니다."

"그래, 하여라. 스스로에게는 고통스러운 열정일 것이나 장차 우리 모두에게 있어야 할 따뜻한 삶에 대한 그리움으로. 설사 네가 가고자 하는 길이 끝내 열리지 않는다 하더라도 너 스스로는 물론 누구도 감히 너의 열정을 실패라고 말할 수 없을 것이다."

물론 전에도 나는 명진과 그곳의 시인에 대해 한 편의 소설을 쓴 적이 있다. 습작이라고 부를 것도 없는 그것을 나 스스로 소설이라 이름하기에도 부끄럽거니와 쓰게 된 동기의 불순함도 앞서 고백했듯 나로서는 감춰두고 싶은 부분이기도 하다. 훗날 문단 말석에 이름 석 자를 디밀고 나서 언제 처음 글을 쓸 생각을 했으며 또 쓰게 되었느냐는 질문을 받았을 때 나는 주저 없이 그해 여름을 얘기하곤 했다. 지금은 세상을 떠나고 안 계시지만 그때 내겐 가족이며 스승이자 거울 같은 한 시인이 있었다고. 그 아름다운 시인이 내게 자신의 삶으로 길을 열어주고 흔들림 없는 힘을 주었다고.

11
어두운 가을의 노래

　학교 신문사 일로 내가 한 번 춘천에 다녀오고, 정혜가 한 번 명진에 왔다가 갔다. 정혜는 길우 선배 아버지의 기일에 맞추어 둘이 함께 온 듯했다. 그걸 알 길 없는 어머니는 모처럼 온 김에 아버지가 상업지구를 새롭게 단장한 해수욕장에도 가보고 며칠 쉬다 가라고 했지만 정혜는 이틀만 자고 다시 서울로 갔다. 올 때는 함께였겠지만 갈 때는 보는 눈이 많아 따로 갔다. 어머니가 터미널로 따라가겠다는 걸 내가 대신 가방을 들고 나왔다.

　"오빠는 명진에 있는 게 전보다 훨씬 편해 보여."

　"그러냐?"

　"응. 마음으로 다투거나 못 견뎌 하지도 않는 것 같고."

"이제 어렴풋하게라도 내 길을 찾았거든."

"참, 학보에 쓴 독후감 잘 봤어. 내가 봐도 오빠한테는 그 길이 잘 맞는 거 같아. 오빠가 하면 잘 해낼 것 같고."

방학 중 학보 때문에 한 번 더 춘천에 다녀온 일 말고는 두 달을 정신없는 독서로 보내고 났을 때 가을보다 먼저 학기가 시작되었다. 독서에서 무모하다고 말하는 게 어떨지 모르지만, 나는 닥치는 대로 읽고 그중 일부를 내가 쓰는 작품인 양 원고지에 그대로 베껴 써보곤 했다. 누가 그렇게 해보라고 알려준 것도 아닌데, 지금도 그때 눈이 아니라 연필심을 타고 올라와 손끝으로 전해지던 몇몇 작품의 감동은 쉬 잊히지 않는다. 이론으로라도 문학을 체계적으로 공부하거나 따로 동아리에 가입한 적도 없이 혼자 갈 길을 정해 나선 내게 그것들은 그대로 스승이었고 은사들이었다. 이제까지 눈으로 하는 독서에서 그것들은 늘 활자의 근엄한 옷을 입고 있어 죽었다 깨어나도 내가 닿을 수 없는 까마득한 위치에 있는 듯 보였다. 그러다 원고지로 끌어내려 한 자 한 자 연필로 써 나가자 그동안 쳐다볼 수 없었던 스승과 은사들은 어느새 근엄한 옷을 벗고 다정한 벗처럼 내게 다가왔다. 책 속의 활자일 때 명문이었어도 그걸 내 손으로 원고지 위에 베껴 쓰고 나면 문장이 지극히 평범해지며 그 작가의 또 다른 모습처럼 겸손하게 느껴질 때도 있었다.

춘천에 다녀온 며칠을 빼면 나의 명진 생활은 대체로 그러했다. 거기에 또 한 분의 스승이자 은사인 불행한 운명의 시인이 있었다. 개학이 되어 상경하기 전날 나는 당숙과 함께 명진천 제방으로 나갔다.

"올가을에도 이 물을 따라 연어가 올라올 거다."

"엄청나죠?"

"정말 대단하지 않냐? 북태평양에서 여기까지. 누가 알려주지 않아도 연어에게는 연어의 길이 있고, 사람에게는 사람의 길이 있다."

시인은 당부처럼 내게 말했다.

"그동안 말은 하지 않았어도 이미 네 길도 많이 나가 있는 듯 보이는구나. 결심을 위한 방황도 그만하면 충분할 듯싶다. 그렇지만 먼 후일에 돌아보았을 때 그저 솜씨 좋은 장인으로만 전락해 있을지 모를 그 길을 나선 자 누구나의 위험성도 미리부터 경계해 나가지 않으면 안 된다. 장차 이루고자 하는 세계의 깊이와 폭을 위해서도 주변 학문을 게을리해서도 안되고."

"명심할게요."

"아니다. 아직은 가슴에 닿을 얘기가. 입으로는 쉽게 그럴 수 있을지 모르지만, 아직은 솜씨만 앞선 장인들도 네 눈엔 결코 작게 보이지 않을 것이다. 나중에 작가가 된 후에라도 스스로 경계하듯 오늘 내가 한 말을 떠올려보라는 거지."

"당숙께서도 다시 활동하셔야지요."

"활동이라. 고맙긴 하다만 나의 날은 진작에 끝났다."

"아니에요, 당숙. 저는 기다려요."

"시로까지 자학하고 싶지는 않아. 너 올라간 다음 당분간 아호진에 가 있게 될 것 같구나."

"아호진에는 왜요?"

"배를 탈 생각이야. 머구리(잠수부)야 할 수 없대도 머구리에게 공기를 넣어주는 펌프질은 이 몸으로도 할 수 있으니까."

"그것도 가족 아니면 아무에게나 맡기지 않는다면서요."

"그전부터 친하게 지내는 머구리를 하는 친구가 있다. 지금까지는 조카가 펌프를 잡았는데, 이번 가을에 사북 탄전으로 간다고 했어."

"아호진이면 휴전선에서 가까운 항구인데 타게 하겠어요?"

"그러니까 그날 나갔다가 그날 들어오는 근해 머구리배를 탄다는 거지. 그 친구도 나처럼 멀리 나갈 수 있는 처지가 못 되고."

"무얼 하시든 건강하세요, 당숙."

"그래. 오늘의 네 결심과 열정도."

나는 곧 바닷바람에 그을릴 당숙의 늙은 어부 같은 얼굴을 떠올려보았다. 다행히 머구리만 허락한다면 당숙은 오래 그 일을 할 것이다. 당숙을 위해서도 다행스러운 일이었다. 그전 같으면 당숙이 먼저 한잔하자고 했을 것이나 그날은 오히려 나의 제의를 당숙이 만류했다.

"술 아니어도 의미 깊은 저녁이 될 것이다. 돌아가서 떠나기 전 맑은 정신으로 지나온 날들과 앞으로 가야 할 날들을 다시 한번 생각해보는 것도 의미 있을 게야."

춘천에 오자 학기의 시작과 함께 연이은 두 개의 어두운 소식이 나를 기다리고 있었다. 먼저 들은 소식은 지난번 신문을 만들 때만 해도 멀쩡하던 편집국장이 방학 중 마지막 신문이 나온 다음 강제징집되어 군에 끌려간 것이었다. 연락이 안 되다가 그 소식이 전해진 게 바로 전날이라고 했다.

"안 나올 사람이 아닌데 연락이 없어 전화했더니 가족들도 보름 넘게 연락이 없다가 며칠 전에 알게 되었다는 거야. 사람은 이미 잡혀가 신병 훈련소로 보내지고."

기획부장이 말했다.

"무슨 일 때문에요?"

"문제야 늘 있었지. 미다시 고집 쓰고, 인쇄 대장 바꾸고."

"그거야 코에 걸면 코걸이고 귀에 걸면 귀걸이지. 그렇게 걸어 안 걸릴 사람이 어디 있어?"

모골이 송연한 일이지만 지난번 서울 연합 시위에 갔던 일 때문은 아닌 것 같았다. 그것 때문이라면 걸려든 형을 통해 나도 파악되었을 것이고, 삼 년 전의 일까지 가중되어 나 역시 이 자리에 없을 것이다. 도처가 지뢰밭이라 한번 잘못 걸려들면 강제징집 정도로 끝날 일이 아니었다. 떠올리는 것만으로도 저절로 몸이 떨리는 일이었다.

"주간 교수님은 뭐라고 해요?"

"님 자도 붙이지 말아. 편집국장 개인으로는 잘된 일이라고 말하는 사람이니까. 있으면 더 큰일을 당한다고."

"들어보니 편집국장 혼자가 아닌 것 같아. 정말 블랙리스트라는 게 있는지 개학 때마다, 세상이 뒤숭숭할 때마다 몇 명씩 잘라내니……."

그렇게 또 한 사람의 음유시인이 우리 곁을 떠났다. 무엇으로도 쉽게 채워지지 않을 우리의 빈 가을을 남기고. 그간의 상수 형의 영향력 때문이기도 하겠지만 사람 하나 빼앗긴 것이 아니라 학교 신문사를 군홧발로 통째 짓밟고 가버린 듯한 느낌이었다.

개강하여 처음 모인 날이라 모두 '정선할매집'으로 갔지만 그날 우리의 술자리는 앉으면 시작되던 노래 한 자락 없이 끝까지 침울한 가운데 끝났다. 그렇다고 다음 신문 제작 거부를 하고 나설 수 있는 일도 아니었다. 몇 잔 술을 주고받으며 내린 결론도 그것이었다. 주간 교수는 이제 우리의 원고를 수정하거나 '미다시' 하나를 놓고 싸우는 의견 충돌에도 편집국장의 강제징집을 입에 올릴 것이고, 우리는 또 이러다 다음번엔 누구일지 걱정해야 할 것이다.

갑자기 주희에게서 전화가 온 것은 그날 밤 열 시가 넘은 시간 초록지붕으로였다. 그녀는 이제까지 낮이든 밤이든 초록지붕으로는 한 번도 전화를 한 적이 없었다.

"춘천에 온 거야?"

나는 하루 종일 침울했던 기분 그대로 전화를 받으며 물었다.

"아니, 서울이야……."

주희는 더 말이 없었다.

"무슨 일 있어?"

"진호 씨…… 내가…… 내가 진호 씨한테는 다 얘기하려고 전화했는데…… 지금 얘기하려니까……."

무슨 말인가 하려고 전화를 걸기는 했어도 마지막엔 분명

울고 있지 싶은 목소리로 전화기를 내려놓았다. 아주머니도 별일이라는 듯 옆에서 나를 지켜보았다. 그녀가 다시 전화한 것은 다음 날 점심때가 다 되어서였다. 내가 '풍차'로 가겠다고 하자 그녀는 거기서는 얘기하기 어려울 것 같다며 집으로 와 달라고 했다. 육림고개 자취방으로 가자 그녀는 짐만 가져다 놓고 아직 가방을 풀지 않은 채 앉아 있다가 나를 보고 울음을 터뜨렸다.

"무슨 일 있었어?"

"나 이제 어떡해…… 진호 씨……."

"말해봐. 무슨 얘긴지."

"엄마가……."

"엄마가……?"

나도 여기까지 찾아오며 혹시, 하고 가졌던 불안감을 감추지 않고 다음 말을 재촉했다. 등에 받칠 담요 한 장으로 세상을 살아온 여자야. 세상도 담요 한 장 넓이로밖에 생각하지 않는 사람이고. 그녀가 그 말을 했던 것도 내가 여길 처음 찾아왔던 통대의원 선거날 이 방에서였다. 딸의 학업을 위해서도 이제 보다 열심히 일하겠다고 말했다는 엄마가 자기 생의 유일한 목적이자 희망과도 같은 딸을 두고 무언가 잘못되었다는 얘기일 것이다.

"진호 씨는 파라콰트라고 알아?"

"파라콰트?"

나는 미간을 모으고 되물었다. 잘은 모르지만 그것은 독성 강한 농약으로 명진에서도 가끔 그것 때문에 사고가 일어난 다는 얘기를 들었다. 헤어날 수 없는 빚 때문에, 혹은 참을 수 없는 울분과 절망으로 스스로 목숨을 끊을 때 우선 구하기가 쉬워 그 약을 쓴다고 했다. 정말인지 아닌지 모르지만 명진 어느 시골 마을의 한 남자가 발가락 사이마다 파고드는 무좀이 지겨워 그걸 찍어 발랐다가 목숨을 잃었다는, 그만큼 독성이 강한 약이라는 말도 들었다.

"언제였어?"

"지난번에 내가 진호 씨에게 전화한 다음 날이었어. 아니, 하루 더 있다가……."

그다음엔 더 묻고 싶어도 물어도 좋을 말이 없는 것 같았다. 아직은 뭐가 뭔지 모를 일이지만 분명하고 움직일 수 없는 사실은 그녀의 어머니가 놓아두면 끈 떨어진 연이나 다름없는 그녀를 두고 파라콰트를 마셨다는 것이었다. 그녀가 보여 주지 않아 사진으로도 한번 본 적이 없지만, 들은 대로만으로는 얼른 이해되지 않는 일을 내 사랑하는 여자의 어머니가 저지른 것이었다. 처지만을 따진다면 다른 사람보다 더 모질게

242

마음먹을 수 있다 해도 스스로 목숨을 끊는 일은 딸 때문에라도 더욱 그래서는 안 되는 사람이었다. 나는 무언가 따뜻한 말을 찾아 위로하고 싶어도 그것조차 난감하게 느껴져 울고 있는 그녀를 바라보기만 했다. 격해질 듯싶은 울음을 수습하고 입을 연 건 그녀였다.

"……지금까지도 아무리 이해하려 해도 이해할 수가 없어."

"대체 무슨 일 때문이었는데?"

"내가 재수하며 대학 시험을 준비할 무렵 연락이 닿았는가봐. 미국에서 먼저 연락이 온 게 아니라 엄마가 엄마들 모임인 민들레회를 통해서……."

"아버지?"

"아니. 그 미국 주둔군."

그 부분에서 그녀는 마음속에 가지고 있던 적의를 드러내듯 짧고 분명하게 대답했다.

"연락은 어떻게 닿았는데?"

"내가 고등학생일 때까지도 엄마는 마음속으로는 나 때문에라도 언젠가 그 사람을 한번 봤으면 좋겠다고 생각하면서도 이제는 지쳐서 그 남자를 찾을 노력을 하지 않았어. 그러다가 내가 고등학교를 졸업한 다음 이제 공부를 하겠다고 하자 엄마가 나 모르게 일을 꾸미기 시작한 기 긴아. 서울 민들레회 총무 아줌마가 그랬어. 이 도그 택을 가져와 지금이라도 사람을 찾아 연락할 수 없겠느냐고 하더래. 민들레회에서 미국 쪽 단체를 통해 사람을 많이 찾아주거든. 그러다 선이 닿은 게 내가 여기 학교에 입학하기 전이었는가 봐. 연락할 주소를 알게 되자 엄마가 먼저 편지를 냈는데, 써주기는 민들레회에서 써주고. 미국에서 민들레회 주소로 엄마한테 연락이 왔는데, 그때 받은 사진은 방학 때 엄마가 보여줬어. 편지는 엄마가 약을 먹은 다음에 봤고."

그녀는 손으로 흐르는 눈물을 닦은 다음 내가 건네주는 휴지를 받았다.

"그때까지 나는 일의 순서가 그랬는지도 몰랐어. 이 도그 택의 이름 그대로 데이비드 크라크라고 버몬트주에서 작은 자동차 정비 공장을 하고 있는 것 같아. 주둔군으로 여기에 와 엄마를 만났을 때는 스물여섯 살의 중사였는데, 다시 미국으로 돌아가서 결혼해 아이 둘을 낳고 이혼하고, 재혼해 아이 하나를 더 낳았는데 보내온 가족사진에도 그 여자아이는 아직 어려 보였어. 재혼한 부인도 젊고. 여기로 보내려고 일부러 찍은 사진 같지는 않은데 집도 그렇고 아이들 표정도 그렇고 미국의 평범한 가정 같았어. 힘들게 연락이 닿자마자 엄마는 그동안 하지 못했던 말을 한꺼번에 다 쏟아내며 그에게 부담을 주었던 것 같아. 어릴 때부터 엄마는 내가 어떻게든 미국으로 건너가 살아야 한다고 생각했으니까. 거기 가서도 또 다른 차별이야 겪겠지만 엄마들 경험에 여기 한국 같은 데는 없으니까. 엄마가 쓴 편지 내용은 모르지만 처음 미국에서 온 편지는 엄마의 기대만큼 좋은 내용이 아니었던 것 같아. 그렇다고 아주 모른 척하는 나쁜 내용도 아니었어."

그녀는 작은 가방에서 타이프라이터로 쓴 편지와 그것을 누군가 우리말로 번역한 편지를 꺼냈다.

"미국에서 처음 온 거야."

……그때 급작스럽게 부대를 이동하게 되었지만, 당신이 임신 중인 것은 알고 있었다. 딸이라고 했는데, 낳았다면 아이의 출생일도 내 짐작과 틀리지 않는다. 대단히 놀랍다. 내게 스무 살이나 된 딸이 있다니. 당신과는 그때 거기에 근무하던 다른 GI와 마찬가지로 부대 바깥에 하우스를 마련하고 매주 주급을 지불하는 계약 동거 관계였다. 이제는 거기에 대해 말하는 것이 당신과 나의 딸(Joohee)에 대해 미안하고 소용없는 일이지만 계약 동거 기간 중 나는 우리 사이에 아이가 태어나는 걸 조금도 원하지 않았다. 당신은 부주의했거나 혹은 익도저으로 무모히게 임신을 했다. 내가 그때 부대 이농을 하

며 당신에게 알리지 않았던 것도 당신의 출산을 원하지 않았
기—합의한 임신이 아니었기—때문이었다. 당신은 내 의견
을 따르지 않았고, 나는 달리 방법이 없었다. 귀국은 다음 해
에 했다. 나는 당신에게 알리지 않은 나의 급작스러운 부대 이
동으로 당신이 출산을 포기했을 거라고 생각했다. 그때 당신
의 임신 진행은 그것이 충분히 가능한 시기였다. 그래서 이후
에도 나는 당신의 임신에 대해 생각하지 않고 있었다. 이십 년
이 지나 당신의 편지를 받기 전까지만 해도 나의 생각은 그랬
다. 채(Chae)라는 당신의 이름까지도 잊고 있었다. 그런데 당
신의 편지는 나를 대단히 놀라게 했다. 기왕에 아이를 낳았다
면 그 아이를 위해서도 당신의 연락은 빠르면 빠를수록 좋았
을 것이라는 생각이 든다. 먼저 보내온 편지에서 당신은 당신
이 그때 나를 따라 미국으로 오기 위한 목적으로 임신하고 출
산한 것이 아니라고 했는데, 그렇다면 그 출산은 종교적인 신
념에서인가? 딸이 태어나지 않았다면 지금도 그때처럼 생각
할 수 있겠지만, 이미 태어나 있는 딸을 생각하면 그 딸을 위
해서도 그때 당신의 생각은 옳았고, 나의 생각은 잘못된 것이
었다. 나는 현재 내 아내와 아이들로 행복하다. 아내를 위해서
도 당신을 다시 만나서는 안 된다고 생각한다. 당신이 낳은 나
의 딸 Joohee는 궁금하고 또 만나보고 싶다. 아버지로서 나는

Joohee에게 많은 미안함을 가지게 되었다. 나는 이 문제를 내 아내와 의논하여 다음과 같이 결정했다. 지금 한국에 있는 내 딸은 지금처럼 한국에서 당신과 함께 살며, 원한다면 언제라도 이곳에 와 나를 만날 수 있고 나는 그 편의를 제공할 수 있다. 이건 아내가 허락한 일이다. Joohee를 위해 나와 내 가족은 기도한다. Joohee의 대학 시험 합격을 축하한다. 내가 한국에서 근무하던 곳에 있는 대학이라니 이것도 나를 놀라게 한다. 춘천(Chuncheon)이라는 그곳 도시 이름도 새로 알았다. 성장한 Joohee의 사진을 보내주기 바란다.

"민들레회 총무님은 편지 내용이 희망적이라고 했지만, 엄마로서는 절망적이었을 거야. 엄마 자신의 문제가 아니라 그 사람을 통하든 않든 처음부터 엄마가 원했던 것은 나 하나 그 땅에 보내는 것이었으니까. 이 도그 택을 줄 때는 아직 그 사람과 연락되기 전인데, 그 일과 상관없이 엄마는 어떻게든 나를 미국으로 보낼 생각을 하며 살아왔던 거야. 내가 고등학교 졸업한 다음 이제야 공부를 하겠다고 했을 때 엄마가 좋아했던 것도 공부를 해야 미국으로 가는 게 빠르니까 좋아했던 거지 다른 게 없어. 대학보다 더한 공부를 해도 이 땅에서 혼혈아의 삶이 어떨 거라는 건 이미 엄마가 더 잘 아는 거고. 그래도 의외로 빨리 연락이 닿았던 건데, 아마 3월 중순쯤이었을 거야. 엄마가 일부러 날 오라고 해서 미장원에 들렀다가 사진 관에 데려간 게…… 그때 사진을 찍으면서도 나는 정말 몰랐 어. 엄마가 어떤 준비를 하고 있는지에 대해서…….”

“어떤 준비라면……?”

나는 그것이 주희를 미국으로 보낼 준비인지 아니면 파라 콰트를 마실 준비인지 직접 묻기가 어려워 말끝을 흐렸다.

“사실 내가 학교에 다니는 것도 그래. 당장 사는 형편도 쉽 지 않은데 공부를 한다고 삶이 나아질 것도 아니잖아. 오히려 배우면 배울수록 그건 엄마나 나나 가슴 아픈 구석만 크게 만 드는 거지. 가난한 부모들이 가지고 있는 교육열과는 다르게 엄마는 내가 공부를 안 하는 것보다 하는 게 그쪽으로 갈 기 회가 넓어진다고 생각해 좋아했던 거야. 대학 시험을 볼 때 어 느 학교를 가든 영문과였으면 좋겠다고 말한 것도 엄마였어.”

“그러니까 그럴수록 어머니가 주희 곁에 더 계셔야지.”

“나도 그걸 이해할 수 없어. 그런데 사람들은 엄마니까 그 렇게 모질게라도 할 수 있는 일이라고 했어. 민들레회 총무님 도 그렇게 말했어.”

“무슨 얘긴데?”

“엄마는 그 사람에 대해 무조건 당신의 딸을 데려가라는 식이었는데, 민들레회 총무님이 처음부터 그렇게 부담을 준다고 해결될 일이 아니라고 하니까 그다음부터 엄마는 민들레회가 아닌 동네 번역소에 대필을 부탁했던가 봐. 엄마가 몇 번 더 편지를 보냈는지 모르지만, 미국에서 온 마지막 편지는 그랬어. 자기네 가족과 함께 사는 건 불가능하지만, 내가 아메리카에 와서 살기를 원한다면 거기에 따른 수속 준비를 해줄 수 있다고. 애원만으로 얻은 대답은 아니겠지만, 어쨌든 그것만으로도 엄마는 희망적이었을 거야."

"그렇다면 더 그렇잖아. 희망적이었다면."

"진호 씨한테는 얘기를 안 했는데, 방학 동안 내내 그 문제로 엄마와 싸웠어. 엄마는 일의 진행만 간단하게 얘기하면서—그 사람이 먼저 연락해 너를 부른다는 식으로—그러니 마음 변하기라도 하면 어쩌냐며 이참에 다음 학기 등록할 것도 없이 지금이라도 초청장을 받아 수속해 건너가라고 했어. 내가 학교 핑계를 대니까 굳이 학교 때문이라면 거기 가서 다녀도 되지 않느냐고 했어."

"너는 반대했겠지."

"엄마가 하도 그러니 나도 무조건 가지 않겠다는 건 아니었어. 어릴 때도 그랬고 지금도 그런 모멸감 한두 번 겪는 게 아니고 그렇지만 지금은 안 된다, 엄마를 두고 혼자 가는 섯노

싫고, 더구나 그 사람 도움으로 나 혼자 가는 건 더더욱 싫다. 가게 되더라도 내 힘으로 엄마와 함께 갈 거라고 그랬는데. 그리고, 또 한 사람 그렇게 생각하도록 한 사람이 있었어……."

"……."

"엄마는 이제 엄마가 내게 짐이 된다고 생각했는지 몰라. 개학이 다가오니까 더 다급하게 느껴졌는지도 몰라. 그런데도 나는 전혀 몰랐어. 이 도그 택을 내줄 때처럼 미국에서 온 편지 몇 장하고, 아마 그것도 내가 봐도 좋을 것만 골라서. 엄마는 그 사람을 미워해도 너는 그럴 필요가 없다고 전에 없이 그 사람에 대해 좋은 얘기도 많이 했어. 그때 엄마는…… 엄마만 없으면 내가 어쩔 수 없이라도 미국으로 가게 될 거라고 생각했는지 모르겠어. 엄마 친구도 그렇게 말했어."

"정말 이해할 수가 없네."

부인하고 싶으면 싶을수록 거듭 분명해지는 것은 이제 이 땅에 그녀의 어머니가 없다는 것이었다.

"같은 처지가 아니라면 누구도 엄마를 이해할 수 없어. 엄마가 평생 받아온 모멸감도, 내가 점점 자라면서 그게 엄마에게서 내게로 내려오고 있는 것도 엄마가 제일 많이 보고 느꼈을 테니까."

"앞으로는 어떻게 할 거야?"

성급하기는 하지만 나로서는 또 묻지 않을 수 없었다.

"……모르겠어, 잘…… 엄마 친구가 도와줘서 서울에서 방을 뺐어. 엄마는…… 강에 뿌리고. 그러면서 알았어. 엄마 태어난 곳이 전라남도 순천이 아니라 평안남도 순천이라는 걸. 아마 내가 모르는 전쟁 때였겠지. 우리 엄마가 참 멀리서 걸어와 멀리로 떠났구나 하는 생각도 들고."

"학교는?"

"우선은 등록하고 무엇이든 일을 해야겠지. 학교에 다니든 않든 상관없이……."

"아침도 안 먹고 왔지?"

"괜찮아."

"그건 괜찮은 게 아니야. 나가서 밥이라도 먹으면서 생각하자. 우리가 이제 뭘 해야 할지."

지난번에 얼핏 들은 얘기로 서울에 있던 집도 사글세라고 했다. 엄마 친구가 도와줘서 방을 뺐다면 일 년에 남은 달 만큼 돈을 빼 왔다는 뜻일 것이다. 얼마 되지도 않을 그걸 하나하나 빼먹고 앉아 있을 게 아니라면 이제부터는 엄마가 해주었던 일을 대신할 그녀의 일을 갖지 않으면 안 된다.

나는 억지로 그녀를 끌고 밖으로 나왔지만, 식사도 제대로 못 하고 앞으로 무엇을 할 것인가에 대해서도 당장의 일이 막

막해 제대로 얘기를 나누지 못했다. 이 땅의 하고많은 직업 가운데 도대체 그녀가 할 수 있는 일이라는 게 금방 마땅하게 떠오르는 게 없을뿐더러 우선은 그녀 어머니의 죽음조차 그것의 객관적 사실 말고는 제대로 정리되는 게 없었다. 채 반도 비우지 않은 밥그릇을 사이에 두고 잠시 망연히 앉아 있다가 우리는 무거운 걸음으로 함께 학교로 올라갔다. 나는 조금 늦을 거라고 연락한 신문사로, 그녀는 가을 학기 등록 준비를 위해 학과 사무실로. 학교 안에서 서로 반대쪽으로 걸음을 떼며 이제 우리는 그녀가 찾아야 할 먹고사는 일로 서로 사랑하는 일조차 조금씩 멀어지게 되는 것은 아닐까 하는 생각이 들었다. 나야 변함없다 해도 이제 혼자인 저 혼혈 처녀의 삶은 그 사랑조차 감당하기 무거운 짐이 될지 모른다. 어느 날 갑자기 그녀가 이 땅을 떠나겠다고 말하지 않는다 하더라도……

가을 학기 개학을 하고 나서야 신문사 편집국에 알려진 것이 멀리 광주에 있는 전남대학교 교수 열한 명이 지난 학기 말에 발표한 '우리의 교육 지표' 사건이었다. 성명서가 그대로 전달된 것은 아니었다. 언제나 '누가 그러는데'가 아니면 '어디서 들었는데' 하고 입으로 물어 나르는 정보가 전부였다.

"교수들이 국민교육헌장을 실패한 교육의 본보기로 까버

렸대. 일제강점기 때 교육 칙어하고 다를 게 없다고."

"와, 세네, 전남대 교수들."

"시월유신이라는 것도 그렇잖아. 일본의 메이지유신을 그대로 따가지고 집권 연장하고."

"재판 때 그걸 왜 썼는지에 대해서 송기숙이라는 소설가 교수가 이렇게 말했대. 데모할 때 학생들이 교수에게 돌을 던져서 충격을 받았다고, 지난 4·19 때도 그랬고 통일주체국민회의 대의원 선거 때도 교수들보고 학생들을 감시하라고 해서 자기가 맡은 학생들을 데리고 나가서 데모하지 말라고 밥 사주고 술 사주고 그랬는데, 이게 교수가 할 짓이냐고, 강의실에 가서도 진실을 제대로 가르치는 교수가 없고, 학생들한테 돌팔매를 당해도 할 말이 없다고. 그래서 학생들한테 체면이라도 세워보자고, 돌이라도 좀 안 맞아보려고 쓴 게 '우리의 교육 지표'라고."

"우리 주간 교수 같은 사람이 들어야 할 말이네."

"우리 주간 교수도 술 사주잖아. 제목 그렇게 뽑지 말고, 미다시 그렇게 뽑지 말라고."

다들 웃기는 했지만, 남은 뒷일도 있었다. 편집국장 자리를 공석으로 둘 수는 없었다. 상수 형 빈자리를 우선 취재부장이었던 김혁면 형이 맡았다. 기자들의 공통된 의견이고 추천이라 주간 교수도 몇 번 쩝쩝 입맛을 다시다가 그렇게 추인했다. 편집국장을 맡으며 취임사 성격의 짧은 인사 글을 쓰지 않을 수 없었다.

혁면 형은 '대학이 논밭은 아니지만'이란 제목으로 땅을 사랑하는 진짜 농부와 가짜 농부 얘기를 썼다. 진정으로 땅을 사랑하고 곡식을 자기 자식처럼 사랑하는 농부는 꼭 제 밭이 아니어도 길을 가다가도 남의 밭에 들어가 잡초를 뽑아준다고. 말로만 땅을 사랑하고 곡식을 사랑하는 불한당들은 밭 주인이 원하지 않는데도 잡초를 뽑아준다는 구실로 허락도 없이 남의 밭에 들어가 그중에 가장 실하게 자라나는 수숫대부터 솎아낸다고. 수숫잎이 바람에 조금만 서걱거려도 제풀에 놀라 달려와 그것의 밑동부터 잘라낸다고. 그것이 곡식이 아니라 잡초라고 우긴다고. 우리는 그가 땅을 사랑하는 농부인지 아닌지 수숫대의 밑동을 잘라내는 칼 솜씨만 보면 금방 알 수 있다고. 때로는 밭을 보라고 세워놓은 허수아비조차 정말 허수아비처럼 서서 구경만 하고 있거나 오히려 불한당 편에 붙어 어느 수숫대가 곧고 바람에 맞서 서걱거리는 소리를 잘 내는지 알려주기도 하는 거라고. 아마 많은 수숫대가 그렇게 잘리고, 또 잘라내면 잘라낼수록 그 밭엔 뾰족한 수수 밑동만 남아 농부가 아닌 불한당 역시 끝내 자신이 잘라놓은 수숫대의 밑동에 제 발을 상하게 되고 말 거라고.

마음먹고 썼으나 그 글은 여러 군데 붉은 밑줄이 그어져 다시 새 편집국장 책상 위로 돌아왔다. 원고를 던져 놓으며 주간 교수가 말했다.

"요즘 같은 때엔 모두 조심해야지. 김상수는 개인적으로 오히려 잘된 일이기도 하고. 학교 시끄러울 때 남아 있어 봐야 오히려 더 크게 다치기밖에 더 하겠어?"

새 편집국장인 혁면 형도 충분히 예상한 일이었을 것이다. 어쩌면 보란 듯 더 어긋나게 쓰기도 했을 것이다. 결국 상수 형의 강제징집 얘기는 다른 기자 손에 의해 '핀셋' 난에 올려졌다. 며칠 전까지도 아무 말이 없다가 정말 아무 말 없이 국방의 신성한 의무를 다하러 군에 간 몇몇 선배와 친구의 무운을 빈다고. 흔히 입대는 여러 달 전에 날짜를 통보하고, 통보에 따라 입대하는 사람 스스로 요란하게 유세를 떨다 가기 마련인데 요즘 우리 학원가에는 새로운 입대 풍속으로 사전 통보 없는 어느 날 갑자기의 '조용한 입대'가 늘어나고 있는 것 같다고. 어쨌거나 보다 큰 나무가 되어 돌아오라고. 주간 교수도 그것까지는 마지못해 받아들였다.

그 신문이 나가던 날인 월요일에 '검은 기러기'가 날아올랐다. 몇 명의 '검은 기러기'가 아니라 많은 기러기였다. 장소노

학생회관이나 강당이 아닌 학교 교문이었다. 학생들이 모여 들었고, 전남대 교수의 진술처럼 자기 과 학생을 단속하기 위해 교수들도 나왔다. 준비하고 있었다는 듯이 경찰이 달려오고, 최루탄이 터졌다. 돌이 날았지만, 그 돌이 차마 교수들이 서 있는 곳으로는 날아가지 않았다. 차라리 돌이었으면 그들도 마음 편했을 것이다. "야, 당신들이 교수야?", "너희들이 교수냐고?" 돌보다 아픈 반말의 야유가 그들의 가슴으로 날아갔다. 몇 명의 걸음 느린 기러기들이 잡혀갔다는 소식을 상황이 끝나고 신문사로 들어온 다음 들었다.

교문에서 거리로 향해 돌을 던지는 새로운 석기시대는 바야흐로 그렇게 진행되어 가고 있었다. 저 옛날 석기시대엔 무리 중의 한 전사가 나서서 힘껏 돌을 던지면 그 돌이 날아가 멈춘 자리가 그들의 영토였으며 서로 약속된 자유의 확인이었다. 이제 새로이 시작된 석기시대엔 모든 전사가 자유에의 의지로 돌을 던지지만, 그 돌이 날아가 멈춘 자리는 한 독재자의 영구 집권을 위한 억압과 폭압의 땅이었고, 그곳에 분노와 증오의 안개처럼 최루탄이 피어올랐다.

"이제 교수들도 몸조심하겠네."

"그렇기는 하지만, 한 번 이러고 나면 우리 주간처럼 따로 몸조심 안 해도 좋을 사람들이 더 긴장한다는 거지. 학생들도 그렇잖아. 데모 때문에 몇 명씩 구속되고 나면 오히려 데모 근처에도 가지 않은 애들이 더 긴장하고 몸조심하는 것처럼."

"남들 얘기할 게 뭐 있어? 바로 우리 얘기지. 이렇게 돌이 펑펑 날아도 돌 날아다닌 얘기를 한 줄이라도 쓸 수 있나."

"아니, 호국 학보 기자가 그런 불순한 생각을 하다니. 다음에 끌려갈 순서가 너일지 몰라."

"안 그래도 나는 신체검사를 받아서 이번 학기 끝나면 자동으로 가게 되어 있어."

그 말에 나는 잠시 내 처지를 생각해보았다. 두 군데 학교를 다니느라 이미 입대가 많이 늦어지고 있었다. 지금 주희를 저대로 두고 신체검사를 받고 군대 갈 수 있을지 생각하니 저절로 마음이 답답해졌다.

그녀가 학교 부직 창구에 신청한 가정교사 자리는 보름이 되어 가는데도 아무 연락이 없었다. 일단 신청은 받았어도 이런 튀기 학생이 있는데 가정교사로 쓸 거냐고 누구에게 말하기조차 힘든 일이었을 것이다. 담당 직원의 얼굴부터 그랬다. 자리가 나면 학과 사무실로 연락하겠다고 했지만 우리가 그 표정을 잊을 것인가. 이렇게 말하면 믿을 수 없는 일 같겠지만, 그때나 지금이나 궁극적으로 달라진 것은 아무것노 없다.

그때와 표면적으로 달라진 것은 단지 백인 혼혈에 대한 지나칠 만큼의 호의적 관심뿐 흑인 혼혈인에 대한 태도는 여전히 그러하지 않은가.

함께 거리에 나가 여기저기 일자리를 알아보는 것도 그랬다. 끝내 나타나지 않을 일자리를 찾아다니는 동안 우리는 절망했다. 그것은 처음부터 있지도 않은 '숨은그림찾기'와도 같았다. 우리가 찾는 숨은그림찾기 속에 '부직'이라는 그림은 처음부터 없었다. 여러 날 함께 돌아다니는 동안 우리는 실상을 알아버렸다. 이 땅에서 그 그림은 차마 하지 못할 말로 그녀 어머니의 담요 밑이나 그 비슷한 데 말고는 아무 데도 없다는 것을. 시내를 헤매다가 저녁때가 되면 우리는 절망과도 같은 피로를 안고 그녀의 자취방이 있는 육림고개로 돌아오곤 했다.

"따라다니기 힘들지? 쉬었다가 가."

이제 저 튀기가 사내를 끌어들인다는 말이 두렵지 않을 만큼 누군가를 넘치도록 사랑해서가 아니라 그런 눈치를 살필 기력조차 없어 허락하는 방문이었다.

"이번 학기는 그냥 지내야겠어. 버틸 수 있는 데까지 최저 생활로 버티면서."

명동 어딘가에 있는 다방도 아니고, 그렇다고 본격적인 술

집도 아닌, 차와 술을 함께 파는 곳이 틀림없는 한 가게에서 하루 세 시간씩 테이블에 다소곳이(?) 앉아 있기만 해도 된다는 서빙을 제의받던 날 그녀는 이제 나의 순례가 끝났다는 목소리로 말했다.

"내가 절망하는 건 사람들이 내게 요구하는 일자리가 예전 엄마의 일과 별로 다를 게 없다는 것이야. 나, 내일부터 안 돌아다닐 거야. 차라리 굶어 죽더라도."

여러 날 허탕의 뒤끝이었다고는 해도 그때 나는 내 기분만으로 불쑥, 그녀 앞에서 해서는 안 될 말을 하고 말았다.

"차라리 내가 하숙을 옮기는 게 낫겠어."

"갑자기 진호 씨 하숙을 왜?"

"지금 있는 데는 학교에서 너무 멀고 터무니없이 비싸기만 해. 게다가 독방이고. 학교 앞 어디 헐한 데 둘이 쓰는 방으로 옮기면 많이 줄일 수 있을 거야."

"그래. 그렇게 줄여서 어떻게 할 건데?"

그녀의 갈색 눈이 반짝 위쪽으로 떠오름과 동시에 나는 앞서 내가 한 말이 그녀의 자존심만 건든 게 아니라는 걸 깨달았다.

"말해보라니까."

"내 말은 우리가 서로 사랑한다면 도우며 살 수도 있지 않냐는 거야."

"그러니까 진호 씨의 말은 그렇게 줄인 돈을 내게 주겠다는 거지? 아주 지극한 선의로."

"굳이 선의라 부를 것도 없이 이 일은 네 일이기도 하지만 이미 내 일이기도 하고, 또 우리 일이기도 하다는 뜻이야. 내 생각은 그래."

"그럼 내 생각을 얘기할까. 화부터 내고 싶지만, 그러면 내 꼴이 더 우스워질까 봐 억지로 참고 있는 거야 지금. 진호 씨 마음을 알기 때문에."

만약 그녀가 불같이 화를 냈더라면 나도 더는 할 말이 없었을 것이다. 생각했던 것과는 달리 그녀가 의외로 부드럽게 나오자 나는 다시 그녀를 설득할 말을 찾기 시작했다.

"지금 안 된다고만 해서 해결될 일이 아니잖아. 어차피 사람은 먹고살아야 하고."

"그래. 먹고살기 위해 받으면? 그렇게 받은 돈으로도 부족하면 그땐 또 어떻게 할 건데? 그땐 우리 서로 사랑하니까 돈을 더 줄일 수 있는 방법으로 같이 살자고 할 거야? 그렇게 줄인 돈으로 내 학비를 대면서?"

"그런 뜻으로 한 말은 아니야. 말꼬리를 잡을 일도 아니고."

"아니면?"

"서로 그런 일 정도는 나눌 수 있다는 거지."

"진호 씨는 그럴 수 있는지 모르지만 나는 그렇지 않아. 차라리 엄마처럼 담요를 들고 나가는 게 나아. 그편이 내겐 오히려 떳떳하다고."

"너, 정말……."

"내가 이러면 싫지? 그러면 가만히 있어. 진호 씨는 지금 같은 마음만 나눠주면 돼. 아직은 서울에서 빼 온 방세가 있으니까 다음 일은 다음에 생각하면 돼. 아무리 나빠진다 해도 한 달 전 엄마가 죽었을 때보다 나빠지진 않아. 그때보다는 지금이 그래도 낫고, 지금보다는 앞으로가 나을 거야. 일자리도 천천히 구할 수 있는 데까지 구해볼 거야. 그러다 안 되면 내가 먼저 진호 씨에게 얘기할게. 진호 씨 하숙을 옮겨 달라고 하든 같이 살자고 하든."

만약 정혜 얘기를 했다면 어떻게 되었을까. 동생이긴 하지만 그 아이는 남자의 학비와 고시 뒷바라지를 위해 입주 가정교사까지 하고 있다고. 차마 그 얘기를 하지 못했다. 초록지붕으로 돌아와 전화했을 때 평일 밤 아홉 시가 넘은 시간인데도 정혜는 집에 없었다.

"저는 큰딸인데요. 언니 오늘 누구 만나고 늦게 온다고 했어요."

아마 길우 선배가 있는 고시관에 갔거나 아니면 바깥에서 따로 만나고 있을 것이다. 지난번 시험은 어땠는지 길우 선배의 안부까지 궁금해지는 밤이었다. 이번이야 어렵다 하더라도 남은 건 단지 시간문제일 뿐 언젠가는 반드시 자신의 이름 아래 빛나는 성공을 이루어내고야 말 우리 명진의 수재. 그러면서 또 한 사람, 고향에서 고군분투하고 있을 김명하의 얼굴이 떠올랐다.

주희는 절대 그래서는 안 된다고 했지만, 나는 다음 달부터 하숙을 초록지붕에서 학교 앞에서도 하숙비가 낮은 곳으로 옮기기로 했다. 그녀 때문이기는 하지만, 그녀가 아니더라도 이제 초록지붕을 떠나야 할 때가 되었다. 명진에서와 마찬가지로 틈나는 대로 책을 읽거나 그중 좋은 작품을 골라 필사를 해보는 일도 학교 도서관보다는 하숙집이 편했다. 그녀의 일자리를 구하러 다니던 며칠을 제외하고 신문사에서 할 일이 없어 일찍 집으로 돌아오면 그 시간에 어김없이 아래층의 그녀들이 깨어나 이 방 저 방 돌아다니며 김 양아, 박 양아, 하며 부산을 떨고 있었다. 자기 이름을 혜영이라고 말하던 나 양은 이미 지난겨울 초록지붕을 떠나고 없었지만, 나는 여전히 그녀들에게 만만한 샌님이었다. 지금까지 별 마주침이 없을 때는 몰랐으나 새 학기 들어 자주 얼굴을 대하는 것도 부담스러운 일이었다. 처음엔 그니들이 있어 효과적으로 나를 단속할 수 있었지만, 지금은 아니었다. 초록지붕 아래에서 활동하는 시간이 서로 비슷해져버린 것이었다.

"하숙을 옮겨야겠어요. 좀 허름하면서 조용한 데로요."

그때까지도 나를 '서시'라 부르던 같은 과의 강희 씨에게 부탁하자 정말 옮길 거면 자기하고 같이 있는 건 어떠냐고 했다.

"어딘데요?"

"내가 일 학년 때부터 옮기지 않고 있는 집인데, 전문 하숙집이 아니라 빈방이 남아 하숙 치는 집이라 우선 조용해요. 마침 같이 있던 친구가 이번 학기에 휴학하고 군에 갔는데, 아직 들어올 사람을 구하지 못했어요."

학교에서도 멀지 않은 곳이었다. 알게 될 때 알게 되더라도 주희에게는 얘기하지 않았다. 명진 집에도 방을 옮긴 다음, 이제 그 집은 내가 쓰던 방도 일일이 밥을 해대느라 귀찮기만 하지 돈도 안 되는 하숙생 한 명보다는 여자들에게 세를 주게 되었다고 알렸다. 옮긴 곳도 전처럼 넓고 조용한 독방이라고 말했다.

뒤늦게 내가 하숙을 옮긴 걸 알고 주희는 다시 만나지 않을 사람처럼 화를 내고 서울로 갔다. 민들레회 총무를 만난다고 했다.

"언제 돌아와?"

"다신 안 돌아와."

토라질 대로 토라진 그녀는 다음 날 저녁에야 춘천으로 돌아왔다. 뒤늦게 민들레회 상조회에서 많지 않지만 조의금을 챙겨주었다고 했다.

"총무님도 엄마 친구도 자꾸 엄마 말을 들으라고 해. 그러지 않으면 그렇게 죽은 엄마 죽음이 의미가 없지 않느냐면서."

"……"

"안 가겠다고 했어. 아무리 힘들어도 엄마 생각하며 여기에서 살겠다고 했어."

"잘했어."

"그렇지만 진호 씨 때문에 그렇게 말한 거 아니야. 마음이 풀린 것도 아니고."

그녀로선 더없이 힘들고 어두운 날들의 시작이었을 것이다.

12

도요새와 뻐꾸기

그토록 깊은 연애를 하고 있는 소설은 아직 한 작품도 시작조차 못 하고 있었다. 그런데도 그것이 그 무렵 나의 유일한 구원이자 탈출구처럼 생각되었다. 입학 초기에 교과 공부에 대해 가졌던 조급함과 고양됨이 단지 방향만 바꾸어 옮겨 온 듯한 느낌이 들 때도 있었다. 이제 뭔가 그것에 대해 본격적으로 시작하지 않으면 안 된다는 또 하나의 조급함이 주회의 일과 함께 내 마음의 빈 구석을 채우고 있었다.

"난 그전부터 진호 씨가 우리와는 다른 공부를 하고 있다는 건 알고 있었지만, 같은 방을 쓸 때까지는 그게 무슨 공분지 몰랐어요."

어느 저녁 함께 하숙하는 강희 씨가 말했다. 그와 나는 1학년 초 교실에서 처음 부딪칠 때부터 서로 말을 올려 버릇한 게 한 방에 하숙을 하는 2학년 2학기 중간까지도 여전히 그렇게 말하는 게 편한 사이였다.

"아직 내 작품이 안 되니 남의 작품 필사하고 있는 거지요. 사랑한다고 직접 말할 수준이 못 되니 남의 연애편지를 베껴 써보는 것처럼요."

아직 시작도 못 했지만 진실로 나는 쓰고 싶었고, 또 잘 쓰고 싶었다. 방학이 보름쯤 남은 날 나는 진심에서 우러나 명진에 있는 어머니에게 전화를 걸어 나야말로 이제 뭔가 내 삶을 위해 한 우물로 끝을 보지 않으면 안 될 것 같다고, 그걸 위해서라도 방학 동안 공부를 계속하기 위해 춘천에 남아 있고 싶다고 말했다. 그 말 속에는 주희에 대한 생각도 포함되어 있었지만, 진실로 나는 온전한 나의 시간을 이곳 춘천에서 책과 함께 보내고 싶었다. 어머니는 자식들이 공부를 하는 거야 반가운 일이지만 그래도 방학을 하면 명진에 잠시 내려와서 자초지종 얘기하자고 했다.

"정혜도 공부 때문에 방학에 못 온다고 하고. 우리 집 애들은 왜 다들 집을 떠나 있고 싶어 하는지 모르겠네."

"대신 형이 있잖아요."

"느 형도 요새는 공장에서 먹고 자느라 얼굴 보기 힘들어."

남명진에 새로 세운 수산물 가공 공장 얘기였다. 전국적으로 진공포장 조미 오징어의 수요가 늘어나 밤늦게까지 일을 해도 물건이 달린다고 했다.

나는 방학을 하고도 보름쯤 혼자 빈 하숙집을 지키다가 명진으로 갔다. 집에는 아버지와 어머니, 고등학교 2학년인 광호뿐이었다. 지난가을 아호진으로 배를 타러 간 당숙은 살을 에는 바닷바람 속에서도 돌아오지 않고 있었다. 잘 지내고 있다는 뜻이었다. 당숙은 국회의원 선거가 있는 12월 하순에 투표를 하기 위해 일부러 아호진에서 명진으로 나왔다.

"당숙은 이제 그런 거 아주 잊고 사시는 줄 알았어요."

"무슨 얘기야. 쉽게 변하지 않더라도 침묵하면 더 나쁜 세상이 찾아올 뿐이지."

당숙은 여전히 목발을 짚고 휘적거렸지만 얼굴은 아주 건강한 바닷사람처럼 그을려 있었다. 나는 당숙과 함께 양조장 옆 초등학교에 마련된 투표소로 갔다. 나의 첫 투표는 지난봄 아버지가 입후보한 통대의원 선거였지만 그때는 춘천에서 오지 않아 실제로 이번이 첫 투표였다. 당숙은 투표를 마친 다음 다시 아호진으로 돌아간다고 했다.

"하루라도 쉬었다 가시지요."

"명간지풍(명진과 간성 지역에 부는 매서운 바람)에 물질하는 머구리도 있는데 펌프를 젓는 거야 거저먹기지."

"좋아 보여요, 당숙."

"고맙구나. 아무리 추워도 뱃전에 앉으면 이게 사는 거구나 싶어 시름이 없다. 너도 열심히 해라."

"예."

"서두르지는 마라. 그건 소나기처럼 쏟아지는 게 아니라 아직은 앞이 보이지 않는 컴컴한 새벽에 하나둘 이슬처럼 맺혀오는 거니까."

나는 당숙의 그 말이 좋았다. 나는 세상의 밝은 기운들도 그랬으면 좋겠다고 생각했다. 전날 선거에서 야당이 전국 득표수에서는 오히려 여당을 51:49로 앞섰다는 뉴스를 들었다. 방송은 그것이 민심이라거나 야당의 실질적 승리라고 말하지 않았다. 그냥 그렇다는 사실만 전했다. 민심이 아무리 표로 심판해봐야 한 선거구에서 두 명씩 뽑는 전국 77개의 선거구에서 여야가 한 석씩 나누어 가지고, 거기에 유신정우회라는 이름의 국회의원 77명을 다시 통대의원 대회에서 찬성률 99.9퍼센트로 당선된 대통령이 임명했다. 천년만년 권력을 이어갈 틀이 아무리 공고해도 우리의 독재자는 그것을 민주탄압에 대한 경종이 아니라 바로 일 년 뒤 가을 어느 날 다가올 자신의 최후에 대해 미리 울린 조종처럼 받아들였어야 할 일이었다. 역사적 사건에 대한 나중의 해석이 늘 그렇기는 하지만, 한 해만 지나가도 이렇게 확연히 보이는 것을 당시에는 또 그것만이 모든 것인 것처럼 막고, 막고, 또 틀어막았다.

정혜는 겨울방학에 명진으로 오지 않았다. 코앞에 다가온 대령의 딸 입시로 바쁜 듯했다. 길우 선배는 2차에서 어느 한 과목의 성적이 좋지 않아 내년을 기약해야 할 것 같다고 했다. 나도 처음엔 선거가 끝난 다음 춘천으로 돌아갈 생각이었는데(그것 때문에 명진에 온 것은 아니지만) 어머니와 광호가 붙잡았다. 어머니는 정혜도 오지 않는데 너라도 식구들과 같이 있다가 해를 넘기고 갔으면 좋겠다고 했고, 곧 고3이 되는 광호도 그래, 형이라도 나하고 좀 있다가 가, 라고 했다.

그렇게 한 해가 저물어 가던 중에 뒤늦게 보낸 크리스마스 카드처럼 주희의 편지가 트리 장식을 한 그림 봉투에 담겨져 왔다. 그녀는 내가 명진으로 간 다음 춘천 시내에 있는 '올리비아'라는 음악다방과 공지천 변에 있는 '에메랄드'에서 하루 두 시간씩 음악 일을 하게 되었다고 했다. 두 군데 다방은 나도 가보았다. 꼭 음악다방이 아니더라도 젊은이들이 많이 드나드는 다방마다 유행처럼 뮤직 부스를 설치하고 디제이가 라디오의 음악 프로그램을 진행하듯 노래에 얽힌 사연과 함께 손님들의 신청곡을 받아 들려주었다. 디제이의 인기가 다방 매출에도 당연히 영향을 미쳤다. 학생 부직이라는 게 요즘처럼 다양하지도 않던 시절, 그 방면으로 소질 있는 친구들에게는 가정교사 다음으로 자연스럽게 구할 수 있는 일자리가 젊은 취향 다방의 뮤직 부스 디제이였다.

주희는 얼마 전 우연히 만난 고등학교 방송반 친구의 오빠가 '올리비아'와 '에메랄드'의 뮤직 부스를 지키고 있던 디제이였는데, 가수가 되는 게 꿈이었던 친구 오빠가 새해에 꿈을 찾아 서울로 가며 그 자리를 물려주었다고 했다. 고등학교 때 방송반에서 활동해 새로 맡은 일이 아주 낯설지 않다고 했지만, 아마 편지 내용대로만은 아닐 것이다. 스치는 생각처럼 떠오르는 게 있었다. 겨울방학 전 한 해의 마지막 신문 원고를 넘기고 육림고개에 있는 그녀의 자취방에 갔을 때 나는 책꽂이 한쪽 구석에 어울리지 않게 꽂혀 있던 몇 권의 팝송 해설집을 보았다. 그녀가 힘들게 일자리를 구했다는데도 왠지 내 마음은 다행스럽다거나 기쁘지 않고 두 갈래로 흩어졌다. 다른 사람에게 들은 얘기라면 아무렇지도 않은 일이 그녀이기에 신경 쓰이는 것이 있었다. 그 일자리가 그녀가 전에 말하던 '엄마 담요'의 변형까지는 아니더라도 그녀의 외모 때문에 배역을 받은 '백설공주'의 한 갈래처럼 느껴지는 것이었다. 적성과 소질은 둘째 치고 그녀가 아메로리안이 아니었다면 과연 두 곳의 뮤직 부스가 그 방면의 초보나 다름없는 그녀에게 차례가 올 수 있었을까 하는 점이었다. 그토록 찾던 일자리를 얻었다는 것이 반가운 한편으로 기분은 오히려 편지를 읽기 전보다 더 쓸쓸해지는 것을 나 스스로도 어쩔 수 없었다.

겨울 해가 짧아 명진을 떠난 버스가 춘천에 도착했을 때는 이미 어두운 저녁이었다. 터미널 옆이 바로 공지천이었다. 명진에서 오후에 출발하는 버스를 탄 것도 도착 즈음이 그녀가 '에메랄드'에 나와 있을 시간이기 때문이었다. 비포장도로에 눈이 쌓여 다져진 산맥을 넘느라 버스는 한 시간이나 늦게 도착했다. 나는 명진에서 챙겨 온 커다란 가방을 어깨에 메고 호수 쪽으로 걸어갔다. 아직 그녀가 일할 시간이었다. 호숫가에는 두세 개의 다방과 음식점만 문을 열고 있을 뿐 강둑에 연해 있는 수상가옥들은 겨우내 문을 닫아 불빛조차 보이지 않았다. 그 역시 쓸쓸함이 밀려드는 풍경이었다.

나는 크게 두 번 숨을 쉬고 '에메랄드'의 출입문을 밀고 들어섰다. 뮤직 부스보다 먼저 홀 한가운데의 장식용 분수와 대형 수족관, 거의 빈자리 없이 빼곡하게 채워진 나무 탁자와 유리창 밖에 차양처럼 매단 오색 전등이 먼저 눈에 들어왔다. 입구 바로 옆에 붙어 있는 날짜가 지나도 한참 지난 서울 어느 극단의 지방 순회공연 포스터도 그곳 내부의 한 소도구처럼 보였다.

뮤직 부스는 출입문에서 안으로 기역(ㄱ) 자로 꺾여 들어가 바닥보다 탁자 높이쯤 위에 설치되어 있었다. 홀은 전체적으로 밝지 않았지만, 일부러 그렇게 꾸민 듯 뮤직 부스 안은 눈이 부시도록 밝았다. 거기에 거의 이십 일 만에 얼굴을 보는 그녀가 헤드셋을 끼고 마치 다른 사람처럼 앉아 있었다. 뮤직 부스 천장에서 떨어지는 강렬한 조명 아래 어쩔 수 없이 드러나 보이는 밝은 갈색 머리와 그 불빛 아래 더욱더 희어 보이는 얼굴까지 누가 보더라도 영락없는 서양 여자처럼 보였다.

나는 뮤직 부스로부터 멀찍이 떨어진 테이블에 앉아 천천히 유리 벽 속의 그녀를 살펴보았다. 편지에 쓴 대로라면 아직 삼십 분 더 일해야 한다. 들어올 때부터 오히려 내가 더 긴장해 그때 흐르던 노래가 무엇이었는지도 기억나지 않는다. 노래보다 나는 그녀에게만 정신이 팔려 있었다. 그러다 얼마큼 지났을까, 내 몸을 관통하는 어떤 강렬한 전류와도 같이 다음 노래를 소개하는 그녀의 목소리가 흘러나왔다.

"지금도 막 손님이 들어오셨는데, 오늘 여기 춘천 공치천 날씨 바람도 매섭고 너무 춥지요? 저도 아까 버스에서 내려 여기까지 호수 둑을 걸어오는데 너무 추웠어요. 잠시 전 어떤

분은 다른 도시에서 춘천으로 지금 막 여행을 떠나오신 듯 커다란 가방을 메고 오셨네요. 우리가 예정도 없이, 또 약속도 없이 전혀 뜻하지 않은 시간, 뜻하지 않은 장소에서 사랑하는 사람을 만나게 될 때는 어떤 기분일까요? 그 기쁨은 얼마나 큰 것일까요?"

그녀가 나를 봤다! 나는 갑자기 뛰기 시작하는 가슴으로 그녀의 말에 집중했다.

"하늘을 나는 새처럼 멀리서 아무런 예정도 약속도 없이 이곳 에메랄드를 찾아온 손님을 위하여 오늘 제가 여러분에게 들려드리는 마지막 사연, 새 이야기로 하지요. 우리는 하늘을 나는 새에 대해 얼마나 알고 있을까요? 아침 까치는 반가운 손님 소식을 알려주는 길조, 까마귀는 지혜, 원앙은 사랑, 비둘기는 평화, 파랑새는 행복, 독수리는 용맹, 사람들은 그렇게 말합니다. 그 많은 새 가운데 겨울이면 시베리아와 알래스카의 툰드라에서 1만 킬로미터를 남으로, 남으로 날아오는 작은 새 떼를 아는 사람은 얼마나 될까요? 우리는 1만 킬로미터를 날아온 그들에게 도요새라는 이름을 붙여주었습니다. 도요라는 이름 때문일까요? 가만히 입술을 모으고 도요라고 말하면 그 새는 마치 하늘을 날며 명상하는 새처럼 느껴집니다. 말하고 보니 새들이 명상, 이 말도 참 좋네요. 노요새는 정말 그렇게 높이, 또 멀리 나는 새일까요? 아침 일찍 일어나는 새가 더 많은 벌레를 잡고, 가장 높이 나는 새가 가장 멀리 본다는 의미는 또 무엇일까요? 새는—우리가 그들에게 바라고 찾는 것보다 더 많은 의미를 우리에게 줍니다. 겨울이면 이 땅을 찾아오는 무수한 철새들과 또 잠시 이 땅에 머물다가 간 아메리카의 또 다른 철새들까지—지금 신청곡이 하나 들어와 있지만, 이번 노래는 이 저녁 먼 곳에서 새처럼 이곳으로 날아오신 손님을 위해 제가 준비한 곡을 띄어드리겠습니다. 사이먼과 가펑클이 부릅니다. 철새는 날아가고……."

나는 심장의 박동조차 멎는 줄 알았다. 공개적이면서도 나 아니면 그것이 사랑의 고백인지 아닌지조차 알 수 없는 암호와도 같은 메시지로 그녀는 내게 노래를 선물했다. 나는 처음 이곳으로 들어왔을 때의 기분과는 다르게 잠시 콧날이 시큰해졌다. 커피를 주문해 마시고 그녀의 시간이 거의 끝날 무렵 다시 가방을 메고 밖으로 나왔다.

"놀랐어. 언젠가는 여기도 와 보겠지만, 오늘 이렇게 올 줄 몰랐어."

아마 그녀도 다음 노래를 짧은 멘트 속에 신청곡의 판만 걸어놓고 밖으로 나온 듯했다.

"언제 봤어?"

"존 덴버 나갈 때. 아닌 줄 알았어, 처음엔."

"할 만은 하고?"

"가면서 얘기해. 오늘은 조금 일찍 끝낸다고 얘기하고 나왔어. 보통은 십 분쯤 더하고 나오거든."

우리는 시내 명동으로 들어와 한 작은 주점에 들어갔다. 나는 버스를 타고 오느라 놓친 저녁 식사로 안주와 술을, 그녀는 음료수를 시켰다.

"미안해, 먼저 얘기 안 해서. 얘기하면 진호 씨가 말릴 것 같아서 그랬어. 사실은 지난가을부터 얘기가 있었던 건데."

"전에 책꽂이에 꽂혀 있는 음악책을 봤어. 물어볼까 하다가 그만두었지만."

"기계 다루는 건 비슷하니까 금방 적응하면 되는데, 처음엔 음악에 대해 이것저것 물어보더니 팝송 지식이 얕아 안 되겠다고 해서 다시 한 달간 가수하고 노랫말, 노래에 얽힌 얘기들을 공부해 갔더니 그 오빠가 사장이 보는 앞에서 테스트해보자고 했어. 사장도 바로 오케이 하고."

"한 달 동안 그것만 연습했던 모양이지."

"말하지 않아도 진호 씨가 무슨 말 하려는지 알아. 나도 내 실력만으로 얻은 자리가 아니라는 것도 잘 알고. 이만큼 하는 사람은 춘천에도 차고 넘쳐. 보통 사람들과 나른 내 얼굴로 언은 자리겠지. 새로 뮤직 부스 조명을 바꾼 것도 그렇고."

"됐어, 그만해."

"에메랄드뿐이 아니야. 일한 지 얼마 안 되는데 시내에서도 나는 우리말을 하는 아메리카 디제이로 소문나 있어. 사람들이 많이 오는 것도 그래서라는 걸 나도 잘 알아. 사람들도 내가 잘하는 것보다 실수하는 걸 더 재미있어하고, 내가 한국말을 너무 잘하는 것에 대해 오히려 실망하는 눈치인 것도 알아. 그래서 더 악착같이 잘하려고 해. 아까 진호 씨 왔을 때 새 얘기를 했지만, 개개비처럼 살다가 죽은 엄마를 위해서도. 사실은 아까 '엘 콘도 파사'를 틀 때 시간이 충분하다면 뻐꾸기 얘기도 하고 싶었거든."

"뻐꾸기는 왜?"

나는 잔을 들다 말고 그녀의 얼굴을 보았다.

"진호 씨가 높이 멀리 날기를 꿈꾸는 갈매기나 도요 같다면, 나는 뻐꾸기 새끼 같은 생각이 들어서."

"무슨 얘긴데?"

"언젠가 새에 대해서 읽은 적이 있어. 뻐꾸기는 알만 낳을 뿐 둥지를 만들 줄도 모르고 부화시킬 줄도 몰라."

"그럼 '뻐꾸기 둥지 위로 날아간 새'라는 건 뭐야?"

"그건 상징적 의미로 붙인 영화 제목이고. 개개비라고 물가에 사는 작은 새가 있어. 뻐꾸기가 개개비 둥지에다가 알을 낳는 거야. 뻐꾸기 알은 크고 개개비 알은 작은데도 뻐꾸기 알이 먼저 부화해. 뻐꾸기 새끼는 알을 깨고 나오자마자 다른 개개비 알들을 모조리 둥지 밖으로 밀어내 물속에 빠뜨려. 그런데도 어미 개개비는 뻐꾸기 새끼가 자기 새낀 줄 알고 먹이를 물어다 키워. 나중에는 어미 몸 열 배가 넘게 자라는데 그런데도 계속 먹이를 잡아다 먹여 키워. 그러면 뻐꾸기는 다 자란 다음 고맙다는 말도 없이 훌쩍 떠나."

"그래?"

"그걸 알을 맡긴다는 뜻으로 탁란이라고 해."

"뻐꾸기가 그렇구나."

"데이비드 크라크라는 남자가 엄마에게 나를 강제로 맡겼던 것은 아니야. 그렇지만 나는 엄마 둥지에 뻐꾸기처럼 태어났어."

"그렇다 해도 너는 뻐꾸기가 아니야. 이 땅에 잠시 머물다 떠나는 철새도 아니고."

"나도 한잔 줘. 언젠가 그를 만나는 날이 오게 될지도 몰라. 만나게 되면 그 뻐꾸기에게 이 땅의 어미 개개비 얘기를 할 거야. 그녀가 어떻게 살고, 어떻게 죽었는지."

우리는 늦게야 주점에서 나와 한께 밤길을 걸어 육림고개

277

에 있는 그녀의 자취방으로 갔다. 그곳에서 다시 학교 앞 하숙
집으로 가는 내내 나는 그녀가 말한 뻐꾸기에 대해 생각했다.

형이 연락도 없이 춘천에 왔다가 나도 없는 사이 학교 앞
하숙에 찾아와 방을 둘러보고 갔다. 조금 뜻밖의 일이긴 하지
만 남명진항 인근에 새로 벌인 '명진수산'의 생산 품목을 추가
하는 데 필요한 서류를 제출하러 도청에 왔다가 잠시 시간이
나서 들렀다고 했다. 그날 나는 학교 신문사에 가서 이제 새
학기 시작과 함께 입학식장에서 신입생들에게 나누어 줄 첫
신문 제작의 편집회의를 마지막으로 1학년 가을 학기부터 시
작되었던 학보사 생활을 끝맺고 돌아왔다. 아직 한 달 후의 날
짜지만 '기자 김진호(경영 3) 원에 따라 사임함' 하고 신문에 실
릴 사령도 내 손으로 썼다. 마음의 결정은 지난가을 편집국장
상수 형이 강제징집되었을 때 이미 내렸다. 아무것도 아닌 몇
해 전의 기록은 한번 새기면 지워지지 않는 문신처럼 따라붙
었고, 같은 무게의 기사에서조차 일단 혐의부터 걸고 보자는
식으로 나오는 '걔들'의 안경 색깔은 짙고 어두웠다.

새 학년 새 학기 편집국장은 2학년 때 기획부 1면 기자였던
이진수가 맡았다. 상수 형 못지않은 강골이어서 오히려 그것
이 걱정될 정도였다. 새 편집국장과 동료들은 '걔들'의 압박이

세지면 세질수록 우리가 더 악착같이 남아 있어야 하지 않느냐고 했지만 내가 해야 할 일은, 또 써야 할 글은 따로 있을 것 같았다. 조금은 허전한 마음으로 하숙집으로 돌아왔을 때 주인아주머니가 형이 다녀간 얘기를 했다. 뭔가 염탐을 하고 감시를 받는 것 같아 기분이 좋지 않았다.

그러는 사이 어느새 2월이 가고 3월이 되었지만, 내 눈에 신학기를 맞은 대학가의 풍경은 예년 어느 해나 크게 다를 바가 없었다. 새 학기의 시작은 언제나 그랬듯 ROTC들의 지축을 흔드는 '충성' 구호로 육중한 교문의 철문을 열었다. 그런 중에도 그해 3월을 떠올리면 지금도 잊을 수 없는 추억 하나가 있다. 주희와 함께 그녀가 일하지 않는 시간에 맞춰 육림극장에 가서 함께 〈닥터 지바고〉를 보았다. 거기서 학보사 사진기자 오정문을 만났다. 언제 어느 곳을 가더라도 늘 카메라 가방을 메고 다니는 오정문은 자기도 여자 친구와 함께 왔음에도 우리를 보자 그 자리에서 플래시를 터뜨려 사진 한 장을 찍어주며 "라라가 따로 없네."라고 말했다. 오정문의 말이 아니더라도 영화를 보는 내내 내 옆에 라라가 앉아 있는 듯한 기분이어서 이후에도 《닥터 지바고》의 어느 한 부분을 다시 펼쳐 읽게 되면 어김없이 그해 3월의 육림극장이 떠오르곤 했다. 영화를 보고 나와서도 영화 속이 눈에 대해 놀라고 감탄하는 주희에게 나는 명진 바닷가와 명진에서 산맥 쪽으로 멀지 않은 은비령에 은빛 비늘처럼 은비은비 날리며 내리는 전설적인 폭설에 대해 얘기해주었다. 눈이 너무 많이 내려 내어린 날 어느 해는 양조장의 한쪽 지붕이 무너지기도 했다고.

겨울과 봄 사이, 내 주변의 크고 작은 변화는 또 있었다. 오랜 시간이 지난 지금은 독자적인 판매보다는 공장의 기계화와 지역 부녀자들의 저임을 바탕으로 중간 가공품 상태로 일본 식품 제조회사로 수출하거나, 완제품을 생산하더라도 대기업 식품회사의 상표를 찍어 납품하는 협력 공장으로 운영되고 있지만, 형이 사장으로 있는 명진식품이 우리나라에서두 번째로 비닐 진공포장의 조미 오징어를 독자적으로 생산하기 시작한 것도 바로 그 무렵의 일이었다. 지난번에 형이 연락도 없이 춘천에 왔다 간 것도 일본에서 들여올 진공포장기 수입 기계의 설치 건 때문이었다고 했다. 수입 허가는 서울 상공부에서 받고, 설치 허가는 도청에서 받았다. 고3이 된 광호는 오래간만에 보내온 편지에서 명진식품의 조미 오징어가애초 기대보다 더 히트를 쳐 '아비는 술 공장, 자식놈은 안주 공장' 하는 그곳의 분위기를 전했다.

명진천 변의 벽돌 공장으로 시작한 명진건설도 인근 관광지의 국립공원 개발 붐과 함께 대단위 위락 시설 건설에 서울 대기업 건설의 도급 업체로 참여하고 있다고 했다. 다시 명진 가네야마네가 돈을 저울에 달아 계산한다는 소문이 돌기 시작한 것이었다. 어머니도 가끔 전화로 명진의 일은 모든 것이 아버지의 뜻대로 풀리고 있으니 느들은 그런 아버지의 뜻을 따라 공부나 열심히 하라고 했다.

당숙은 추운 겨울에도 아호진에 가 있다가 거기에서 무슨 안 좋은 일이 있어 다시 명진으로 돌아온 모양이었다. 광호의 편지엔 예전보다 건강이 급격히 안 좋아진 것 같다고만 했고, 어머니는 그 죽일 인간이 점점 실성을 해가며 술만 퍼마시는 게 아니라 이제 대학에 들어갈 애의 공부까지 방해하고 있어 여간 골치 썩고 있는 게 아니라고 했다. 어머니의 전화를 받은 다음 나는 이제 광호도 우리 어렸던 날 여름, 주조실 뒷벽에 그린 당숙의 게르니카를 이해할 것이라고 생각했다.

정혜의 얘긴데 장차 이어질 인간적 배신의 아픔이야 오직 운명의 신만이 아는 것이고, 그 학기 동안 어쨌거나 정혜는 그렇게 편한 가정교사 자리가 다 있나 싶을 정도로 얼마 전 대령에서 진급한 장군의 집에서 칙사 대접을 받고 있었다. 지난해 정혜가 그 집에 입주할 때만 해도 서울의 아무 대학에나 들어갔으면 했던 장군의 큰딸이 정혜의 손을 타고부터는 쑥

쑥 성적을 올리더니 당초 목표했던 것보다 훨씬 나은 성적을 거두어 어엿한 대학생이 되었다. 이제 지난해 큰딸만큼 바쁠 것 없는 고1짜리 둘째 딸의 독선생이 된 것인데 입주 과외비도 저쪽에서 먼저 알아서 올려줘 그것만 가지고도 길우 선배의 뒷바라지와 고시관 비용을 댈 수 있게 되었다고 했다.

신학기가 시작된 다음 나도 한 번 장군의 딸을 본 적이 있다. 어느 토요일 정혜가 그 집 두 딸과 함께 춘천으로 나들이를 왔다. 호숫가 식당에서 함께 늦은 점심을 먹는 자리였는데, 같은 대학생이어서 이제는 언니라고 불러도 좋을 정혜를 여전히 선생님, 선생님 하고 부르던 그 아이가 오히려 정혜의 언니처럼 키도 크고 숙성했던 것으로 기억된다. 주희가 주말 낮에 한 차례 더 일을 하는 '에메랄드'에 가서 커피도 마셨다. 디제이를 잘 살펴보라고 했더니 정혜가 "언뜻 보면 서양 사람 같은데 말하는 걸 보면 한국 사람이네. 맞아, 춘천이 그런 도시지."라고 말했다. 정혜도 춘천의 미군 부대를 안다는 뜻이었다.

"오빠 아는 사람이야?"

"나도 알고 춘천이 다 아는 사람이지."

정혜는 더 묻지 않았다. 정혜로서는 마지막 봄날다운 봄날이었는지도 모를 그해 신학기 무렵 주희를 포함하여 내 주변의 일은 대충 그러했다.

13
우리들의 구겨진 날개

당숙의 상경이 있었던 것은 5월이 거의 끝나갈 무렵이었다. 지금도 나는 시내의 의수와 의족 전문점 앞을 지나노라면, 또 거기에 놓인 당숙의 몸 일부와도 같았던 목발을 보노라면 어떤 그리움처럼 그 불행한 운명의 시인을 생각한다. 당숙은 그해 5월 말에 자발적인 상경이 아니라 아버지와 형에게 억지로 끌려 격리되다시피 서울로 올라왔다. 또 하나의 '게르니카'가 가네야마 도가의 부자에 의해 명진에서 서울로 옮겨져 그려지고 있을 때 나는 춘천에서 그 일을 전혀 모르고 있었다. 처음부터 아버지와 형이 광호조차 알지 못하게 일을 꾸민 것이었다.

내가 그 소식을 들었던 것은 모든 일이 끝난 다음 광호의 전화를 통해서였다. 그보다 먼저 3월쯤에 온 광호의 편지에 당숙이 지난겨울 끝 무렵 아호진에서 무슨 안 좋은 일이 있어 다시 명진으로 나왔다고 했을 때만 해도 나는 안 좋은 일이 어떤 일인지 몰랐다. 함께 일하던 머구리와 사이가 틀어졌나, 아니면 바다의 일이 혼자 하는 일이 아니니 다른 일로 기분이 상했나 정도로만 여겼다. 지난해 가을 아호진으로 배를 타러 갔을 때만 해도 이제야 자신의 일을 찾은 듯 좋아하던 당숙이 오히려 그곳에서 심신의 병만 얻어온 것이었다.

"형도 당숙이 전부터 알코올중독인 건 알지? 그게 아호진 갔다 오면서 더 심해졌어. 술 없이는 살지 못하고, 자다가 한 밤중에도 일어나 뭐라고 중얼거리면서 목발을 짚고 명진천으로 나가서."

전화로 광호가 말했다.

"거기는 왜?"

"연어 철도 아닌데 연어 마중을 나가야 한다고. 어떤 때는 내가 뒤따라가서 데리고 오면 광호야, 우리 광호야, 하고 우셔. 그러다가 아버지, 아버지, 연어처럼 돌아오셔야 할 아버지, 하고 우셔. 혼자서 무어라고 자꾸 중얼거리고 술도 입에 거의 달고 사셔."

"아호진에서 무슨 일이 있었는데?"

284

"지난번에 형한테 편지를 쓸 때만 해도 나도 안 좋은 일이라는 게 뭔지 몰랐어. 당숙도 말씀 안 하셨고. 밤에 강으로 나가는 버릇이 생기기 전엔 그냥 전보다 얼굴도 어둡고 술도 많이 드신다 여겼던 거지. 물어봐도 아호진 얘기는 어두운 세상일을 뭘 알려고 하느냐고 입 밖으로 내지 않으셨고."

"대체 그 안 좋은 일이라는 게 뭐냐니까?"

"당숙한테 직접 들은 얘기는 아니야. 서울로 가실 때까지도 누구에게고 당숙이 직접 그 말을 했던 적도 없고. 그런데 지난번에 당숙을 서울로 데려가기 전에 아버지가 저녁을 먹으면서 그러셨어. 당숙이 아호진에서 나오고 얼마 후인데, 거기 경찰서장이 점심이나 같이하자고 불러서 갔더니 서장이 그러더래. 사실은 정보 계통 쪽에서 먼저 연락이 와 자기들이 바다에 나가지 못하게 하고 돌려보냈다고."

"그 사람들이 왜?"

"당숙한테 배를 타지 못하게 했던가 봐. 그 배 선주와 머구리한테도 당숙을 태우면 당신들도 물질 못 나가게 할 거라고."

"정말……."

"그렇잖아, 아호진이라는 데가. 여기보다 휴전선도 가까우니까. 해안 경비대가 나가 있다 헤도 바다에 철조망이 있는 것도 아니고. 아호진에서 나오기 전에 끌려가서 조사도 받았는가 봐. 아버지가 만약 통대의원이 아니었으면 그냥 쉽게 명진으로 나오지도 못했을 거래."

결국 그거였다. 지난해 가을 당숙이 아호진으로 간 다음 얼마 후 '제3 땅굴' 발표가 있었다. 그들은 근해 조업을 나가는 머구리배에까지 '첩방공반'을 강화했을 것이다. 평생 자신을 옥죄어 온 이데올로기에 마지막 삶의 의욕을 걸었던 바다까지 빼앗기자 정신을 바깥에 내놓는 증세를 보였을지 모른다. 아호진에서 돌아온 다음 아무리 전과 달리 행동하고 심신이 약해졌다 해도 그 몇 달 사이에 격리까지 해야 할 만큼 그렇게 몸도 마음도 급작스럽게 악화되지는 않았을 것이다.

당숙이 그렇게 명진으로 돌아오자 가장 못 견뎌 한 것은 어머니였고, 아버지도 마찬가지였다. 당숙 때문에 늘 거론되는 것이 막내할아버지의 행적과 그늘이었다. 아버지와 어머니는 어떤 식으로든 벗어나고 싶었을 것이다. 형 또한 당숙에 대해 어쩔 수 없이 느끼는 부채 의식이 있었을 것이다. 내가 방학 때 명진에 머무는 동안에도 서로 마주치면 외면하거나 먼저 발길을 돌려 피하는 것도 당숙이 아니라 형이었다.

"그러는 동안 너는 뭘 하느라고 말리지 못했냐?"

"1박 2일간 잼버리 갔었어. 가기 전날 서울 큰 병원으로 진찰받으러 간다는 얘기는 들었지만, 진찰받고 오나 했지 입원까지 시키고 올지는 몰랐어. 나도 지금 그래서 전화하는 거야. 형이 알아야 할 것 같아서."

"지금 당숙이 있는 곳은 어딘데?"

"잘 몰라. 병원은 아니고 사설 요양원이라는 얘기를 들었어."

"알았어. 내일 갈 테니까 형한테도 꼭 전해. 내가 얘기 좀 하잖다고."

"큰형은 지금 국립공원 건설 현장에 가 있어."

다음 날 늦은 시간 명진에 도착했을 때 터미널에 광호가 기다리고 있었다. 집에는 일부러 저녁에 도착했는데 그때까지 아버지도 형도 돌아오지 않았다.

"바쁘다, 느 형은. 그런 인간 때문에 한가하게 들어오고 나가고 할 시간이 없는 사람이야. 아버지 도우랴, 두 군데 공장 둘러보랴, 현장 나가 있으랴, 몸이 열 개라도 부족한 사람이야. 너희처럼 하던 공부 집어던지고 그런 일로 서로 전화해 내려오고 올라가고 할 만큼 한가한 줄 아냐?"

광호에게 다시 형한테는 분명 연락을 했느냐고 묻자, 이제 보니 너 싸우러 왔구나, 하는 얼굴로 어머니가 말했다.

"그렇겠죠. 당숙을 아버지 어머니보다 더 못 견뎌 하던 사람도 형일 테고요."

"그래. 네 형은 아버지를 도와 그런다 치고, 너는 왜 왔는데? 지난해 아버지 선거 때는 그렇게 오라고 해도 들은 척도 않더니 사람 같지도 않은 인간이 미쳐서 돌아다니는 걸 치료라도 해주려고 서울로 보냈더니 그게 못 미더워서 왔냐?"

"미치긴 누가 미쳐요? 당숙이요? 그래서 형이 미쳤으니 어디 딴 데로 보내 가두자고 하던가요?"

나도 입에서 나오는 대로 거칠게 말했다.

"얘가, 느가 누구 덕에 고생 모르고 학교를 다니고 있는데, 집 떠나 있더니 이제는 부모 형제도 모르고 막 지껄이는구나. 가두다니? 누가 누굴 가뒀다고 그래? 그럼 어미 아비가 멀쩡한 사람을 그렇게라도 했다는 말이냐?"

"아니면요? 서울의 사설 요양원들이라는 데가 어떤 덴지 몰라서 그러세요? 멀쩡하던 사람도 한 달이 못 가 정신이 이상해지는 곳이 바로 그런 데라고요."

"우리도 생각할 만큼 한 일이다. 광호도 내년이면 대학에 가야 하는데 그 귀신 때문에 통 공부를 할 수 있어야지. 애가 심성이 착하니 그런 인간을 당숙, 당숙, 하며 모셔오고 들여오고 하지 다른 애들 같아 봐라. 밀쳐내도 벌써 밀쳐냈지."

"그러니까 광호 대신 아버지와 어머니, 형이 나서서 밀쳐냈단 말이죠?"

어머니하고는 더 얘기가 되지 않았다. 나는 아버지가 돌아
올 때까지 잠시 광호 방에 앉아 얘기하다가 문득 생각나는 게
있어 당숙 방으로 건너갔다. 예전이나 지금이나 정리되지 않
은 그대로였다. 한 가지 알 수 없는 일이 있었다. 내 기억으로
아버지의 통대 선거를 전후하여 아마 스스로는 세상에 대하
여 더는 희망을 거두었으면서도 내게는 자신이 버린 희망 같
은 용기를 주지 못해 애썼던 당숙이 아니던가. 나의 두 번째
출발에 대해서도, 또 나의 글쓰기 열망에 대해서도 끝내 버릴
수 없었던 당숙의 희망은 무엇이었던가. 내 앞에 불끈 주먹까
지 쥐어 보이며 아호진으로 떠날 때 당숙이 가졌던 삶의 마지
막 의욕은 무엇이었을까. 바다 위의 거친 노동이었을까, 절망
뿐인 뭍을 떠나 바다 한가운데 자유롭게 떠다니고 싶었던 것
일까.

형은 다음 날 오후에야 명진으로 돌아왔다. 아버지와 광호
까지 앉은 자리에서 얘기는 처음부터 다시 시작되었다. 어제
어머니가 했던 얘기를 세 사람이 입을 맞춘 듯 나누어 하고,
내가 했던 말을 광호와 내가 나누어 했다. 형은 말을 시작할
때마다 그래도 너희보다는 내가 당숙과 더 가깝다고 하면서
도 당숙의 증세를 광호에게 들었던 것보다 과장해서 말했다.

"좌우지간 다시 명진으로 모셔오세요."

"치료부터 해야지 명진으로 오는 것만 능사가 아니야. 그건 당숙을 위해서도 그래."

쉽게 끝나지 않을 얘기 중간에 내가 말하고 형이 대답했다.

"그럼 이번 격리 속엔 당숙을 위한 것이 아닌 다른 목적도 있다는 뜻 아니야? 어느 한 면 늘 문제 되어 불안했던 이 집안의 안녕과 체면을 위해서도."

"그런 식으로 말꼬리를 잡으면 끝이 없어."

"그럼 지금 사설 요양원에 있는 게 감금이지 치료냐고?"

"……."

"우리도 알아볼 만큼 알아봤다. 제대로 된 데는 입원비가 세 배는 더 든다. 너하고 정혜가 물어가는 학비도 적은 돈이 아니야. 광호도 곧 대학 가야 하고. 그런 돈은 뭐 땅을 파서 그냥 생기는 줄 아냐?"

잠시 말문이 막혀 머뭇거리는 형을 대신하여 어머니가 말했다.

"돈 때문이라면 좋아요. 당숙을 다시 데려오세요. 그럼 제가 학교를 그만두고 당숙이 나아질 때까지 옆에서 살필 테니까요. 그러면 이쪽저쪽 둘 다 돈이 안 들어가잖아요."

"이 녀석이!"

거의 동시에 아버지의 억센 손이 내 얼굴에 와 부딪쳤다.

반사적으로 나는 눈을 크게 부릅뜨고 아버지를 쳐다보았다. 철들고 처음으로 당하는 손찌검이었다. 또 식구들 앞에서 감정을 앞세워 말해보기도 처음인 것 같았다.

"듣자 하니 지껄이면 다 말인 줄 알고……."

아버지는 흥분하여 말했다.

"제가 내일 이대로 올라간다 해도 당숙과 막내할아버지만이 집안의 그늘이 아니겠지요. 이제 제가 예전에 제대로 하지 못했던 것 한번 나서보지요."

맞으면 오히려 당당해질 수 있다는 말 그대로 나는 차분하고도 싸늘한 말투로 내 심중의 마지막 말을 하고 말았다.

"무슨 얘기냐?"

아버지는 흥분해 있었고, 그 말의 뜻을 알아차린 형이 지금 누굴 협박하는 거냐는 얼굴로 물었다.

"치료 때문이라면 당숙을 데려오세요. 아니면 제가 올라가서 당숙의 열 배가 넘는 집안의 그늘이 되어줄 테니까요. 언젠가 아버지께서 그러셨죠. 나 하나로 집안 전체가 무너질 수 있다고……."

뒤늦게 그 말의 뜻을 알아차린 아버지는 다시 내 얼굴 앞에 치켜든 손을 어쩌지 못해 부르르 몸을 떨었다. 나는 때릴 테면 때려보라는 얼굴로 눈도 깜짝하지 않고 아버지를 쳐다보았다.

"왜 이러세요, 당신까지. 애한테 안 하던 손찌검까지 하고."

어머니가 황급히 아버지의 손을 붙들어 아래로 내렸다.

"저 지금 갔다가 주말에 다시 올게요. 나올 거 없어요."

나는 자리에서 일어나 거실을 나왔다.

"진호야."

형이 뒤따라 나오며 불렀다.

"너 나하고 얘기 좀 하자."

"얘기 끝났잖아. 아버지라면 모를까, 동생 하나 그런다고
주저앉을 가네야마 가의 장자도 아닐 테고."

"진호야."

"이 손 놔. 처음부터 나는 이 집안의 썩은 생선 같은 거 탐할
생각 없어. 오히려 잘된 거 아냐? 부담스러운 동생 하나 제 발
로 저쪽 제물이 되어주겠다는데. 그래도 명색이 명진 제일의
갑부인데 잘못 둔 동생 하나로 가네야마 가의 안녕이야 흔들
린다 해도 형이 챙길 생선 토막이야 없겠냐고."

"잡기는 뭘 잡아. 가든 말든 그냥 내버려 두라니까. 그런 놈
하나로 쓰러질 집안도 아비도 아니다."

"그럼요. 이 집안이 어떤 집안인데, 삼십 년 친일과 어발의
민주주의로 다져온 집안인데 쉽게 쓰러지기야 하겠느냐고
요."

"놔두라니까. 자식 하나 없는 셈 치면 되는 거지. 태호 너도 놔두고 들어오라니까. 고얀 놈 같으니라고."

나는 그런 아버지의 고함 소리를 뒤로하고 현관을 나왔다. 순간적인 감정 변화이긴 하지만 그러면서 다진 비장한 결의도 적지 않을 터인데 왠지 나도 모르게 눈물이 흘렀다. 당숙은 지금 어디에 있는가. 당숙에 대한 생각도 그렇지만 그냥 이대로 가야 하는가 하는 자괴감과도 같은 서러움이 먼저 복받치듯 눈물샘을 찔렀다. 나는 주조실 쪽에 눈길을 주며 양조장 정문 쪽을 향해 걸었다.

"갈 때 가더라도 나하고 얘기나 끝내고 가거라."

형이 뒤따라와 낮고도 무거운 소리로 말했다. 우리는 열매도 맺히지 않은 탱자나무 울타리를 지나 제방 쪽으로 나갔다. 형이 앞서 걷고 내가 뒤를 따랐다.

"나도 당숙께서 예전에는 반 의도적으로 그러셨다고 생각한다. 지금은 아니야. 너도 보면 그렇게 생각할 거다. 알코올릭도 심하고."

"다 좋아. 보지는 않았지만, 백번 양보해 당숙이 예전과 달라졌다는 형 얘기도 믿겠어. 그렇지만 격리가 최선은 아니잖아. 더구나 사설 요양원이라면 시설과 치료 방법이 어떠리라는 거 안 봐두 짐작할 수 있고."

"이제 와 내가 당숙을 싫어해 그러는 것도 아니고, 아버지가 어머니가 싫어해 그러는 것도 아니야. 아니, 어머니 경우는 워낙 데어서 그럴 수도 있겠지. 그렇지만 지금 명진으로 다시 모셔올 수는 없어. 그건 우리가 당숙을 싫어하고 좋아하고 떠나서 당숙의 상태도 그래. 그래서 얘긴데……."

형은 잠시 뜸을 들이면서 아직 다 마치지 않은 자신의 말에 대해 먼저 나의 이해부터 구한다는 얼굴을 했다. 이 년 전 여름 나를 데리러 춘천으로 왔을 때의 형이 아니었다. 지난 겨울 방학에도 느꼈지만, 이번에 와서 처음 눈빛을 주고받을 때도 그랬다.

"얘기해봐."

"모셔온다고 해서 네가 생각하는 것처럼 다시 좋아지지 않을 거야. 그 정도였으면 처음부터 서울로 모셔가지도 않았을 거야. 너는 모든 걸 나한테 책임을 돌리는데, 네가 곁에 있어도 마찬가지였을 거야. 여기 있을 때도 당숙이 견디지 못하는 건 명진과 이곳 수복지구의 어떤 분위기 때문이지 아버지와 나 때문만은 아니야. 전에도 알코올릭 증세가 있었지만, 이번에 아호진에 갔다 나온 다음부터 아주 심해졌어. 우선 그것부터 치료를 해야 하는데, 명진에서는 할 수가 없어. 내가 무조건 다시 모셔오는 게 능사가 아니라고 하는 것도 그 때문이야."

"결국 끝까지 모시고 올 수 없다는 얘기 아니야? 형 얘기는."

"내 말 마저 들어봐. 네가 아까 아버지 앞에서 한 말 때문에 이러는 건 아니야. 지난번 입원시킬 때 하느라고 했어도 내 생각이 짧았던 부분이 있는 것 같고. 같은 요양원이라 하더라도 당숙을 제대로 시설이 갖추어진 데로 옮겨 모시면 어떻겠냐?"

"그러니까 명진은 죽어도 안 된다는 거 아니냐고?"

"너 내 말은 믿지 않아도 광호 말은 믿잖아. 그래서 내려온 거고. 광호 얘기대로라도 지금 당숙에게 필요한 것은 치료이지 명진이 아니야. 너도 가서 보면 알겠지만, 그때 네 눈에 당숙이 건강해 보인다면 다시 명진을 고집해도 좋아."

"좋아. 가서 보고 나도 당숙의 상태가 나쁘다면 고집하지 않겠어. 광호 얘기를 듣고 나도 어느 정도 그럴 거라고 생각은 했지만, 최소한 나한테 얘기는 해줬어야지. 그랬다면 처음부터 감금만 해놓는 사설 요양원으로 보내지 않았을 테고."

"그래. 너한테 말하지 않은 건 내가 잘못했다. 인정하마."

"다시 찾아가면 언제 갈 건데?"

"이왕 나온 얘기니까 너나 나나 당숙을 위해서도 빠를수록 좋겠지. 우선 이곳의 바쁜 일부터 몇 가지 막아놓고."

그렇게 해서 다시 옮긴 곳이 가평의 어느 종교 단체 기도원 같은 요양원이었다. 불과 보름 사이의 일이지만, 처음 수용소 같은 시설에 있을 때 더 급격히 나빠진 것인지는 알 수 없으나 당숙은 이미 지난겨울 국회의원 선거 때 마지막으로 보았던 당숙이 아니었다. 나는 다른 것이 더 큰 원인일 것 같은데 요양 시설의 관리자도 아버지나 어머니처럼 술이 가장 큰 원인이라고 했다. 그날, 단지 그것이 거기에 있다는 이유만으로도 나무 한 그루 풀 한 포기조차 낯설게 바라보이던 그곳 요양원의 이질적인 풍경도 오래도록 내 뇌리에 남아 있다. 눈빛이 퀭한 상태에서도 내가 손을 잡자 당숙이 마지막 정신을 짜모으듯 내 손을 어루만지며 말했다.

"괜한 짓 하지 마라. 네가 보기엔 어떨지 모르겠다만 나는 명진보다 여기가 편하다. 네가 날 생각한다면 그냥 이대로 있게 놔둬라. 더 어둡기 전에 둥지를 떠나야 할 새가 있고, 둥지에 불러들여야 할 새가 있다. 여기에 있든 거기에 있든 내게 이제 부족한 건 술뿐이니까. 네가 꿈꾸는 일 꼭 성공하기를 바란다."

둥지에 대한 얘기는 마치 화두와도 같은 말이었는데, 6월도 막바지에 이르러서야 나는 당숙이 말한 둥지를 떠나고 들어옴이 무슨 뜻인지, 또 당숙이 아무리 일정한 요건 속의 치료가 필요하다 하더라도 아버지와 어머니, 가네야마 가의 장자까지 왜 그토록 격리시키지 못해 애썼던가를 알게 되었다. 그

날 정혜가 하숙집으로 전화를 걸어와 이번 여름방학에는 무
얼 할 거냐고 묻다가 지나가는 말처럼 내게 말했다.

"지난번 명진에 갔을 때 오빠도 얘기 들었지?"

"뭘?"

"큰오빠 가을에 결혼한다는 거."

"결혼?"

14
비망록, 1979년 가을

    여름방학 동안 나는 징병 신체검사를 받기 위해 명진으로 갔던 이틀을 제외하고는 줄곧 무더운 춘천에 있었다. 춘천의 여름은 저절로 흐르는 땀 때문에 겨드랑이가 쩍쩍 갈라지고 거기에 다시 땀이 흘러 아리고 쓰라렸다. 명진에서는 한 번도 느껴본 적 없는 더위였다.

    형의 결혼식은 석 달 후인 10월 27일 토요일로 결정되었다. 일부러 날짜를 맞추어 간 것은 아닌데 징병 신체검사를 받으러 갔다가 그때 명진으로 인사하러 온 형의 약혼자를 보았다. 지난 5월에 선을 보았다고 했다. 흰 얼굴에 가는 금테 안경까지 쓰고 있어 영락없는 서울 여자인 줄 알았는데 강양 최 씨 집안에서도 그 지방에서는 살아있는 전설처럼 통하는 번성가의 딸이라고 했다. 어쨌거나 형의 여자라는 점 외에 당숙과 관련하여서도 그 여자는 보지 않았을 때부터 내게 좋은 인상은 아니었다.

"만나도 제대로 만났네요. 강양 최씨 번성가도 일제 때 술도가로 일어섰다니까."

아버지와 어머니는 물론 형과 여자까지 있는 앞에서 나는 그렇게 말했다. 새빨갛게 얼굴이 붉어진 장래 며느리를 위해 아버지는 예의 그 말 같지도 않은 도가 제민론을 들고 나왔다.

"양조장이 왜? 느들은 꼭 만세를 부르고 독립운동을 해야 애국잔 줄 아는데 그 시절 양조장을 했던 사람만 한 애국자도 드물다는 걸 알아야지. 이쪽 명진만 해도 먹을 게 없어서 고향 등지고 남부여대해서 만주며 간도로 떠난 사람이 얼만데. 다른 공장은 몰라도 양조장 옆에서는 굶지 않고 살았어. 거기에서 나온 지에밥과 지게미만 해도 한 동네 허기는 메우고 살았다. 동네 애들 식량도 절반은 양조장에서 댔다 해도 틀린 말이 아니지. 멍석에 고두밥을 펼쳐 내놓으면 반은 그렇게 없어졌으니까."

"그래서 어떤 데서는 지게미를 먹고 힘이 넘쳐 주인을 때려 죽이기도 하고, 또 어떤 데서는 도가에 불을 지르기도 했지요."

들은 얘기가 있었다. 명진 도가의 형제가 *그곳*에서 일하는 잡부들에게 몰매 맞아 죽을 무렵 강양 최씨 도가엔 하룻밤을 두고도 꺼지지 않을 큰 화재가 있었다고 했다.

지금 와 생각하면 그렇게까지 할 필요가 있었나 싶기도 하지만 당시엔 꼭 그래야 할 이유가 있기나 한 것처럼 나는 나의 감정을 마구 쏟아놓았다. 내 나이 스물네 살이었고, 당숙은 가평에 있는 기도원 같은 요양원에 격리되어 있었다. 아호진에서 나오면서 얻은 마음의 병도 병이지만, 그보다 나는 그 격리야말로 이쪽 도가의 굴뚝이 오히려 낮아 보이는 강양 최씨 번성가의 딸을 신부로 맞아들이기 위한 사전 정지작업처럼 생각되었던 것이다. 아호진에서 당한 출항 통제의 뿌리 뽑힘도 그렇지만, 그보다 일찍이 도가의 장자만 당숙에게 살뜰했어도 저렇게까지 넋을 놓아버리지는 않았을 것이다. 이미 당숙은 나빠질 준비가 되어 있었다. 장차 형수가 될 여자 앞에서 그런 소리를 서슴없이 할 수 있을 정도로 우리 형제 사이 역시 그랬다.

다음 날 춘천으로 돌아와 바로 가평 요양원으로 면회 갔던 것도 명진에서의 기분 때문이었다. 내 눈에 당숙은 명진에 있을 때보다는 못하지만 내가 처음 요양원에 와 보았을 때와 별 차이가 없어 보이는데도 담당 선생이란 사람은 시인의 상태가 의도적인 행동이 더 늘고 있다는 점에서 나아지지 않고 점점 나빠진다고 말했다.

"어떤 점이 그런가요?"

"다분히 자학적이긴 하지만, 낮에는 무얼 하든 그게 의도적으로 저러는구나 하는 것이 눈에 보여. 여기서 일하는 우리가 처음엔 다들 시인이라고 부르다가 박사라고 부르는 것도 그만큼 지적 수준이 높아서거든. 그런데 밤이면 의도적인 행동과 저절로 그렇게 나오는 행동의 구분이 없어져버려. 주문을 외우듯 무언가를 끊임없이 웅얼거리는데 이게 어떤 뜻이 있는 말도 아니고, 그렇다고 뜻이 아주 없는 말도 아니야. 술이야 여기서는 어쩔 수 없이 자제할 수밖에 없지만 마음으로는 공급이 되고 몸으로는 공급이 안 되는 거지. 섭생은 스스로 챙겨야 하는데 그것도 어느 날 나쁜 쪽으로 가버리지 않을까 불안하다네."

당숙은 원래 혼잣소리가 많은 사람이었다. 그런데도 혼자 뜻 모르게 오래 웅얼거린다는 말이 쉽게 이해되지 않았다. 전에 광호가 밤만 되면 혼자 뭐라고 중얼거리며 명진천으로 나가서, 하던 말로 미루어 짐작만 할 뿐이었다. 요양원을 나와 돌아오면서도 이유 없이 화가 나고 슬퍼지는 기분을 나도 어쩔 수 없었다.

주희는 여름방학 동안 일자리를 한 군데 더 늘렸다. 시청 앞쪽의 '올리비아' 말고도 그 무렵 명동에 새로 단장한 100석 규모의 '봄내다실' 뮤직 부스에 낮 열두 시부터 두 시까지 일하기로 해서 공지천의 '에메랄드'까지 열두 시부터 밤 열 시까지 하루 네 타임 여덟 시간을 일했다.

"너무 많지 않아?"

"방학 동안만 그렇게 하는 거야. 학기 시작하면 토, 일요일 빼고는 낮에 할 수 없어. 그렇게 해야 가을 학기 등록도 하고, 지금 있는 곳에서 다른 곳으로 방을 옮길 수 있어."

"방은 왜?"

"거기는 엄마가 아는 사람을 통해 얻어줬는데 처음 들어올 때 월세로 시세보다 싸게 있었거든. 주인이 방을 수리해서 전세로 놓으려나 봐. 거기는 명동도 가깝고 이쪽저쪽 길목이라 비싸기도 하고."

"옮기면 어디로 갈 건데?"

"찾아봐야지. 학교 가까이는 내가 싫고."

그 말뜻을 우리는 서로 알았다. 그 방은 처음엔 아버지의 통대의원 선거날 한 번밖에 가보지 않은 곳이었는데, 그녀가 부직을 찾아다니던 지난해 가을부터는 너무 많이 드나들고 있었다. 만일 학교 앞으로 방을 옮긴다면 거기는 다른 자취생들도 많은데 그런 모습이 그녀에게도 나에게도 신경 쓰일 것이다.

"그래도 일하는 시간이 너무 많잖아. 네 타임 여덟 시간이면."

"지금은 안 할 수 없어."

나는 하숙집 책상 앞이나 툇마루에 나가 책을 읽다가 낮이든 저녁이든 꼭 한 차례 시원한 데를 찾아가듯 그녀가 일하는 곳으로 갔다. 가서 한 시간 반이나 두 시간쯤 그녀가 앉아 있는 뮤직 부스를 멀거니 바라보다가 그녀가 일을 끝내고 나오면 함께 나와 그녀는 서둘러 다음 일할 곳으로 가고, 나는 버스를 타고 한밤에도 열대야로 푹푹 찌는 하숙으로 돌아왔다.

아주 뜨거운 여름은 지나가고 있었지만, 춘천 분지의 늦여름은 여전히 덥고 내겐 쓰라렸다. 그해 여름을 얘기하면 춘천의 더위만큼이나 빼놓을 수 없는 일이 있다. 바로 'YH무역 사건'이었다. 어느 가발 제조업체 여성 노동자들이 외화를 빼돌리고 달아난 사주의 일방적인 폐업 조치에 항의하기 위해 새벽같이 야당 당사로 몰려가 그곳에서 농성을 시작했다. 하루인가 이틀 뒤에 도시 게릴라전을 방불케 하는 경찰의 기습 공격으로 한 사람이 목숨을 잃은 그 사건은 이후 야당 의원들의 무기한 농성과 총재의 의원직 제명으로 이어질 만큼 세상을 시끄럽게 했다.

우리는 여성 노동자들의 야당 당사 농성도, 강제 해산에 따른 말 그대로의 사투도 신문을 보고 알았다. 정확하게 백여든 네 명의 여성 노동자를 강제로 해산시켜 끌어내는 데 이천 명의 경찰이 투입되었으며 끝내 한 여성이 창문에서 떨어져 숨졌다는 기사를 읽으며(경찰은 이걸 스스로 떨어져 죽은 자살이라고 말하고) 나는 어쩔 수 없이 명진 도가의 부자를 떠올렸다. 지방 졸부들의 정략결혼을 위한 사전 정지작업으로 가족까지 격리시키길 주저하지 않는 그들이 나중에 비슷한 일을 겪게 된다고 했을 때 그보다 못하란 법이 없었다. 그 무렵에는 그런 사회적 사건들이 모두 내 주변의 상황으로 바로 연결지어 생각되었다.

정국은 우리 눈에도 숨 가쁘게 돌아가고 있었다. 독재자는 얼마 전 당권을 쇄신한 야당과 극도의 긴장 관계를 유지하고 있었고, 야당은 여러 가지 제약으로 차마 그렇게까지 말하지 못했지만 재야 세력은 대놓고 독재자의 퇴진을 요구하고 나섰다. 이전에도 목숨을 건 노동운동은 있었다. 내 죽음을 헛되이 하지 말라는 어린 노동자의 분신도 있었다. 그럴 때마다 그들은 거대한 폭압으로 묻어버렸다. 이제 바야흐로 때가 오고 있는가.

그런 가운데 2학기가 시작되었다. 나로서는 입대 전 마지막 학교생활이었다. 정리하지 않으면 안 될 것들과 또 준비하지 않으면 안 될 것들이 많았다. 어떻게 마지막 학기를 보낼 것인가 생각하자 마음도 비장해져 나는 명진의 아버지와 형 앞으로 편지를 썼다. 나는 사실 이 편지를 보다 일찍 썼어야 했으나 그러지 못했다는 것, 그것은 전적으로 내 용기가 부족한 때문이었다는 것, 입대 전 마지막 학기를 앞두고 이제야 이런 결심을 한다는 게 아버지와 형에게도 그렇고 스스로에게도 우스운 꼴이긴 하나 비록 얼마 남지 않은 기간이더라도 앞으로 도가의 도움 없이 스스로 학비를 벌어 생활해 나갈 것이라고 밝혔다. 학기를 마치고 방학을 하여도 명진에는 다시 가지 않을 것이며, 이곳에서 그대로 입대했다가 제대 후 복학하여서도 여전히 그럴 것이라고 했다. 이 편지가 명진에 닿을 때면 나는 이미 먼저 있던 곳에서 거처를 옮긴 뒤일 것이라서 찾아온다 해도 쉽게 만날 수 없을뿐더러 편지를 보낸다 해도 내가 받을 수 없을 거라고 썼다. 얼마 전 집에서 보내온 2학기 등록금도 전신환으로 바꿔 되돌려 보냈다. 등록까지 끝낸 다음 갑자기 돈이 생겼던 건 아니었다. 편지를 받은 다음 아버지와 형은 이 무슨 느닷없는 절연 선언인가 여기겠지만 내용은 비장했어도 실제로 ㄱ 돈은 주회가 일지리를 구하기 전인 시난해 가을과 봄 학기 동안 앞으로 필요하게 될지 모를 그녀의 등록금을 위해 매달 얼마씩 모아두었던 것이었다. 그것이 가능할 만큼 국립대 등록금은 사립대 등록금의 절반도 되지 않았다.

하숙의 짐까지 새로 총무로 들어간 독서실의 간이 방으로 옮기고 난 다음 나는 정혜에게 전화를 걸었다. 이제 나는 스스로 조금씩 도가의 그늘에서 벗어나고 싶다고, 그런데도 이상하게 마음은 더욱 외로워져서 너에게 전화를 걸었다고. 아버지와 형에게 편지를 쓰고 명진에서 보내온 등록금을 도로 부칠 때만 해도, 또 얼마 되지 않는 짐을 몇 개의 상자에 넣어 묶을 때만 해도 스스로 다진 비장함으로 미처 생각지도 않았던 외로움이 방 정리까지 끝내고 나자 견딜 수 없도록 밀려들었다.

"오빠. 나는 못 그래. 길우 오빠가 이번 이 차에 안 되면 내년에도 그래야 하고."

정혜가 말했다. 나는 길우 선배가 이번엔 시험을 잘 보았느냐고 물어보았다. 정혜는 그건 본인 생각일 뿐 채점 결과야 알 수 없는 일 아니냐고 했다. 정혜에게 나는 다시 언제가 되든 명진의 수재는 꼭 해낼 것이라고 말해주었다.

"시험 보고 나서 처음엔 안 그러더니 요즘엔 부쩍 초조해지는가 봐. 작년엔 일찌감치 내년 공부에 들어갔는데 올해는 다음번 준비를 전혀 안 하는 건 아니지만 빨리 발표를 봤으면 하는 것 같아."

"그럼 잘 본 모양이네."

"모르겠어. 그래서 어제는 윤경이와 셋이서 인천에 나갔다가 왔어. 바다도 보고."

"윤경이?"

"같이 있는 애 말이야. 올해 대학에 들어간."

이어 정혜는 그럼 오빠는 어떻게 생활해? 하고 물었다. 나는 짐을 하숙에서 일하는 곳으로 옮겼으며 식사는 학교 앞 식당에서 월식으로 매식할 것이라고 했다.

"그래도 돈은 들잖아."

"일하는 곳에서 받는 것도 있어서 괜찮아."

"그럼 연락할 전화도 없는 거야? 일하는 곳에."

"있지만, 지금은 너한테도 가르쳐주기가 좀 그렇다."

"그럼 오빠가 나한테 자주 전화해. 그래야 명진에 무슨 일이라도 있으면 내가 알려주지. 나도 오늘처럼 가라앉아 있다가 오빠 목소리 들으면 위로가 되니까."

시험의 불투명한 미래로 힘들기는 하지만, 아직 정혜의 연애는 활짝 핀 장미의 나날이었다.

그러던 중에 뜻밖에도 주희가 나도 모르게 휴학계를 냈다.

나는 그것을 학기가 시작되고 이 주일이 지난 다음에야 알았다. 학교에서는 잘 보이지 않는다 싶었는데, 나는 그녀가 여러 군데 일을 해 전보다 시간이 없어서일 거라고 생각했다. 그녀가 평일 낮에도 명동 '봄내다실'에서 일한다는 얘기를 학보사 오정문이 말해주었다. 그날 저녁 나는 독서실 일을 다른 사람에게 맡기고 '에메랄드'의 마지막 타임에 그녀를 찾아갔다.

"대체 어떻게 된 거야?"

호수에서 시내 쪽으로 걸어 나오며 내가 물었다.

"알고 있는 대로야."

"왜 그랬냐고? 이젠 일도 하잖아."

"언제까지 춘천에서 살아야 할지 모르지만, 방을 얻는 데 돈을 좀 많이 썼어."

"얼마나 썼는데?"

"보증금으로 등록금 준비해둔 거 다 넣었어."

그녀는 마치 남의 얘기를 하듯 담담하게 말했다.

"무슨 방을 어디에 얻었는데?"

"팔호광장 뒤편 언덕 위야. 후평동은 일하는 데서 너무 멀고."

언덕 위 어디쯤인지는 몰라도 거기라면 내가 저녁부터 아침까지 총무로 일하는 독서실과 가까운 곳이었다.

"진호 씨는 어차피 이번 학기 마치면 군에 가잖아. 나는 앞으로 삼 년이 될지 사 년이 될지, 어쩌면 그보다 더 오래 여기에 있어야 할지 몰라. 그래서 학교보다 우선 내가 있을 곳부터 안정되게 마련하자 생각했어. 팔호광장 뒤편 언덕 위에 부엌 딸린 방 한 칸짜리 집이야. 어떤 신혼부부가 방을 얻어 도배까지 해놓았는데 갑자기 남자가 원주로 발령이 났대."

"아무리 그래도 그렇지 학비로 집 얻는 사람이 어딨어?"

"이상하다는 거지?"

"그럼 안 이상하냐?"

"이상해도 그런 사람 여기 있고, 사정이 그런 거니까 자꾸 뭐라고 하지 마."

"사정이 뭐 어때서?"

"봐, 아까도 말을 했는데 다시 이렇게 말하잖아. 나는 이곳 춘천에서 개학하면 하숙하고, 방학하면 고향에 가고, 때가 되면 군대에 가고, 졸업하면 훌쩍 여길 떠나는 사람들과 달라. 엄마가 떠난 다음 나는 가야 할 집도 없고 절도 없어. 앞으로 언제까지일지도 모르게 혼자 여기서 살아야 할 사람이라고."

"그럼 얘기를 했어야지."

"하면? 그동안 진호 씨가 하숙을 싼 데로 옮기고 생활비와 용돈을 줄여 마련한 돈으로 내 등록금 내주려고? 그러자고 할까 봐 안 했어. 할 수 없었어. 그래서 이사도 혼자 했어."

우리는 공지천에서부터 내가 처음 하숙을 했던 초록지붕 앞과 중앙로터리의 오거리와 운교사거리를 지나 팔호광장까지 마치 정처 없는 걸음처럼 터벅터벅 걸어서 왔다. 밤길인데도 함께 걷는 우리를 바라보는 사람도 많고, 거리에서 새어 나오는 불빛 아래 나 저 여자 아는데, 하는 시선으로 힐끔거리며 가는 사람도 많았다.

"요즘도 길을 걸을 때 간판 보고 다녀?"

"버릇이 됐는가 봐. 혼자 걸으면 저절로 그렇게 돼."

"그래도 얘기를 하면 좋았잖아."

"나는 안 좋으니까, 이제 그 얘기는 여기까지만 해. 한다고 다시 등록할 수 있는 것도 아니잖아."

그날 밤 나는 새로 옮긴 그녀의 방에 가보았다. 건물이 독립적이지는 않은데 주인집은 대문을 통해 들어가고, 그녀의 방은 대문으로 들어갈 수도 있지만 담을 반쯤 돌아 작은 쪽문을 통해 드나들기 편하게 되어 있었다. 춘천에는 이런 구조의 집들이 많았다. 아래 팔호광장에 있는 독서실이 춘천여고로 가는 길 쪽이어서 걸어서는 오 분, 뛰어서는 이 분도 안 되는 거리였다.

"들어갔다 갈래?"

그 말을 그 시간에 편하게 말할 수 있는 것도 그간 육림고개에 자주 방문해서이기도 하지만 안채와 독립된 쪽문 때문일 것이다. 나는 가만히 고개를 끄덕였다. 그녀가 살며시 쪽문을 밀었다. 방에 들어가 그녀가 스위치를 올리자 가구가 크게 늘지는 않은 것 같은데 방이 육림고개에 있을 때보다 짜임새 있게 정리되어 있었다. 읽던 책을 그대로 놓아둔 책상 위도 반듯하고 몇 벌 안 되는 옷들이 걸려 있는 벽 쪽 행거도 가지런해 보였다. 그녀가 컵을 가지러 나간 부엌 찬장에 가지런히 놓인 취사도구들도 잘 정돈되어 있었다. 육림고개에 있을 땐 없었는데 팔호광장 쪽으로 와서 생긴 것은 커피포트와 초이스 커피였다.

'개개비의 둥지'

그녀의 책상 위에 쓰여 있는 글이었다.

까닭 없이 마음이 아려왔다.

그곳에서 나는 통금 십 분 전에 방을 나와 조심조심 골목을 걸어 내려왔다. 독서실 세면대에서 세수를 하고 나자 세상을 흔들 듯 길게 통금 사이렌이 울렸다. 다시 까닭 없이 마음이 아려왔다.

'개들'의 학원에 대한 통제는 2학기 들어 너욱 심해졌다.

1979년 2학기 들어 전국의 첫 데모가 9월 초 이 학교에서 있었다. 처음에는 그 영향인가 생각했다. 학기 초마다 으레 갖곤 하던 개강 파티조차 이제는 집회에 대한 사전 허가 없이 가질 수 없다고 했다. 2학기 전국의 첫 데모가 이 학교에서 일어나서가 아니라 위쪽의 지침이 그렇다고 했다. 굳이 개강 파티를 해야겠으면 경찰서에 미리 신고해 허락을 받으라는 것이었다. 그런다고 내줄 허가도 아니었다. 서너 명만 잔디밭에 모여 앉아 얘기를 나누어도 어김없이 학교에 상주하는 '짭새'들이 다가와 주위를 두리번거렸다. 둥그렇게 모여 앉은 쫠쫠이판까지도 기웃거렸다. 매년 가을에 학과마다 고적 답사니 현장 견학이니 하는 이름으로 떠나던 몇 박 며칠의 가을 수학여행도 허가가 나지 않을 거라고 했다. 강행하여 떠난 학과도 있었다. 돌아와 보니 그 학과 과대표의 정학 처벌이 기다리고 있기도 했다.

내가 연초까지 몸담았던 학보사 동료들을 만나면 요즘 '개들'의 간섭이 더 심해져 아무것도 할 수 없다는 말만 했다. 학술 논문이 아니고선 교수들도 원고 청탁 받기를 꺼리며 마지못해 받더라도 지나치게 추상적이거나 신변잡기식의 원고만 써준다고 했다. 대체 그걸 읽을 독자가 몇이나 된다고 〈2—치환 또는 비치환된 아미노카르보닐옥시칼킬—1과 4—디히드

로피리딘의 화학적 반응 비교〉와 같은 연구 논문이 4면짜리 신문에 아예 한 면을 차지하는 경우도 있었다.

"나도 그때 누구처럼 그만두고 나갈 걸 그랬나 봐."

이제 임기를 얼마 남겨두지 않은 편집국장 이진수까지 그런 말을 했다. 학교 신문이 두드려 패는 건 지난해나 지금이나 학교의 낡은 시설물과 굼뜨기 짝이 없고 필요한 책을 찾기조차 힘든 도서관 행정, 구내 학생식당밖에 없었다. 아무리 학교 바깥의 일이지만 YH 같은 말은 누구도 입에 올릴 수 없었다. '참을 수 없어 한마디'라는 제목의 '핀셋' 기사도 정문 앞 맨홀 공사를 언제부터 시작했는데 여태 끝나지 않아 불편하다는 투정 같지도 않은 투정이 전부였다. 변한 것은 아무것도 없었다. 꿈틀거리면 오히려 누르기의 압박과 통제만 강화될 뿐이었다.

"지난번 호국단 간부 임명 때 핀셋 난에 야당 총재 선출만큼 드라마틱하지 않더라도 뽑는 쪽이나 뽑히는 쪽이나 무슨 밀사 뽑듯 해서야 쓰겠느냐고 썼다가 기사는 나가지도 못하고 기획부장하고 나하고 박살 나게 깨졌다."

이진수가 말한 대로 앞서 있은 신민당 총재 선출은 그야말로 드라마틱했다. 그러나 거기까지였다. 공작에 넘어간 몇몇 당원이 제기한 총재단 직무정지 가처분 신청이 받아들여져 총재는 직무를 수행할 수 없게 되고 허수아비 같은 '총재 권한 대행' 체제로 넘어갔다. 형식은 그랬지만 내부적으로는 물러난 총재가 오히려 더 힘을 얻고 당은 전체적으로 강경해졌다. 학생운동도 그랬다. 서울에서 연일 투석전의 가두시위 소식이 들려왔다. 명진에서 형이 일부러 나를 찾아 학교로 온 것도 각 학교마다 벌어지고 있는 데모 소식 때문이었다.

"무슨 일이야? 이렇게 일찍 여기까지."

아침 첫 시간 조직행동론 수업을 받기 위해 강의실로 들어가다가 나는 건물 입구를 지키고 서 있는 형과 마주쳤다. 이건 또 무슨 출현인가 싶어 깜짝 놀랐다.

"왜, 나는 너를 보러 오면 안 되냐?"

"안 될 것까지야 없지. 느닷없으니 하는 얘기지."

"오긴 어제 오후에 왔는데, 네가 학교에 나오지 않아 여기 여관에서 자고 아침에 다시 왔다. 친구들 말로 너 요즘 학교에도 잘 나오지 않는다고 하더라."

"내가 선택한 전공도 아니잖아. 배워봐야 가네야마 도가 굴뚝 올리는 데나 쓰일 거."

"너, 말을 해도 그렇게밖에 못 하냐?"

형은 가까스로 참는다는 얼굴로 말했다. 그냥 오지는 않았을 테고 보다 중요한 얘기가 있을 것이다.

"싸울 것도 아니고, 그 얘기는 그만하자. 수업은 몇 시에 끝나냐?"

"그냥 나가. 형 바깥에 세워두고 공부할 기분도 아니고."

"끝날 때까지 기다리마."

"됐어. 그걸로 밥 먹을 생각 아니니까."

나는 형을 데리고 학교 앞 가까운 다방에 들어갔다. 레지가 다가와 물컵을 내려놓자 형은 커피를 시켰고, 나는 아직 빈속이라 우유를 달라고 했다.

"그래, 무슨 일로 행차한 거야."

물으면서도 나는 지난번에 보낸 편지 때문이거니 생각했다. 그 편지를 보내고 나서 학과 주소로 그런 네 기분을 이해하나 집안과 너 자신의 장래를 생각해서라도 제발 조용히 학교생활을 해달라는 형의 편지가 왔었다. 되보내기는 했지만 두 달 치 하숙비가 넘는 전신환까지 들어 있는 등기우편이었다.

"너도 아는지 모르겠다. 최정수라고, 고등학교는 너보다 후배인 것 같은데 우리 양조장 최 씨 아들 말이야."

"알지."

전에 내가 서울 시위에 다녀온 다음 정혜가 물어 한번 얘기한 적이 있었다. 정수 누나도 공부를 잘했는데 집에 돈이 없어 중학교만 나오고, 정수도 내가 먼지 대학에서 잘려 명진으로

와 있을 때 그해 명진고등학교 졸업생으로서는 가장 좋은 성적으로 고대 법대에 들어갔다. 그해 겨울 아들의 대학 입학으로 최 씨 아저씨도 까닭 없이 아버지에게 죄송스러워하고, 아버지도 최 씨 아저씨에게 "집어넣기만 하면 뭘 하나, 돈 디밀어 가르치는 게 문제지." 하고 대놓고 빈정거리며 구박했다는 얘기를 들었다. 그때는 내가 지은 죄가 있어 나서서 무어라고 말하지 못했다.

"명진은 지금 개 때문에 난리도 아니다."

"개가 왜? 학교도 잘 들어갔는데."

"얼마 전 그 학교만이 아니라 몇 개 학교를 묶어서 서울 시내 한복판에서 데모를 주동한 모양이더라. 지금 전국으로 수배돼 도경에서도 사람이 내려오고 명진경찰서에서도 개가 내려오지 않았나 찾느라 동네가 발칵 뒤집혔다."

그제야 떠오르는 일이 있었다. 지난해 내가 서울 연합시위에 갔을 때 종로서적 앞에서 정수가 나를 보았다고 했다. 그때 정혜는 정수가 종로서적에 책을 사러 나왔다가 길거리에서 구호를 외치는 나를 보았다고 했는데 그것이 아니라 정수도 함께 거리에서 구호를 외쳤던 것이다.

"양조장에까지 사람이 오고 난리도 아니다. 그래서 최 씨 아저씨도 일 그만두고."

"정수가? 걔 대학 졸업반인데. 걔 누나도 그렇고 조용한 집 안인데."

"누가 알았겠냐. 시위도 그냥 시위가 아니라 폭약까지 만들 었다고 하더라. 그래서 검거하기 위해 경찰이 걔 숨을 만한 데 를 불을 켜고 돌아다녀."

"폭약이라니?"

그게 가능하나? 하는 얼굴로 다시 내가 묻자 형은 거기에 대 해서는 그렇게만 들어 잘 알지 못하지만 암튼 그렇다고 했다.

"그런데 최 씨 아저씨 얘기는 또 뭐야? 그 아저씨가 그만둔 거야, 아버지가 그만두게 한 거야?"

"너도 아들이 그렇게 됐는데 일할 정신이 있겠냐?"

"아니지. 형이 그랬던 건 아닐 테고 아버지가 그랬던 거 맞 지? 안 봐도 아버지는 능히 그럴 사람이잖아. 형이 온 것도 아 버지가 올라가 나 단속하라 했을 테고."

"그럼 너 같으면 걱정이 안 되겠냐! 지난번에 자식이 그런 편지까지 보내왔는데."

"걱정할 게 뭐가 있어? 나 이제 도가와 인연을 끊겠다는데."

"너 정말……."

"잘 들어, 형. 앞으로 또 이런 일이 있을까 봐 미리 얘기하는 데, 제발 날 좀 내버려 둬. 용기 없어 가만히 있는 사람 일부러 찾아와 부추기지 말라고. 아버지한테도 말해. 최 씨 아저씨 다시 나오게 하라고. 안 그러면 내가 어떤 일이 생길지 그대로 보여줄 거라고. 자꾸 나 긁어서 정말 앞에 나서게 하지 말라고 해."

"최 씨 아저씨 일은 내가 가서 말할 테니까, 아니 내가 알아서 할 테니까, 너는 정말 이젠 그런 일에 나서지 마라. 그런다는 믿음만 아버지에게 주면 돼. 그러면 집에서도 너에게 할 거다 한다."

"자꾸 다짐해 물으니까 솔직하게 말하지. 지난번에 편지를 썼던 것도 그렇고, 나는 지금 통대의원 자리를 가지고 행세하는 아버지를 포함해 우리 집안의 몰가치한 모습이 싫어. 더는 가네야마 도갓집 아들인 게 싫다고. 그런 아버지보다 배운 것 따로 행동 따로인 형도 보기 싫어. 아무리 안 좋은 상태라고는 해도 새로 들어올 여자를 위해 당숙을 격리시키는 것도 분했어."

"그건 니가 뭔가 오해를 하고 있는 모양인데……."

"아니, 내 말 끝나지 않았어. 사실 나 요즘 세상일로 고민이 많아. 분명하게 얘기하지만, 아버지와 형이 자꾸 이러면 내가 나서고 싶지 않아도 나설 수밖에 없다고. 아버지와 형이 나보고 왜 나서지 않느냐고 부추기는 것 같다고. 정수 걔는 그 집안의 기둥이야. 걔 아버지 어머니한테 유일한 희망이라고. 그런 애가 앞에 나서서 지금 나라가 잘못되었고 사회가 잘못되었다고 말하고, 그런 잘못 한가운데 있는 아버지의 죄를 대속하는 의미에서라도 당연히 나서야 할 나 같은 놈은 그냥 이러고 앉아 있고 말이지. 그런데 지금 이건 뭐냐고? 무릎 꿇고 빌어도 부족할 아버지가 걔 아버지를 직장에서 내보내고, 그런 아버지의 특사처럼 형은 나를 찾아오고. 그럼 이 상황에서 대체 나보고 어쩌라는 거냐고!"

"그래, 알았다. 거기에 대해서는 내 더 말하지 않을게. 최 씨 아저씨도 다시 부르고. 대신 너도 집안에 대해서 그렇게 적개심 갖지 않았으면 좋겠다. 네 편지를 받은 다음 어머니는 잠을 제대로 못 주무셔. 가슴이 떨려 약도 대놓고 드신다. 네 눈에는 그게 다 너 때문에 집안에 무슨 일이 생길까 봐 걱정하는 거라고 생각할지 모르지만, 집안 걱정이 아니라 네 걱정이 먼저다. 사실은 지난번 편지 받고 오려고 했어. 꼭 이번 정수 일이 아니더라도. 그리고 너 싫어하는 강양 여자 얘긴데⋯⋯."

형은 내가 그 말을 믿든 안 믿든 당숙과 형의 여자는 아무 상관이 없는 일이라고 했다.

"네 눈에는 어떻게 보였는지 모르지만, 곱게만 자라 그리 모질지도 못한 사람이다. 그때 네가 면전에서 그린 말을 했을 때도 앞에서는 어쩌지 못하고 돌아서서 눈물 흘린 사람이야. 단지 우리가 선을 봤던 게 당숙을 서울에 입원시키기 얼마 전이어서 네가 그렇게 오해하고 있는 거지."

"그만해. 그 얘기는 더 듣고 싶지 않으니까."

"너는 내 결혼을 지방 졸부들 간의 정략이라고 하는데, 서울에 대면 시골 한구석과 같은 강양이나 명진 같은 데서 정략이고 말고 할 게 뭐가 있냐? 그럴 거면 나중에라도 잘 배우고 반듯하게 자란 정혜를 그런 집에 시집보내는 게 낫지. 집안도 학벌도 그만하면 어느 가문의 며느리로 내놓아도 손색없을 테니까."

"집안이라면 할아버지의 친일 내력을 말하는 거야, 아니면 아버지의 '어발'의 통대를 말하는 거야?"

나는 끝까지 인정할 수 없다는 태도로 말했다. 아마 형도 다른 일로 찾아온 자리라면 그렇게 참고만 있지 않았을 것이다. 형이 스스로 감정을 자제하면 자제할수록 나는 묘한 호승지심 속에 멈출 줄 모르고 형을 찔러 나갔다.

"그래, 그만하자 그 얘기는. 군대 갈 때까지 얼마 남지는 않았다만 너 스스로 혼자 생활해보다가 힘들면 언제라도 전화해라. 아버지한테 말하기 힘들면 나한테라도."

"아니, 지금 말하지. 나는 지금 형이 내 앞에서 이렇게 말하는 것도 싫어. 마치 돌아올 탕자를 위해 노란 손수건이라도 준비하고 있는 사람처럼 말이지. 내려가 최 씨 아저씨 일이나 제대로 처리해."

"그건 내가 책임지고 다시 부를게. 나도 이제 그만 가봐야겠다. 오후에 국립공원 현장에 가봐야 해."

"바쁘면 먼저 일어나. 나는 조금 있다가 학교로 들어갈 테니까."

나는 형이 나가고 십 분쯤 있다가 자리에서 일어났다. 아무 생각 없이 카운터 앞을 지나는데 마담이 불렀다.

"이건 먼저 나간 손님이 찻값 계산하면서 맡긴 거예요."

마담은 서랍 속에서 흰 봉투를 꺼내 내게 밀었다. 나는 직감적으로 돈일 거라고 생각했다. 한 번도 접지 않은, 은행에서 막 빼온 1만 원짜리 열 장이 봉투 안에 들어 있었다. 좋아. 내 다시 보내주지. 나는 이를 갈아붙이듯 다방 밖으로 나왔다. 그러나 그 돈을 다시 명진으로 보내지 못했다. 놀라운 일은 늘 그렇게 생각지도 않게 일어나는 것인지 내가 미처 우체국으로 나가기도 전인 며칠 후, 바로 형이 말하던 정수가 독서실로 나를 찾아온 것이었다.

"어쩐 일이냐? 네가⋯⋯."

지난주 강의실 앞에서 형을 만났을 때보다 더 놀란 얼굴로 나는 보름 넘게 쫓기고 있는 처지일 정수의 초췌한 얼굴을 바라보았다.

"여기 춘천에 놀러 왔다가 차비가 떨어져 염치 불구하고 형 학교에 들렀어요. 그러니 누가 여길 알려주던데요. 형 말고는 춘천에 마땅히 아는 사람도 없고 해서요."

"잘 왔다. 그러면 밥도 못 먹었을 텐데 나가자."

나는 정수를 데리고 밖으로 나왔다.

"대체 어떻게 된 일이냐, 너?"

"어떻게 되긴요? 그냥 춘천에 와 놀다 보니 빈털터리가 되었다니까요."

어색하게 웃고는 있었지만, 정수의 눈은 내 얼굴조차 정면으로 쳐다보지 못할 만큼 불안에 떨고 있었다.

"며칠 전 얘기 들었다. 명진에서 형이 날 단속하러 왔다 갔어."

"그럼 잘못 왔군요. 제가……."

"잘못 오다니, 무슨 얘기야?"

"가진 돈도 없고 막상 갈 데도 없어서이기도 하지만 서울을 벗어나 여기까지 올 땐 75년 가을 형 일을 생각했어요. 전에 서울 시위에서 형을 봤던 것도 행선지를 잡는 데 참고하고요. 명진에서 춘천으로 온 사람 중에 그래도 형이 제일 여유가 있을 거라고 생각했어요. 그렇지만 형은 제 일을 모를 거라고 생각했는데. 또 그러길 바라고요."

"바라다니?"

"나중에라도 내가 한 일을 알고 만난 것과 모르고 만난 게 다르잖아요. 더구나 도움까지 주고받으면요. 저, 그냥 갈게요. 나중에라도 제가 여기 왔던 게 문제가 되면 그때 형은 저한테 자수하라고 했다고 말하세요. 재워주지도 않고 돌려세웠다고요."

"인마, 그럴 거면 오긴 무엇 하러 여기까지 와? 남의 가을 생각은 무엇 하러 하고?"

"아뇨. 미안해요, 형. 갈게요. 가야겠어요."

"그래. 갈 테면 가봐. 가서 잡히든 말든, 느 명진에 있을 때 하던 말대로 가네야마 도갓집 아들한테 나 데모했소, 하고 유세하러 온 거라면 그냥 가라고."

그러면서 나는 잡았던 그의 소매를 놓았다.

"미안해요, 형. 절박하게 찾아오긴 했지만 형이 알고 있으리라 생각하지는 못했어요. 조금만 더 생각이 깊었다면 한 번 그런 일이 있었던 형을 찾아오지 말았어야 했는데."

"아니야, 잘 왔어. 네가 만약 춘천에 와서 나 아닌 다른 명진 사람을 찾아갔다면 나중에라도 내가 섭섭했을 거다. 니도 아

323

직 저녁 안 먹었다. 우선 밥부터 먹자."

"흑, 진호 형……."

정수는 내 팔을 잡은 채 고개를 돌리고 스스로 감정에 복받치는 듯 눈물을 흘렸다.

"그러지 마라. 우리 시대의 투사가 통대의원 집 아들 앞에서."

독서실 맞은편 '복성원'에서 정수는 짜장면 곱빼기를, 나는 우동을 시켰다. 내가 국물을 밀어내며 국수 몇 젓가락 걷어 올리는 사이 정수는 허겁지겁 그릇을 비워냈다.

"술은 하고 싶어도 못 할 거고, 나가서 차라도 한잔하자. 그간 어떻게 지냈는지 내가 얘기라도 좀 듣고 싶어서 그래."

"아뇨. 여기서 그냥 헤어졌으면 싶어요."

"사제 폭약이라는 건 뭐냐?"

"그건 그냥 소문이에요. 뜻을 함께한 공대 친구가 소주병에 휘발유 넣고 심지를 박은 병을 몇 개 준비했는데 이제까지 시위에서는 그런 게 없었거든요. 그래서 폭약이라고 더 크게 소문이 난 것뿐이에요."

소문이 부풀려졌다 해도 작은 일은 아니었다. 이제까지 시위와는 다른 방법이고, 볼 수 없는 준비물이었다.

"지금 나가면 잘 데도 없잖아. 독서실에 짐을 놓아두는 간이 방이 있어."

"잘 데는 제 나름대로 생각하고 있는 데가 있어요. 같이 얘기하다 보면 형이 차라리 모르고 있는 게 더 나은 부분까지 다 얘기하게 되고 말 거예요."

"그래라. 그럼 이거 받고."

나는 며칠 전 형이 주고 간 돈을 봉투째 정수에게 내밀었다.

"이렇게 많이는 필요 없어요."

그냥 주머니에 넣으려다가 손에 잡히는 느낌이 적은 돈이 아니다 싶었는지 봉투 안을 살피고 나서 정수가 말했다.

"넣어둬. 그것도 금방 떨어지고 말 텐데."

하루라도 같이 자면 은닉이 될 것이고, 언젠가 붙잡히고 나면 저 돈은 도피 자금 죄목이 될 것이다. 형 때문이었을까, 대단한 용기까지는 아니라 하더라도 돈을 주면서도, 길 한가운데 그를 세워두고 돌아서면서도 이 일과 관련하여 앞으로 내가 겪을 일에 대해서는 오히려 담담하기까지 했다. 독서실로 돌아오는 길에도 혼자 물었다. 대체 저 아이의 수배는 언제까지 이어질 것인가. 우리 청춘의 수배는?

가을이 깊어가면서 서울에서는 연일 대학마다 돌아가며 유신 반대 데모를 벌였다. 규모가 클 때는 천 명두 넘고 작을 때

325

는 이삼백 명도 되었다. 서울 기차 통학생들이 매일 소식을 가져왔다. 학교에 드나드는 '짭새'들의 낯선 얼굴도 나날이 늘어가는 듯했다.

"어이, 요즘 별일 없지?"

어쩌다 학교에서 마주치는, 지난해 학보사에 있을 때 얼굴을 익힌 사복이 일부러 다가와 아는 척을 할 때가 있다. 정수를 만난 다음부터는 마음이 불안해 견딜 수 없었다. 학교 내에서도 '검은 기러기'의 소문이 공공연하게 돌았다. 소문을 들을 때마다 나는 은근히 그런 시위가 얼른 일어나길 바라면서도 한편으로는 정수의 일로 아무것도 손에 잡히지 않을 만큼 불안해지곤 했다. 언제까지고 잡히지 않고 도망다닐 수는 없는 일이었다. 그들은 잡아내고 말 것이다. 수단과 방법을 가리지 않고 도피 중의 모든 일을 불게 할 것이다. 도피 경로는? 도피 자금은? 그렇게 되면 나의 죄목은 무엇이 될 것인가. 더구나 이것은 만약의 일도 아니지 않은가. 혼자 독서실 총무실에 있을 때 누가 기척이라도 하면 깜짝깜짝 놀랄 때가 한두 번이 아니었다. 내가 어두운 얼굴을 보이자 이따금 독서실로 찾아오기도 하고, 내가 팔호광장 언덕 위를 찾아가서 보기도 하는 주희가 요즘 얼굴이 왜 그러냐고, 무슨 일이 있느냐고 자꾸 물었다. 지금 정수는 어디에 있는지. 지금쯤 붙잡혀서 휘발유가

든 폭약에 대해서도 취조받고, 그날 춘천으로 나를 찾아왔던 일을 불고 있는 것은 아닌지. 그동안 무슨 돈으로 밥을 사 먹고 돌아다녔느냐, 제일 먼저 나올 질문이 그런 것이었다. 그러다 어느 순간에는 그런 생각을 하는 나 자신이 그렇게 싫어지고 못나 보일 수 없었다. 어쩔 수 없는 그 집안 그 아버지에 그형제, 가네야마 도가의 둘째 아들, 생각하고 말하는 것과 행동이 다른, 끝내는 악의 편에 도움이 될 기회주의자……

학교에서 다시 한번 '검은 기러기'가 날았던 것은 교련 수업이 있는 10월 첫 목요일이었다. 그날 우리는 법과대와 경영대가 함께 제1운동장에서 합동 훈련을 받았다. 네 시간째 마지막 시간이 시작되자마자 언덕 위에서 무슨 일이 터졌는지함성이 울리며 거기에 모였던 학생들이 떼를 지어 운동장 쪽으로 밀려 내려왔다.

"제군들, 움직이지 마. 움직이지 말고 그 자리에 앉아."

대위 계급장을 단 늙다리 교관이 당황하여 우리에게 소리쳤다. 무슨 일인가 잠시 영문을 몰라 하던 우리는 교관의 비명같은 지시에 일단 운동장 한가운데 서 있었다.

"동작 그만! 다들 앉으라니까!"

그제야 다들 굼뜬 동작으로 주섬주섬 자리에 앉았다.

독 재 타 도! 유 신 철 폐!

처음엔 백 명쯤이 우리를 가운데 놓고 스크럼을 짜고 운동장을 돌았다. 언덕 위에서 계속해 학생들이 내려와 스크럼 대열에 붙었다. 금세 백 명이 이백 명으로 불어났다. 제일 앞에서 핸드 마이크를 잡고 뛰는 사람은 언젠가 나도 한 번 만나서 얘기를 나눈 적이 있는, 이미 여러 차례 이 학교 저 학교 대학문학상 수상 경력이 말하듯 그 방면으로 나보다 한참 더 앞서 있는 사학과 3학년 학생이었다.

아아, 떠나는구나, 그대도 이 판을. 못난 것은 이렇게 운동장 한가운데 쭈그려 앉아 있고. 놀라운 한편 몸 어느 한구석이 무너져 내리는 심정으로 나는 그를 바라보았다.

"나가자. 우리도."

조금은 들뜬, 돌아보지 않아도 내 바로 위에 앉은 강희 씨의 목소리였다.

"그럼 다 함께 하나 둘 셋 소리치고 나갑시다."

나는 어금니를 깨물 듯 낮은 목소리로 대답했다. 강희 씨가 자리에서 일어나 하나를 외쳤다. 거의 일 초 간격으로 목소리를 높여 둘과 셋을 세는 것과 동시에 함성을 지르며 자리를 박차고 일어나 스크럼 쪽으로 뛰었다, 목소리는 훈련을 받던 백오십 명 거의 모두를 합친 것 같았으나 돌아보니 일어선 사람은 삼사십 명 될 듯싶었다.

"제군들! 돌아와! 돌아오라니까! 앉아 있는 사람들은 그대로 앉아! 앉으란 말이야!"

일시에 기습을 당한 교관이 비명처럼 소리쳤다. 우리는 대열 끝에 붙어 어깨에 어깨를 걸고 운동장을 돌며 구호를 외쳤다.

독 재 타 도! 유 신 철 폐!

민 주 학 우! 동 참 하 라!

우리가 운동장을 한 바퀴 돌았을 때 교관은 남아 있던 백 명 정도를 끌고 언덕 위로 올라갔다. 아마 그곳에서 다시 한 번 출석 체크를 할 것이다. 교련복을 입은 채 올라가다가 다시 내려오는 사람도 있고, 언덕 위에 있다가 내려오는 사람도 있었다. 운동장의 시위대는 족히 삼백 명은 될 듯싶었다.

그날의 시위는 운동장을 빠져나온 시위대가 교문 앞에 이르러 가두 진출을 시도하기 전에 경찰에 밀려 해산되고 말았다. 이미 연락을 받고 출동해 있던 기동타격대가 교내로 최루탄을 발사하기 시작했다. 우리는 진입로 확장 공사를 위해 여기저기 쌓여 있던 자갈 무더기의 돌을 집어 던졌으나, 대부분 1학년 때 문무대 입영 훈련 때 맡아본 이후 처음 맡는 최루탄의 매운 연기 앞에서는 역부족이었다.

그와 때를 같이하여 학교에서도 '파리 논쟁'이라 불리는 삭은 사건이 하나 있었다. 경영대 박판영 교수의 사설 파동 사건이었다. 지금은 학보의 사설을 신문의 주인인 학생이 쓰기도 하나 그때는 교수들에게 돌아가며 원고를 청탁해서 받았다. 때로는 사설에까지 교수들의 신변잡기적인 얘기가 나오기도 했다. 차라리 그랬더라면 나았을지도 모를 그 주일 신문에 바로 '파리가 끼어 부패하는 것이 아니라 부패하면 파리가 낀다'는 요지의 '사회조직론'이 실렸다. 물론 원고 단계에서 주간 교수도 오케이(설마 교수가 쓰는 글에 무슨 문제가 있으랴) 하고, 시내 신문사 외간부에 나와 있는 '개들'의 검열도 끝난 글이었다. 부지런한 과대표를 둔 학과에서는 월요일 아침 아무 문제 없이 신문을 받아 보았다. 그 신문이 열 시쯤 총장실에서 걸려 온 전화 한 통으로 그대로 배포 중지에 걸렸다.

"총장님께서 다른 건 안 읽으셔도 교수들이 쓴 글은 읽으시거든. 그래서 교수들도 청탁을 마다하지 못하는 거고."

지난해 내가 있을 때도 가끔 주간 교수가 했던 말이다.

그날부터 박판영 교수는 강의에 들어오지 않았다. 그렇다고 휴강이었던 것도 아닌 것이 마치 중고등학교 때 결근한 선생님 시간에 다른 선생님이 들어와 자습을 시키듯 같은 경영학과 교수들이 1학년 수업에서부터 4학년 수업까지 박판영 교수 강의 시간마다 돌아가며 들어와 우리를 달래듯 붙잡았다. 참으라고 해서 참아질 일이 아니었다. 그 청탁은 사설에까지 신변잡기 타령을 하는 교수들 글에 진절머리를 내는 편집국장에게 내가 이분께 한번 청탁해보라고 말한 것이었다. 1학년 신입생 시절 나하고 강희 씨가 하마터면 한바탕 주먹다짐을 할 뻔했을 때 '힘의 사용'에 대해 말씀하셨던 분이었다. 한 제자의 존경이 한 스승의 강의 박탈로 이어지고 있다는 것이, 더구나 그 일의 직접적인 원인 제공을 했던 나로서는 죄송한 마음 금할 길이 없었다.

조직행동론의 첫 시간에 마케팅 교수가 들어오고, 두 번째 시간엔 1학년 때의 지도교수였던 김영남 교수가 들어와 지난번 시위에 따른 '검은 기러기'들의 제적과 구속을 예로 들며 대학인의 진정한 용기란 스스로 소영웅주의적 행동을 자제할 줄 하는 것이라고 말했다. 예전이라고 해서 다를 건 없지만 그는 동료 교수의 일에 대해서까지 항문으로 해도 좋을 말을 힘들여 입으로 말하곤 오 분마다 시계를 들여다보던 끝에 이제 자기의 시간이 무사히 끝났다는 얼굴로 강의실을 나갔다. 한순간의 웅성거림과 함께 저런 인간도 교수냐는 비아냥이 터져 나왔다. 나는 교단으로 나가 누구나 같은 심정일 과우들에게 문제가 되었던 원고의 청탁 과정을 설명하고 여기에 대한 우리의 단체행동을 호소했다.

"나갑시다. 우리 모두 나가 대학 본관 앞에 가서 항의합시다. 우리가 그동안 진정으로 교수님을 존경했다면 당국과 총장한테 알립시다. 우리의 존경심과 항의에도 그들이 교수님이 우리에게 돌아올 길을 막는다면 우리 이제 이따위 대학에 다니지 맙시다. 이게 이 나라 대학의 실상이고 본모습이라면 그들 앞에서 지금까지 우리가 배웠던 모든 책과 가방을 불태우고 미련 없이 여기를 떠납시다. 방금 전 어떤 개가 말했던 '진정한 용기'를 가진 사람은 나오지 않아도 좋습니다. 그런 개들에게 아직도 배울 게 남았다고 생각하는 사람도 나오지 않아도 됩니다. 여러분이 함께 가지 않으면 저 혼자라도 가서 항의할 것입니다."

입학 이후 처음 과우들 앞에 선 자리였다. 스스로는 과장하지 않았다고 생각했으나 내 목소리는 어쩔 수 없는 흥분으로 많이 과장되었을 것이다. 그 말에 박수로 모은 강의실 안의 분위기 역시 내 목소리와 다를 바 없이 지금 당장 밖으로 나가자는 결의로 흥분되어 있었다.

"잠깐, 억지로 다시 맡은 과대표 권한대행이지만, 권한대행의 자격으로 저도 한마디 할 게 있습니다."

2학기가 되어 군에 간 과대표를 대신해 다시 그 자리를 맡은 강희 씨가 앞으로 나섰다.

"아까 어떤 교수가 '진정한 용기'에 대해 말했는데, 저는 거짓말 않고 좀 용기 없는 말을 할까 합니다. 지금 우리는 우리도 모르는 사이 많이 흥분해 있습니다. 이런 분위기로 나간다면 저들에게 우리의 항의가 교수님을 다시 강의실로 돌아오시게 하는 것이 목적인지, 아니면 그것을 이유 삼아 시위하는 게 목적인지 구분이 안 가게 됩니다. 그들에게 그런 빌미를 주지 않기 위해서라도 그것부터 분명하게 하고 나가야 합니다. 제 생각엔 우리가 대학 본관 앞으로 나가더라도 그곳에 가서 목소리를 높여 구호를 외치거나 책을 태우시는 식의 거친 행동을 하면 애초 우리의 뜻과는 달리 결과적으로 오히려 교수님만 난처하게 하고 아예 돌아올 수 없게 할지 모릅니다. 나가되 오늘은 우리의 뜻을 전한다는 의미에서 다른 아무 행동도 하지 말고 침묵 연좌 시위만 합시다. 그다음 일은 그다음에 정하기로 합시다."

우리가 나가자 2학년이 나왔고, 뒤이어 1학년과 4학년이 나왔다. 아무 주장도 아무 얘기도 하지 않았다. 어느새 황금빛으로 물든 대학 본관 잔디밭에 우리는 각 학년 과대표의 지시에 따라 열을 맞추고 앉아 책을 읽든 읽지 않든 저마다 가방 안에서 책 한 권씩을 꺼내 펼쳐 들었다. 그것도 강희 씨의 생각이었다.

경영대학 전체 교수들까지 대학 본관 앞으로 나와 안절부절 우리를 지켜보고 서 있는 가운데 다음 날 오전까지 이어진 침묵 시위 끝에 박판영 교수는 사흘째에 우리 수업에 들어왔다.

"우선 지난번에 문제가 되었던 원고에 대해 이 자리에 다시 돌아오며 제가 학교 당국에 약속한 해명부터 하고 수업을 시작하지요. 부패의 일반론에 대한 지난번 제 원고는 전적으로 옳은 것은 아닙니다. 반은 잘못되었을 수도 있습니다. 저는 부패에 대해 사회학적인 접근 방법으로 얘기했던 것이고, 그 방면에 권위를 가지신 미생물 박사(총장)께서는 자연과학적인 접근 방법으로 그 원고의 잘못된 점을 지적해주셨던 것이 아닌가 저는 생각합니다. 쓰고 나서도 여러 번 읽고, 방금 강의실로 들어오기 전에도 다시 한번 읽어봤습니다만, 그 외에는 달리 그분과 저 사이에 이견이 있을 데가 없는 것 같습니다. 자, 그럼 학교 당국에 약속한 해명은 이것으로 끝내고 수업을 진행하도록 하겠습니다."

말을 하는 중 잠시 나와 눈이 마주치자 박판영 교수는 온화한 웃음으로 내 얼굴을 바라보았다. 그러나 뉘 미리 짐작이나 했으랴. '파리 논쟁'이 이유의 전부는 아니었겠으나, 내처 얘기하자면 다음 해 가을, 전방 부대에서 그분의 재임용 탈락 소식을 접하게 될 줄은 몰랐다. 같은 해 앞서의 봄에는 자기가 가르치던 학생들 손에 공개적으로 연구실 문에 못질까지 당했던 '학문적 핍박'을 딛고 경영대학장으로 임명된 김영남 교수의 입신양명 소식을 듣게 될 줄 몰랐다.

돌아보면 한 독재자의 죽음으로 마감되기까지 일일이 적기에도 참으로 숨찬 가을이었다. 앞서 나를 찾아왔던 정수는 청량리역 부근의 어느 만화방에서 잡혔다는 얘기를 들었다. 그것은 나를 또 얼마나 불안하게 했던가. 시위여도 보통 시위가아니었다. 그것이 합당한 용어인지 관계없이 정수는 사제 폭약까지 동원한 시위의 주동자였고, 나는 춘천까지 찾아온 그에게 도피 자금을 제공했다. 예전에 끌려갔던 곳으로 다시 끌려가 신문을 받는 꿈을 꾸다가 가위눌림과도 같은 공포 속에 깨어날 때도 있었다. 거기에 계엄령과 위수령 속에 부산과 마산에서 들려오던 살벌하고도 끔찍한 소식은 또 어떠하였는가.

그리고…….

거듭 '그리고'라고밖에 말할 수 없는, 마침내 그 가을의 마지막 날이 왔다. 그렇게 말고는 달리 표현할 방법이 없다. 그날 나는 당연히 명진에 가봐야 함에도 가지 않았다. 전날 정혜가 마지막 부탁처럼 "오빠 혼자 가기 불편하면 내가 춘천에 가서 함께 갈까?" 했을 때 나는 거듭 아니라고 말했다.

"그래도 큰오빠 결혼식인데."

"너하고 광호에게는 미안하다."

"그래도 오빠. 같이 가서 사진만 찍고 와."

"아니. 그 여자 때문에 당숙이 가평에 있는 한……."

주희도 다른 것을 다 떠나 형의 결혼식인데 가는 것이 좋지 않겠느냐고 말했다. 그 말에 한 번 더 고민했지만 나는 가지 않기로 했다. 내가 즐거운 마음으로 기꺼이 명진으로 가 참석했다 하더라도 그날 형의 결혼식은 이제 한 집안의 번영이 그것으로 마감되는 게 아닌가 하는 불안 속에 경황없이 치러졌을 것이다. 아침에 뉴스를 듣고 거리로 나가 독재자의 '유고'를 대문짝만하게 찍은 호외를 펼쳐 들었을 때 비로소 확인되는 허탈감 속에 내가 독재자의 얼굴에 앞서 떠올린 것은 다른 날도 아닌 큰아들의 결혼식 날 아침, 그 유고가 미칠 명진 통대의원 도가의 앞날에 대해 걱정하고 있을 아버지와 형의 얼굴이었다.

대학 정문에는 이미 장갑차와 군인이 진주해 있었다. 언제까지일지 모를 휴교령 공고 앞에 걸음을 멈추고 나는 깊어가는 가을의 빈 교정을 망연한 기분으로 바라보았다.

정녕 저 안에서 짓눌리며 우리가 원하고 희망했던 것이 이런 식으로 맞이할 '밤새 안녕'과도 같은 그의 유고였던가. 어쩌면 그 허탈감은 독재자의 허망한 죽음보다 어느 날 갑자기 증오와 분노의 대상을 잃어버린 우리 가슴의 빈자리 때문이었는지 모른다. 정문 앞에서 되돌아 내려오는 길 망쪼로에 하염없이 떨어져 날리던 은행잎들. 문 닫은 정선할매집……

그날 저녁 나는 오랫동안 잊고 있었던 일을 생각해내듯 아직 입영명령서는 나오지 않았으나 이제 얼마 남지 않았을 입대일을 어림하며 지금까지 필사에서 한 발자국도 나가지 못한 첫 습작 소설의 제목으로 '그 겨울의 계륵 선거'라고 썼다.

'어발의 민주주의'는 갔다.

정녕 그것으로 끝날 것인가. 우리 청춘의 뿌리 뽑힘은.

다가올 긴 겨울은…….

15
에필로그

 그해 가을, 박길우는 고시에 합격했다. 명진의 수재는 자신이 이룬 빛나는 성공 뒤에 더는 도가의 통대의원 딸을 필요로 하지 않았다. 배신은 빨라 이듬해 봄 사법연수원에 들어가기도 전에 그는 이미 정혜로부터 등을 돌렸다. 상대는 다른 사람도 아닌 바로 정혜가 가르친 장군의 큰딸이었다. 그 무렵 장군은 훗날 새로운 권력층을 이룬 일단의 정치군인 가운데 한 사람으로 자신의 입지를 넓혀가고 있었다.

 지금에도 나는 정혜가 그때 그의 배신에 대한 오기와 반작용으로 노동 현장으로 나갔고 그 바닥에서 잔뼈를 키워온 노동운동가와 결혼하게 되었다고 생각하지 않는다. 그 사랑이야말로 진정으로 이해와 격려 속에 아름다웠기 때문이다. 다만 오빠로서 그런 누이와 출세를 위해서라면 영혼을 파는 일까지도 마다하지 않았던 공안 검사와의 마주침이 삼류 연속극에서나 나올 법한 얘기처럼 법정에서 이루어지지 않기만을 바랄 뿐이었다. 후일 정혜도, 정혜가 선택한 노동운동가도 이런저런 일로 법정에 선 적은 있었으나 다행히 그런 마주침은 없었다.

주희…….

이후에도 우리의 연애는 계속되었다. 군에 가서도 계속 편지를 주고받았지만, 십 년 단위의 한 연대가 바뀌던 그해 겨울, 나의 입대가 우리 이별의 첫 연습이었는지 모른다. 그날 나는 주희 집에서 잠을 잤다. 우리 처음 만났던 그녀의 입학식 날 아침처럼 눈이 내렸다. 눈 속에 내가 떠나는 걸 문밖까지 나와 지켜볼 자신이 없어 그대로 자신의 '개개비의 둥지'에 앉아 눈물짓는 그녀를 뒤로하고 나는 언덕을 내려와 어깨 아래까지 흘러내리던 내 스물다섯 살의 유일한 자유를 기계 자리가 선명하게 나도록 깎았다.

이듬해, 그녀는 복학은 했지만 학업을 다 마치지 않고 아메리카로 건너갔다. 나의 제대가 두 달쯤 남았을 때였다. 나는 마지막 휴가를 나와 공항에서 그녀와 이별했다. 한 아메리카

병사가 남긴 GI 도그 택을 대신하여 이 땅 병사의 군번표를 그녀의 목에 걸어주고 돌아오던 길, 비로소 실감되는 이별 속에 나는 그녀가 부대로 보내온 마지막 편지를 다시 꺼내 읽었다.

이제 시 레이션(C ration)이라는 소리, 아이노꼬, 장미촌의 튀기라는 소리, 앞으로 보름이야. 오늘로 모든 수속을 끝냈어. 결코 도망갈 생각은 아니었는데 결국 쫓겨가는 기분이야. 이 땅에서 나를 쫓아내는 것이 무엇일까? 단일민족, 영토의 순결성보다 피의 순결성을 고집해온 반만년 유구한 역사, 그리하여 삼전도와 그 그늘 아래의 열녀문, 거기에 물 위의 기름처럼 부합할 수 없는 앵글로색슨계 혼혈아, 아메로리안……

생각하면 자꾸 슬픈 마음이 들어. 진호 씨처럼 돌을 던지며 사랑할 진정한 조국을 갖지 못했다는 게, 엄마 때부터 숙명처럼 겪어온 모멸감이. 어쩌면 그것이 이 땅에 던져진 나의 원죄가 아닐까 싶어. 그냥 떠나기엔 내 가슴이 너무 작아. 사랑해서는 안 되는 줄 알면서도 진호 씨를 참 많이 사랑했어. 이제 이별을 앞두고야 내 마음을 헤아릴 수 있을 것 같아. 떠나기 전 꼭 보고 싶어. 떠나면 또 영원히 보고 싶어질 사람……

— 아메로리안 주희

돌아오는 길에 올려다보았던 유난히 푸르고 슬프게 빛나던 별 하나 지금도 내 가슴 한가운데 떠 있다.

　　불행한 운명의 시인께서도 다음 해 봄 스스로 '게르니카' 속의 그림이 되셨다.

2020년 4월 28일 오후 2시 9분

춘천 김유정문학촌에서 마침표 찍음

게르니카 속의 자화상

— 김나정(문학평론가, 소설가)

얼룩의 궤적

한 청춘 시절의 회고담이다. "'유신'의 한중간으로부터 '5공'의 초입에 이르기까지 차라리 얼룩이라고 불러도 좋을 나 자신의 이십 대"를 담아낸다. 흔히 청춘은 빛나는 시절이라고 말하지만, 이 소설에서 청춘은 '얼룩'이라고 명명된다. 그늘진 시절을 보내는 청춘에게 삶은 녹록지 않다. 뜻은 높지만 현실은 낮고, 머물 곳과 보람을 줄 꿈은 보이지 않는다. 주인공은 고향과 집, 학교 어디에도 소속되지 못하고 어중간하게 머물며 다만 쓸쓸하다. 그는 자신을 존재하게 한 가족이나 고향을 염오한다. 하지만 자신을 길러준, 뒷받침하는 원죄와 같은 조건에서 떠나지 못한다. 막막하고 답답한 처지는 주인 공이 놓인 폐색적인 현실 탓도 있지만, 근본적으로 주인공이 현실에 복무하고 안주하기를 거부하기 때문이다. 《갈매기의 꿈》이 상징하듯, 주인공은 그저 먹고사는 데 머물지 못하고 더 '높은' 것을 갈구한다.

자기가 놓인 세계와 불화하며 자신의 고유한 본질을 발견 하려고 애쓰는 영혼은 방황하게 마련이다. 얼룩진 청춘의 이 야기는 그 얼룩의 의미를 발견하는 것으로 귀결된다. 당겨 말 하자면, 이 소설은 한 청춘의 방황과 발견, 작별과 성숙의 이 야기다.

실패, 두 번째 기회

하지만 여느 성장소설이나 교양소설과 달리, 이 작품은 주 인공의 '실패'에서 출발한다. 두 번째 대학 생활이란 말에서 짐작되듯, 그는 첫 번째 대학에서 참담한 실패를 맛봤다. 정파 서당 선배들과 함께한 선언문 사건으로 체포되었지만 집안이 뒷배를 받쳐주어 감옥살이는 면했다. 대학에서 제적을 당했 기에 법관이 되겠다는 꿈은 꺾였다. 무엇보다 그를 괴롭히는 것은, 시국에 맞선 자신의 행동이 굳은 신념 때문이 아니었다는 점이다. 공명심이나 주변 상황에 휩쓸렸을 뿐일지도 모른다는 의구심이 나를 괴롭힌다. 게다가 속물스러운 집안을 염오했건만 자신도 그 일원이며 거기에 기생하는 존재라는 게 부끄럽다. 선배들을 두고 혼자만 빠져나왔다는 죄책감을 덜어낼 길이 없다. "조나단 리빙스턴 시걸이 무리로부터 당한 추방과 이태 전 가을 나의 추방은 의미부터 달랐다. 그에겐 '삶을 위한 의미와 더 높은 목적'이 있었지만, 나의 그것은 스스로조차 모를 분별없는 휩쓸림이었다."

출발 지점에서 주인공은 바닥에 떨어져 있다. 환멸은 이미 경험했고 이상은 이미 꺾였다. 그런 의미에서 이 작품은 여느 성장소설이나 교양소설의 '끝'에서부터 시작하는 셈이다. 추락한 새는 다시 비상할 수 있을까? 실패를 반복하지 않으려고 그는 예전과 다른 방식으로 살기로 작정한다. 첫 단추를 잘못 끼었으나 두 번째 단추는 제대로 끼우기로 마음먹은 것이다. "단추라. 그게 통속적인 출세를 위하여 하나하나 채워 나갈 절차를 말하는 게 아니라면 내가 보기에 잘못 끼워진 것이 아니다. 네가 얼마나 의지를 가지고 끼웠느냐 아니냐 차이이지." 가족이나 고향의 자장에서 벗어나고 남들의 부추김이나 시대에 휩쓸리지 않고 자신의 의지로서 '독립'하는 것이 두 번째 단추 끼우기의 출발점이다. 그는 자신을 다지기 위해 조용하고 외진 하숙집을 택하고, 시간표를 빡빡하게 짜고 알찬 대학 생활을 하려고 노력한다. 철저한 아웃사이더로 안전한 회색지대에 머문다. 반복하지 말아야 할 길을 배움으로써 자신의 실패를 가치 있게 만들고자 몸부림친다.

하지만 생활의 외양은 바뀌었다 한들 변하지 않는 것이 있다. 나는 여전히 나로 남아 있다. 이를테면 끝내 깎지 않은 '장발'이 변하지 않는 자유에 대한 갈망을 상징하듯. 모범생의 외피를 뒤집어쓴다 해도 내면에 품은 '열망'은 여전하다. 그러니 착실한 학교생활로 좋은 성적을 거뒀다 한들 허허롭다. "그것이 진정 비상을 위해 스스로 고양되었다고 말할 수 있는 최선의 노력이었는지. 스스로 묻고 아니라고 나는 고개를 저었다. 그렇다면 나는 단지 세상으로부터, 그리고 자신으로부터 일정한 거리를 두고 금 바깥에 비켜서 있었던 것이 아닌가."

게다가 첫 번째 대학 생활과 다를 바 없이 시대 상황은 변함없이 암울하다. 교문을 지날 때 들리는 ROTC의 고함 소리, '현실'을 운운하며 충고를 일삼는 교수, 교련 수업 등 군사독재 정권 하의 대학 풍경은 그대로이다. 외면하려고 하지만 자꾸 눈에 들어온다. 게다가 '새 출발'을 하려고 하지만 출신이나 과거 행적은 사라지지 않고 따라붙는다. 얼룩은 지워지지 않고 남아 있다. 깨끗한 백지에서 시작하는 일은 불가능하다.

새 출발이 불가능하다면, '다른 출발'은 가능하지 않을까. 첫 번째 대학에서는 휩쓸려 시대와 맞섰다면, 두 번째에는 자신의 '의지'로 학보사에 들어간다. 시간표에 꿰맞춰 살거나 외면만 하는 아웃사이더가 답이 아니란 걸 깨달은 뒤에 내린 결정이다. 이념 서클 가입은 거절하면서 왜 학보사에 들어갔냐는 질문에 대해 '나'는 이렇게 답한다.

"사실은 그곳에 들어가 새로 사람들과 부딪쳐볼 생각입니다. 그걸로 이제는 뭔가 조금씩 나 자신을 찾아보겠다는 것이지요. 나는 그쪽에서 생각하는 것처럼 남다른 신념을 가진 사람이 아닙니다. 이 년 전의 일을 내세워 내가 감내해야 할 몫 이상의 근신을 요구하는 걸 못 견뎌 하듯 내가 감당할 수 있는 신념 이상의 희생을 요구하는 것도 싫습니다. 그때 일을 겪으며 거기에 대한 개인적인 배신감도 있었고, 흥미를 잃은 지도 오래니까요."

학보사에 들어간 것은, 첫 번째 대학 생활의 단순한 반복이 아니다. 외따로 지내던 나날은 '나'에게 중심을 잡을 시간을 벌어주었고, 자신에게 필요한 것을 찾아 나설 의지를 길러주었다. 도피하는 대신 실패한 자리로 되돌아가 다른 출발을 모색하게 만든다. 그런 선택은 첫 번째 실패를 의미 있게 만들어준다. 이런 선택으로 실패는 단지 얼룩으로 남지 않고 새로운

'나'를 자아내는 날실과 씨실이 된다.

세 겹의 '나'

기억은 과거를 반추하는 것이다. 기억을 통해 우리는 과거의 시간을 한 번 더 살아보게 된다. 하지만 기억을 기록하는 것은 과거를 단순히 되살리는 것은 아니다. 그때와 지금이라는 시간 차이, 서술하는 현재의 나와 이야기 속 과거의 나는 엄연히 다른 사람이기에 '거리'가 발생한다.

과거를 기억하고 기록하는 글은 체험 화자와 서술 화자를 가진다. 체험 화자는 과거의 그 일을 겪는 몸소 '나'를 뜻하며, 서술 화자는 과거의 '나'를 거리를 두고 바라보고 기록한다. 프루스트의 《잃어버린 시간을 찾아서》에서 마르셀은 시간을 거슬러 올라가 자신이 겪은 일을 곰곰이 되새긴다. 어린 시절의 '나'는 체험하지만 그 일의 의미는 모른다. 반면 기억하고 기록하는 서술 화자는 비로소 그 일이 어떤 의미를 지녔는지를 알아낸다. 과거의 이야기를 기록하는 것은 그때는 몰랐던 '나'를 지금의 '나'가 이해하는 과정과 맞물린다.

체험 화자와 서술 화자의 만남으로 과거의 시간은 생생하게 되살아나며 의미를 발생시킨다. 과거에는 다만 아팠고 무의미한 실패로 여겨졌던 일들이 기억되고 기록되면서 뜻깊어진다. 과거의 기쁨, 슬픔, 아픔과 실패가 실은 자신의 전체를 구성하는 소중한 조각들이었음을 알게 되는 것이다. 과거는 놓아두면 그저 흘러간 시간이다. 하지만 기억하고 기록하는 일은 그 시간에 의미를 부여한다. 이런 의미에서 이 소설을 지배하는 정서인 쓸쓸함은 값지다. '쓸쓸함'은 분노나 냉소 같은 격렬한 감정이 아니다. 날개를 꺾여본 사람만이 쓸쓸해할 수 있다. 또한 쓸쓸함은 시선을 거두지 않되 휩쓸리지 않는 거리를 확보해준다.

이 소설에서 '나'는 첫 번째 대학 생활의 실패를 떠올리며 자신을 다잡는다. 현재의 서술 화자는 실패를 되풀이하지 않으려는 과거의 '나'를 바라본다. 이 소설은 첫 번째 대학 생활의 '나'와 두 번째 대학 생활의 '나', 그리고 이 모두를 기억하는 '나'라는 세 겹의 '나'로 구성된다. 나는 나를 곱씹고, 그 시절의 나를 되새김질한다. 겹겹의 '나'로 되살려지는 한 시절은 성찰과 깨달음을 가져온다. 청춘일 땐 청춘을 모르지만, 훗날에야 비로소 청춘은 의미를 갖게 된다. 단지 얼룩이 아닌, 지층처럼 '나'를 쌓아올린 시간으로 새삼스러워진다. 과거를 떠올리고 기록하는 일은 과거의 단순한 반복이 아니다. 제대로 살기 위한 바탕이 되어준다.

"우리는 이 세계에서 배운 것을 통해서 우리의 다음 세계를 선택하는 거야. 아무것도 배우지 않으면, 다음 세계는 이 세계와 똑같은 것이지. 전혀 똑같은 한계들과 극복해야 할 짐들을 이끌고 가는 그런 세상 말이야."

나를 스쳐 간 사람들의 흔적

한 사람의 기억은 온전히 '나'로만 이루어지지 않는다. 한 사람의 생을 떠올리는 일은 그 사람이 놓인 시간과 자리, 그가 만난 사람을 호출한다. 이 소설에서 장소와 시간은 중요한 의미를 지닌다. '유신'의 한중간으로부터 '5공'까지라는 시대적 배경과 춘천이라는 지역의 분위기는 인물을 구성하는 중요한 요소가 된다. 소설의 중간에 길게 기술된 고향 명진의 이력도 의미심장하다. '명진'은 주인공의 원점이며 동시에 한국 근현대사를 받아쓴 공간이다. '나'를 찾는 것은 자신의 뿌리를 더듬는 일에서 출발한다. 현재 인물을 옥죄는 시대의 그늘이 어디에서 기인한 것인지를 명진의 비틀린 역사가 보여준다. 또한 1979년을 기점으로 하는 시대의 암울한 양상은 학보시의 모습에서 여실히 그려진다. 그 시절의 일상을 찬찬히 기록하는 것만으로 시대의 얼굴을 담아내게 된다. 대학 캠퍼스에서, 장발 단속 같은 일상의 규제, 학보사 검열이나 교련 과목은 '나'에게 그늘을 드리운 시대를 드러낸다.

'나'를 스쳐 간 사람들도 흔적을 남긴다. 가족, 정파서당 선배들, 초록지붕 집 여자, 학보사 친구들, 고향 친구들, 당숙과 주희는 각각 다른 의미로 '나'를 일깨워주고 위로해준다. 미안한 마음을 지니게 했던 은식 형은 되레 나를 다독여준다. "잘했다. 지난 시간이 악연이었다 하더라도 우리 서로 좋았던 것들만 추억하자. 그때의 일들도."

하물며 부정적인 면모를 보이는 인물마저 '나'를 비추는 거울이 된다. 젠체하며 고시 공부를 하는 동창생은 '나'의 왜곡된 면을 비춰주고, 법학 공부를 계속하는 길우 선배에 대한 비난은 결국 과거의 자신에게 건네는 말이기도 하다. 길우 선배의 날 선 말은 '나'가 제 속내를 분석하는 계기가 된다. "선배의 말대로 그날 내가 했던 말들이 법학의 포도밭에서 쫓겨난 내 열등감의 다른 표현까지는 아니라 하더라도 지난번 면회를 갔다 온 은식 형에 대한 죄스러움과 안타까움이 이제 그 앞에 놓인 길이 마치 극과 극처럼 갈린 길우 선배를 만나자 엉뚱한 식으로 표출되었을 것이다."

성찰은 자기 속의 어두운 면과 정직하게 마주 보는 것에서 시작된다. 또한 타인 속의 '나'를 발견하는 것은, 다른 사람을 이해하는 바탕이 되기도 한다. 이 작품에 나타나는 사람들에 대한 따뜻한 시선은 시간의 선물이며 내 속의 '타인'에 대한 이해에서 비롯된다.

이후에도 딱 한 번 지나가는 생각처럼 터미널에서 만난 그대의 얼굴을 떠올린 적이 있다. 그대의 사법연수원생 사칭 혼인빙자 사기와는 전혀 성격이 다른 올림픽 뒤끝의 피날레처럼 텔레비전에까지 생중계된 일단의 강도범들이 벌인 탈주 인질극 때였다. 그들 중 하나가 권총을 빼어 들고 음유시인처럼 '유전무죄 무전유죄'라고 했던가. 학교 다닐 때 그대가 내게 가졌던 턱없는 적의도 생각하면 같은 맥락의 것이 아니었겠는가. 만약 그대가 가네야마 도가의 둘째였다면 그해 대학 입시도 그렇게 턱없이 도전하지 않았을 것이고, 이후 혼빙 사기도 그저 신문에서 남의 일처럼 대하지 않았겠는가. 돌아보니 미안하고 부끄럽다. 일찍이 나에 대한 그대의 적의만 못 견뎌 했을 뿐 한 번도 그대의 적의보다 아픈 처지를 나는 깊이 생각하지 못했다. 그 여름날 늦은 오후, 우리의 해후 역시…….

'나'는 도처에서 자신을 발견한다. 선생과의 사랑으로 나락에 빠져든 초록지붕 여자가 기를 쓰고 과거를 미화하려는 모습에서도 자신을 본다. "이제는 그 유부남보다는 스스로를 위해 기

351

억을 더 미화해가기도 할 것이다. 감당하기 힘들었던 한때의 상처가 아니라 내게도 음악 선생 정도의 상대가 있었다는 것을 만나는 사람들에게마다 드러내 보이고 싶은, 눈물짓기는 했으나 이제는 옛 상처에 대한 치유를 끝낸 모습으로 그니는 얘기를 마치기 무섭게 내 어깨와 얼굴에 자신의 얼굴을 기대왔다."

'나'는 남들을 거울로 삼으며 자라난다. 하지만 거울이 깨지면서 진정한 자신을 아프게 발견하는 경우도 있다. '나'가 주희를 사랑한 건 그녀와 자신이 닮았다고 생각해서였다. 외롭고 남다른 그녀에게서 자신을 본 것이다. 아웃사이더란 처지, 어디에도 자리를 찾지 못하는 방황하는 영혼이란 점에서 둘은 닮은꼴이다. 그런 의미에서 '나'가 주희에게 품은 연민은 자기 연민에 가깝다.

하지만 주희는 나와 다르다. 주희와의 사랑은 나의 '한계'를 명확히 보게 만드는 역할을 한다. 나는 주희가 자신과 닮았다고 여기지만 그녀에게 남은 얼룩은 훨씬 짙고 쓰린 것이다. 비상을 꿈꾸는 내가 '위'를 바라보듯, 주희도 '위'를 본다. 하지만 둘의 처지는 사뭇 다르다. 낮은 땅에 사는 주희는 그 낮은 땅을 차마 바라보지 못하고, 자신을 향한 시선을 피하기 위해 시선을 든 것이었다.

몽마르뜨, 수아미용실, 늘봄, 강나루, 한일약국, 독일안경점, 풍차, 힐타운, 봄내경양식, 까망코, 세븐당구장, 호반낚시, 팔호광장분식, 소리전파사, 대성사진관, 꽃샘 미그린화장품대리점……. 자신의 모습이 다른 사람의 모습과 다르다는 것을 느꼈을 때부터 어느 거리 어느 길을 걸을 때나 느닷없이 쏘아대는 낯선 시선들을 피해 눈을 둘 데가 없어 늘 공중에 걸린 간판을 읽고 다녔다는 여자. 그것이 버릇되어 이 망쪼로 양쪽 편의 모든 간판을 머릿속에 넣고 있는 여자. 스스로 낮은 땅에 살면서 그 낮은 땅을 바라볼 수 없어 눈은 늘 공중에 두고 걷는, 그러면서 남에게는 오히려 강하게 보이려 애쓰는, 어딘가 우리와는 다른 여자…….

'나'의 얼룩은 내면에 자리 잡아 보이지 않지만 주희의 얼룩은 두드러져 드러난다. 태생으로 괴로워하기는 매한가지지만 입장은 제각각이다. '나'가 "'어발의 한국적 민주주의'를 바탕으로 지난 육 년간 굳건하게 쌓아올린 아버지의 위치와 가네야마 가의 부에 대해 얘기했을 때 그녀는 오히려 내 얘기를 우리 사이의 환경적 거리감으로 받아"들인다. 나는 자신의 고민을 털어놓았지만 그녀는 그것을 "어느 집안 좋은 시골 갑부 아들의 복에 겨운 투정으로 해석"한다. 잘못된 통역을 사이에 둔 것처럼, 나의 고민은 온전히 그녀에게 건네지질 않는다. "처음엔 우리 사이에 인식의 차이가 있는 것을 알지 못했다. 그녀이 얼굴이 점차 내 말에 대한 공감보다는 스스로에 대한 열등감과도 같은 비관 쪽으로 기울고 있음을 느낀 다음에야 비로소 나는 우리 사이에 놓여 있는 잘못된 통역을 보았던 것이다."

같은 얼굴을 비추고 있다고 믿었던 거울은 깨어진다. 연민이나 동일시의 환상은 사라진다. 이런 아픔을 통해 '나'는 자신의 민낯을 보게 된다.

하지만 '나'는 주희에게서 어쩌지 못하는 태생을 받아들이는 태도를 보게 된다. "처음부터 내 의지와는 상관없이 어디에다 말할 데도 없는 아메로리안의 원죄 같은 감정이라고." 타고난 것, 벗어나지 못하는 것을 끌어안고 가는 삶과 마주하는 것이다. 이런 주희의 모습은 '나'가 그저 달아나려고 했던 과거와 맞서게 해준다. 직시해야만 무엇을 떨어내야 하는지도 알 수 있다. 진정한 성숙은 익숙했던 것과의 작별에서 시작된다. 더불어 당숙의 죽음은 원죄와 같은 굴레에서 벗어날 결정적인 계기로 작용한다. 시를 쓰고 꿈을 꾸는 당숙은 '나'가 힘들 때마다 등을 두드려주고 꿈을 부추겨주었다. 하여 나는 집안사람들이 정신을 놓은 당숙을 사설 요양원에 보냈다는 걸 뒤늦게 알고 격렬히 저항한다. "아버지를 포함해 우리 집안의 몰가치한 모습도 싫"고, "더는 가네야마 도갓집 아들"인 게 싫다고 분명히 말한다. 독립 선언과 더불어 자신이 왜 사회

현실에 문제를 제기해왔던지도 분명히 말하게 된다. "아버지와 형이 자꾸 이러면 내가 나서고 싶지 않아도 나설 수밖에 없다고. 아버지와 형이 나보고 왜 나서지 않느냐고 부추기는 것 같다고. 정수 걔는 그 집안의 기둥이야. 그 애 아버지 어머니한테 유일한 희망이라고. 그런 애가 앞에 나서서 지금 정치가 잘못되었고 사회가 잘못되었다고 말하고, 대속하는 의미에서라도 당연히 나서야 할 나 같은 놈은 그냥 이러고 앉아 있고 말이지. 그런데 지금 이건 뭐냐고? 무릎 꿇고 참회해도 부족할 아버지가 그 애 아버지를 직장에서 내보내고, 그런 아버지의 특사처럼 형이 나를 찾아오고. 그럼 이 상황에서 대체 나보고 어쩌라는 거냐고?"

진심이 드러나는 순간, '나'는 자신을 괴롭히던 수치심의 정체를 알게 된다. 정체를 알아야만 떨쳐내는 것이 가능하다. 비로소 도피가 아닌 '독립'이 시작된다. 새는 자신을 붙드는 땅을 떨쳐야만 날아오를 수 있다.

게르니카 속의 자화상

소설의 말미에는 '이별'이 연이어 등장한다. 제 목소리를 내지 못하는 학보사를 사임하고, 학교를 떠나 자기 길을 가는 주희를 만난다. 디제이 주희의 멘트는 작별 인사처럼 들린다.

많은 새들 가운데 겨울이면 시베리아와 알래스카의 툰드라에서 1만 킬로미터를 남으로, 남으로 날아오는 작은 새 떼를 아는 사람은 얼마나 될까요? 우리는 1만 킬로미터를 날아온 그들에게 도요새라는 이름을 붙여주었습니다. 도요라는 이름 때문일까요? 가만히 입술을 모으고 도요라고 말하면 그 새는 마치 하늘을 날며 명상하는 새처럼 느껴집니다. 말하고 보니 새들의 명상, 이 말도 참 좋네요. 도요새는 정말 그렇게 높이, 또 멀리 나는 새일까요? 아침 일찍 일어나는 새가 보다 많은 벌레를 잡고, 가장 높이 나는 새가 가장 멀리 본다는 의미는 또 무엇일까요? 새는―우리가 그들에게 바라고 찾는 것보다 더 많은 의미를 우리에게 줍니다.

갈매기를 대신하여 '도요새'라는 나에게 걸맞은 이미지를 선물로 주고 주희는 떠난다. 주희의 어머니는 딸을 더 멀리 보내기 위해 극단적인 이별을 감행했다. 주희는 그 마음을 안고 미국으로 떠난다. 미국으로 떠난 주희는 가슴속의 '별'로 남는다.

마지막 작별은 당숙의 죽음. '제3 땅굴' 사건으로 바닷길이 막혔건만 배를 타고 나가겠다고 고집하던 당숙은 끌려가 조사를 받고 정신을 놓는다.

평생 자신을 옥죄어 온 이데올로기에 마지막 삶의 의욕을 걸었던 바다까지 빼앗기자 정신을 바깥에 내놓는 증세를 보였을지 모른다. 내게는 자신이 버린 희망 같은 용기를 주지 못해 애썼던 당숙이 아니던가. 나의 두 번째 출발에 대해서도, 또 나의 글쓰기 열망에 대해서도 끝내 버릴 수 없었던 당숙의 희망은 무엇이었던가. 그리고 내 앞에 불끈 주먹까지 쥐어 보이며 아호진으로 떠날 때 당숙이 가졌던 삶의 마지막 의욕은 무엇이었을까. 바다 위의 거친 노동이었을까, 절망뿐인 뭍을 떠나 바다 한가운데 자유롭게 떠다니고 싶었던 것일까.

정신을 놓은 당숙이 마지막 순간까지 버리지 못했던 희망은 무엇인가. 그가 품었던 마지막 의욕은 무엇이었는가. '나'가 휘청거릴 때마다 '말'로 나를 지탱해주었던 당숙은 더 이상 답해줄 수 없다. 그 답은 스스로 찾아야만 한다.

그림 속 붉은 얼굴의 사내는 울고 있었다. 아니, 웃고 있는 듯했다. 절규하듯 벌린 입과 입안에 그려진 잠자리와 나비의 날개, 떴는지 감았는지조차 알 수 없는 눈, 일그러진 몸뚱이를 두 개의 목발이 받치고 있었고, 머리엔 가늘고 긴 칼이 코밑 깊숙이 들어와 있었다. 흰 벽에 피보다 붉은색 페인트로 그린 그림이어서 더 섬뜩하게 느껴졌다. 첫눈에도 당숙이 자신의 모습을 그린 그림이었다.

당숙은 숨을 거둔다. "불행한 운명의 시인께서도 다음해 봄 스스로 '게르니카' 속의 그림이 되셨다." 이 소설의 마지막 구절은 사람의 생이 그저 사라지지만은 않는다는 것을 보여준다. 어떤 의미에서 모든 사람의 삶은 시간과 장소라는 거대한 화판에 그려진 자화상이다. 물감 얼룩처럼 전체의 일부이되, 자신을 잃지 않는 삶은 '게르니카 속의 자화상'으로 명명된다.

소설의 출발점에서 청춘은 그저 '얼룩'이었다. 얼룩이 본바탕에 다른 것이 섞인 흔적, 더럽혀진 자국을 이른다면 오점에 불과하다. 그러나 그 얼룩이 모이면 빛과 그늘이 어우러진 자화상이 된다. 얼룩은 나라는 사람의 자아를 통합적으로 구성해내는 소중한 구성 요소인 셈이다. 밉건 싫건 수치스럽고 부끄러웠던 과거도 모두 '나'의 일부가 되며 이를 통해 자신이 걸어온 길을 돌아보고 자신이 와 있는 길을 가늠하게 되는 것이다. 그리하여 얼룩은 가치를 지니게 된다. 마치 지워지지 않는 상처가 한 사람의 정체성을 상징하듯.

얼룩들이 모여 '나'는 도요새로 거듭난다. '나'가 글을 쓰겠다고 했을 때 당숙은 말했다. "그래, 하여라. 스스로에게는 고통스러운 열정일 것이나 장차 우리 모두에게 있어야 할 따뜻한 삶에 대한 그리움으로. 설사 네가 가고자 하는 길이 끝내 열리지 않는다 하더라도 너 스스로는 물론 누구도 감히 너의 열정을 실패라고 말할 수 없을 것이다."

이 소설은 비틀거리고 방황하는 청춘에게 따뜻한 위안을 건넨다. 당신의 얼룩은 그저 실패로 남는 것이 아니라 당신이라는 초상화를 만드는 소중한 흔적이라고. 도요새는 그렇게 날아오르게 되었노라고 말이다.

작가의 말

2020년 4월 28일 오후. 춘천 김유정문학촌에서 이 소설의 마침표를 찍은 다음 선생 동상 앞에서 오래 대화를 나누었다. 고대 그리스의 신탁을 닮은 이 대화법을 나는 어린 시절 대관령 아래 촌장마을에서 무슨 일이 있으면 조상님 영당에 올라가 계시던 할아버지에게 배웠다. 작가로서 남은 내 삶의 상징적이고 반면적인 저 시간도 순정하게 흘러 바다에 가 닿을 것이다.

돌아보면 얼룩조차 꽃이었던 내 인생에서 가장 화려한 시절을 보낸 춘천에 대한 감사와 헌사로 이 소설을 바친다. 그 시절 땅을 딛고 선 발밑까지 불안했던 나의 청춘도 그랬고, 그걸 품어 작가로 세상에 되돌려준 이 도시의 낭만적이고 문학적인 분위기도 그랬다. '춘천은 가을도 봄'이던 시절, 절대 독재의 억압과 공포 속에서도 푸르름을 잃지 않은 친구들의 이야기이기도 하다.

언제 어느 시절을 말하더라도 춘천을 가장 춘천답게 표현한 시의 제목을 소설의 제목으로 허락해주신 유안진 선생께 감사드린다. 시작부터 끝까지 따라 읽으며 소설의 짜임새를 잡아준 도반께도 감사하고, '나도 이렇게 쓰고 싶다'고 가슴 뭉클하게 격려해준 오랜 글님도 감사하다.

누구보다 이 글에 몸을 바쳐준 세상의 푸른 나무들께 감사드린다.

내가 오래, 더 잘 써야 할 이유들이다.

2020 여름 춘천 김유정문학촌에서
이순원

춘천은 가을도 봄

© 이순원, 2020

초판 1쇄 인쇄일 2020년 7월 6일
초판 1쇄 발행일 2020년 7월 10일

지은이   이순원
펴낸이   강병철
편집   차은선
마케팅   이재욱 최금순 오세미 김하은
제작   홍동근

펴낸곳   이룸
출판등록   2001년 5월 8일 제20-222호
주소   04047 서울시 마포구 양화로6길 49
전화   편집부 (02)324-2347, 경영지원부 (02)325-6047
팩스   편집부 (02)324-2348, 경영지원부 (02)2648-1311
이메일   munhak@jamobook.com

ISBN 978-89-5707-879-2 (03810)

이 도서의 국립중앙도서관 출판시도서목록(CIP)은 서지정보유통지원시스템 홈페이지
(http://seoji.nl.go.kr)와 국가자료공동목록시스템(http://www.nl.go.kr/kolisnet)에서
이용하실 수 있습니다.(CIP제어번호: CIP2020027094)